KB089469

이 단순하고 뜨거운 것

이 단순하고 뜨거운 것

ⓒ강세환, 2023

1판 1쇄 인쇄_2023년 12월 10일
1판 1쇄 발행_2023년 12월 20일

지은이_강세환
펴낸이_양정섭

펴낸곳_경진출판
　　　　등록_제2010-000004호
　　　　사업장주소_서울특별시 금천구 시흥대로 57길 17(시흥동) 영광빌딩 203호
　　　　전화_070-7550-7776　팩스_02-806-7282
　　　　홈페이지_https://mykyungjin.tistory.com
　　　　이메일_mykyungjin@daum.net

값 30,000원
ISBN 979-11-92542-72-0 03810

강세환 시집

이 단순하고 뜨거운 것

경진
출판

차례

작가 인터뷰 시에 대한 반복적인 사유와 열정 ___ 13

제1부 다시, 거울 앞에서

광장이 다시 광장이 되기 전에 67 / 이런 근현대사 68 / 다시, 거울 앞에서 70 / 나의 담론 72 / 살아가는 법 74 / 그곳에 누가 살고 있을까 75 / 망중한 76 / 풀에 관한 편견 78 / 그게 그거다? 80 / 어떤 픽션 1 81 / 삼시세끼 82 / 그때 이런 일이 있었다 84 / 오늘 하루만 돌아본다면 86 / 광장의 소문 88 / 목소리의 변화 90 / 좀 다르게 92 / 어느 시인의 옆모습 93 / 이 세상에 가벼운 것은 없다 94 / 소문과 소식의 관계 95 / 이 꽃 한 송이 96 / 저 담장을 넘은 사람은 없다 98 / 그 머나먼 곳 100 / 고요한 아침의 나라 101 / 꽃한 송이 이후 102 / 태평가 1 104 / 태평가 2 106 / 태평가 3 107 / 태평가 4 108 / 태평가 5 110 / 이 길을 더 걸어야… 111 / 나 혼자 지하철에서 112 / 누구 없소? 113 / 둘이서 또 지하철에서 114 / 한 잔 혹은 한 잔 더 116 / 송구영신 118 / 어느 1인의 입장문 119 / 어렵지 않은 일 1 120 / 어떤 의식의 흐름 122 / 그가 떠난 뒤 그의 이름을 124 / 광장에서 125 / 1970년대 풍의 금지곡 126 / 남아 있는 것 127 / 죽(粥) 128

제2부 느린 산책

오늘의 시 131 / 오후 2시에서 3시 사이 132 / 느린 산책길 133 / 쓰는 기쁨 134 / 사십일만 칠천 원 136 / 산책 유감 137 / 헝클어진 머릿결 138 / 향호리 호수에 관한 심경 140 / 어떤 소문 142 / 이젠 됐다고? 144 / 상계 근린공원 벤치에서 146 / 자정이 넘은 시각 148 / 더 느린 산책길 150 / 말없이 걷는 길 152 / 소소한 걸음 153 / 이 겨울 늦저녁 154 / 도봉산 물소리 듣기·속편 155 / 중랑천 물소리 듣기 1 156 / 과거가 되기 전 158 / 한파 속 산책 160 / 길 잘못 든 하산 길 162 / 침묵만 있어도 괜찮은 164 / 우두커니 165 / 폭설 속 산책 166 / 이상한 호숫가 168 / 아주 가끔 꿈결 170 / 소요산 홍두깨 손칼국수집 171 / 밤길 걷기 172 / 밤이 깊었나 174 / 봄밤 산책 175 / 노래 한 곡 자작하다 176 / 걸음 멈추게 하던 산책길 177 / 쓴웃음 178 / 길을 걷는 자는 머물지 않는다 180 / 혼자 걷는 이유 182 / 폭포의 일생 184 / 돌 186 / 소요산 돌다리 위에서 188 / 허공에 기댈 때가 있었다 190 / 길 위의 뜬 길 192 / 산책 이후 194 / 눈 속의 부연동 195 / 시 쓰다만 시 196 / 서쪽보다 더 먼 서쪽 198 / 아직 가보지 못한 곳 1 200 / 아직 가보지 못한 곳 2 202 / 뒤돌아보지 않는 203 / 단순한 삶 204 / 안 보이던 산책길 205 / 흐르는 물의 수심을 생각하다 206 / 수인사 207 / 빈속의 느낌 208 / 숲속 작은 도서관 근처 210 / 내가 산책보다 조깅하는 이유를 아무도 모를 거야 212 / 어렵지 않은 일 2 214 / 어렵지 않은 일 3 215 / 어렵지 않은 일 4 216 / 가지 않은 길 218 / 어렵지 않은 일 5 220

제3부 억새 혹은 나무가 아닌 것들

11번 마을버스 223 / 겨울들판 위의 야간열차 224 / 억새의 시간 225 / 나무가 아닌 것들 226 / 속절없이 227 / 그곳에서 228 / 시보다 더 먼 곳도 있다 229 / 액자 속의 시 한 구절 230 / 큰 악수 231 / 밤잠 설친 시 232 / 아는 게 없는 234 / 낮도깨비 235 / 시 앞에서 236 / 마라톤 타자기와 1박 238 / 폭포의 고요 239 / 새벽 네 시의 시 240 / 누가 내 시를 읽었을까 241 / 사랑의 노래 242 / 오늘 저녁 빗줄기 헤아려보는 게 몇 번째? 244 / 사막 한가운데 246 / 마오리 소포라 248 / 우이암을 위하여 250 / 뒷담 251 / 낡고 시든 것 252 / 시인의 아내 254 / 모래 속에 시를 묻다 256 / 웃음은 어디서 오는가 258 / 자작나무 앞에서 260 / 시의 힘 261 / 하루 종일 이 시어 하나 때문에 262 / 천상병을 생각하다 263 / 광야에서 264 / 명함 한 장 265 / 그런 거 말고! 266 / 시인의 술집 268 / 말없는 의자 269 / 2021년 초봄 상계역 근처 270 / 외로운 낙서 272 / 돌미나리의 침묵 275 / 어제와 오늘 사이 276 / 빽빽한 하루 278 / 문자 한 줄 279 / 낮술 한 잔 280 / 안 보이는 과거 282

제4부 일장춘몽

일장춘몽 287 / 오늘 만났던 당신 1 288 / 오늘 만났던 당신 2 289 / 7호선 전동차 290 / 대전역 블루스 291 / 시는 깊은 밤에 쓰자 292 / 떠돌이의 노래 293 / 무서운 나이 294 / 귀를 만지작거리다 296 / 이마의 잔주름 298 / 엔터키 탁 치는 재미 300 / 착한 c 편의점 302 / 어느 마라토너의 근황 304 / 탁발 306 / 적막 307 / 역린 308 / 그들을 한번씩 방문하리니 310 / 제발 울지 말아요 311 / 나는 당신을 잘 모르고 312 / 강릉행 밤기차를 타고 313 / 마들역 지하상가 수선집 314 / 새벽 두 시의 전화 316 / 중국 고사를 읽다가 318 / 울음이 있던 곳 319 / 생태학적 문제 320 / 불화를 극복하는 방법 322 / 노란색 넥타이 324 / 마지막 한 걸음까지 326 / 허공에 피는 꽃 327 / 쩐 인사 328 / 차마 잊고 살 수 없던 것 329 / 먼 길 330 / 문상 331 / 이 세상에서 가장 낮은 곳 332 / 오이도 334 / 외출 전 기쁨 336 / 당신이라는 환상 338 / 먼 바다 끝에서 340 / 어쩌다 나는 341 / 족구 구경 342 / 작별 인사를 겸한 어느 기도문 344 / 수목장 346 / 삽질 347 / 페르시아 왕자 348 / 아버지의 길 349 / 나의 시선을 사로잡던 350 / 우울증 진단 키트 351 / 노원역 3번 출구 352 / 사랑의 뿌리 2 353 / 따뜻한 쪽지 한 장 354 / 그는 355 / 기억에 없는 과거도 있다 356 / 이름 떠오르지 않을 때 357 / 소년 전사들을 위하여 358 / 피 끓던 젊은 혼백이여 359 / 열무김치 참관기 360 / 텅 빈 무대에서 362 / 다시 서호에서 364 / 폭우 쏟아지던 밤 366 / 먼 나라 이야기 367 / 먼 곳 368

제5부 변산 시편

소금 창고 앞에서 373 / 안개 속 선유(仙遊) 374 / 채석강 380 / 낙숫물 혹은 내소사의 고요 382 / 낯선 서해 파도소리 384 / 어렵지 않은 일 6 385 / 모항에서 386 / 안개의 색 387 / 안개의 끝 388 / 안개의 꿈 390 / 안개의 삶 392 / 물밀 듯이 394 / 한물 간 물건 395 / 서울로 가는 길 396 / 애 쓰는 나무 398 / 해변의 술집에서 400 / 섬에 대한 어떤 궁금증 402 / 안개 속 회색인 403 / 안개 속 회색인 이후 404 / 달빛과 함께 춤을 406 / 적요(寂寥) 407 / 삶의 한가운데 408 / 섬 409 / 내 발바닥은 기억할까? 410 / 적벽의 시 411 / 씨감자만한 몽돌 412 / 선유도 기도등대에서 414 / 안개 시편 416 / 당신과 당신 사이 417 / 선유도 선녀탕 418 / 서해 밤바다 419

제6부 **없음 혹은 글 쓰는 자의 일상**

어떤 유언 423 / 완도 해변을 생각하며 424 / 버스킹 시 426 / 봄비 내리는 호프집에서 428 / 문학잡지에서 만났던 시인 430 / 노트북 앞에서 432 / 이 말을 전하기 위해 434 / 마음의 상처 436 / 시 읽는 사내 437 / 강으로 갔다 438 / 어둠의 집 440 / 계단을 오르내리며 442 / 월간 문학사상 443 / 흘러간 노래 444 / 어둠의 시 445 / 깊은 밤 시를 읽으며 446 / 취중 담소 448 / 나를 버릴 줄 알아야 450 / 시의 끝 451 / 북아메리카 인디언의 어록 452 / 망각 속의 추억 454 / 김지하를 생각하다 455 / 시밖에 모르는 것 456 / 퇴직 후 한 두어 해 동안 458 / 무제 시편 460 / 초겨울의 뒤쪽 462 / 시 쓰는 자의 독백 1 463 / 돌아보던 꿈 464 / 꿈자리 특집 465 / 봄이 왔다 가는 중 466 / 봄밤이다 467 / 봄밤의 잡생각 468 / 저녁노을과의 관계 469 / 꿈밖에서 470 / 봄 편지 472 / 신록의 느낌 473 / 어떤 담소 474 / 늙은 떠돌이의 독백 476

제7부 페이스메이커

이 노래 끝나면 481 / 페이스메이커 482 / 낮고 깊은 곳 484 / 세이브존 구 둣가게에서 486 / 구두 뒷굽이 닳아서 487 / 금계국에게 488 / 고등어구 이 489 / 섬의 끝 490 / 마차진 무송대(茂松臺) 492 / 더 먼 곳에 간다 해도 494 / 시는 쉽게 써야 495 / 폭우 496 / 의정부 호장교 밑에서 498 / 돌아 서는 것도 시인의 일 500 / 모자 쓴 시인과 함께 걷던 502 / 왕초보의 하루 504 / 대충 눈인사 정도 하고 지나가면 될 것 506 / 일인칭의 시 508 / 앞의 시에 대한 변명 510 / 배곧 문학회에서 511 / 오늘밤 못 다한 말을 이렇게라 도 512 / 사람의 일이라는 것 514 / 박수근을 생각하다 516 / 내 마음속에 그어놓은 무수한 금들을 어떻게 할 것인가 518

작가 인터뷰

시에 대한 반복적인 사유와 열정

−눈을 퍼다 우물을 메우는 듯

○먼저 막대한 분량의 시집이다. 도대체 몇 편이나 묶었다는 것인가. 시집을 읽지 않는 시대에 이렇게 두꺼운 시집을 누가 읽을 것인가. 어떤 시적 의도라도 있는 것인가. 혹시 시인의 입장은 무엇인가.

입장은 없다. 의도도 없다. 시집은 얇아도 읽지 않고 두꺼워도 읽지 않는 시대가 되었다. 그런 시대에 굳이 작품의 편수나 분량이나 두께는 무의미할 수밖에 없다.

○시가 폭발한 것 같다.

고맙다. 시가 폭발한 것은 맞다. 시가 매일 쏟아졌다. 시 이외 아무 것도 할 수 없었다. 설렘과 떨림의 반복이었다.

○이제 시는 과거 어느 시대처럼 시인이 영감을 얻어 시를 쓰는 시대도 아니고, 그렇다고 독자들이 시를 읽고 또 영감을 얻으려는 시대도 아닌 것 같다. 시가 무엇이 되었는가.

그렇다. 라오쯔처럼 말하면 시는 무위일 것이고, 무욕일 것이다. 시는 다시, 시 이외 아무것도 아니다.

○그렇다면 또 지속적으로 시를 쓰고 시집을 출간하고 왜 이 일을 반복하고 있는지 궁금하다.

시에 대한 그 지속적인 반복과 단순함과 뜨거운 사유(思惟)야말로 시의 일이고 시인의 업무 영역일 것이다.

○잠시 인터뷰어가 아니라 시인처럼 말하면 작품의 분량이 많다고 좋은 것도 아니고 적다고 나쁜 것도 아니다. 더욱이 시는 작품의 분량에 의해 좌우되지 않을 것이다. 다시 그렇다 해도 왜 이렇게 분량이 많은가.

시 앞에서 많다, 적다 그렇게 생각하지 않는 것이 좋다. 시는 작품의 분량에 의해 좌우되지 않는다. 시인처럼 말하면 어떤 수량에 연연해 시를 쓰는 것도 아니고 물량주의도 아니다. 시가 오면 쓸 뿐이고 시가 가면 놓을 뿐이다. 다시, 시도 그렇지만 시집의 분량도 시인의 몫이지만 동시에 독자의 몫이 되는 것이다. 그리고 또 시인의 몫도 독자의 몫도 아닐 수 있다. 먼저 시인의 몫은 시를 탈고하는 순간 더 이상 시인의 몫이 아니기 때문이다.

○시가 올 때가 있는가.

　많다.

각 부를 나눈 것은 무슨 의미인가

○각 부를 적당하게 나눈 것은 독자를 위해 어떤 의미가 있는가. 아님 이것 또한 무의미하다는 것인가. 또 각 부마다 소제목을 단 것도 눈에 띈다. 그 또한 어떤 의미가 있는 것인가. 아무 의미도 없는 것인가. 각 부의 작품은 서로 비슷한 성격끼리 모아 놓은 것인가. 그렇다면 그 성격은 어떤 것인지 듣고 싶다.

　없다. 각 부를 나눈 것은 독자를 위한 것도 시인을 위한 것도 아니다. 다만, 비슷한 얼굴끼리 좀 모아놓고 싶었을 뿐이다. 그리고 각 부의 작품들은 대체로 작품 제작 순서대로 묶었을 것이다. 그게 편하고 그게 또 자연스러울 때가 많다. 펼쳐놓고 보면 각 부의 성격도 얼핏 드러날 것이다.

○시에 대한 집중력이 놀랍다. 시에 대한 집중력은 어디서 오는 것인가. 밥 먹는 시간 외 오직 시만 쓰는가. 그리고 또 거의 같은 시기에 산문집 두 권도 잇달아 출간해 놓았다. 시와 산문을 넘나드는 것 같다. 종횡 무진한 문학적 사유가 읽혀진다. 그 반복적인 사유와 열정도 돋보인다.

　그 반복적인 열정과 사유도 일상일 뿐이다. 시와 산문을 넘나드는 것도 작가로서의 일상일 뿐이다. 시와 산문이 앞서거니 뒤서거니 할 때가 있다. 산문집 두 권이 시보다 한 발 앞서서 집중적으로 다가왔기 때문에 산문집에 집중할 수밖에 없었다. 집중력이라는 것도 결국 선택의 문제라는 생각이 든다. 그만큼 또 선택의 폭이 단순해졌다는 것이다. 나이 먹었다는 뜻이다. 더 이상 딴 생각할 겨를이 없다는 것이다. 그래도 아주 한가할 때가 많다. 암튼 삶이라는 것도 사업 경영이라는 것도 알고 보면 집중력의 소산일 것이다. 선택의 문제일 것이다.

○가령, 산문집 쓸 때 염두에 둔 것이 따로 있었는가.
없다. 그 또한 '쓰는' 장르일 뿐이다.

아직도 시집이 왕래되고 있습니까?

○문단으로부터 특히 산문집에 대한 독후감이나 리뷰가 있었는지 궁금하다. 만약 있었다면 잠깐 소개할 수 있는가.
없다. 이번엔 문단보다 몇몇 사적인 관계자한테만 보냈다. 아주 개인적인 얘기겠지만 매번 시집이 나오면 문단 선후배는 물론이거니와 작가회의 문우, 각 언론기관 등 나보다 시집을 많이 우송한 작가도 드물 것이다. 왜냐하면 출판사에서 보내는 것 말고 내 돈으로 우송비 지불하면서 통산 백 권 이상 보냈으면 많이 보낸 것 아닌가. 물론 기억에 남을 정도로 격한 문자도 받고 손 글씨도 받고 통화도 했었지만, 이번엔 여기저기 우송하는 수고를 참고 또 참았다. 속으론 이게 아닌데… 되뇌었지만 그렇게 되고 말았다.

○왜 그렇게 인색하게 돌아섰는지 궁금하다. 작품집 등을 주고받는 것이 그래도 문단의 소중한 풍경 아니었던가?

작가회의 주소록에서 도로명과 우편번호 등을 찾아서 우송하는 일이 문득 지난 시대 유물 같다는 생각이 들었다. 인색한 것이 아니라 뭔가 어색한 것 같았다. 잘 모르겠지만 뭔가 시들해졌다는 것이다. 물론 나 혼자만의 생각일 것이다. 그러나 매번 그렇게 빠뜨리지 않고 신간 시집을 보내던 사람이 어색했다면 전후 사정이 있을 것이다. 오래전부터 드문드문 생각해두었다는 게 맞다. 또 실제로 나의 경우만 보더라도 과거보다 시집을 주고받는 경우가 현저히 줄었다. 1년에 대여섯 권 정도… 거의 시집 왕래가 없어졌다. 헛소리 같지만 문단 한쪽이 시들해졌다는 것 아닌가. 어딘가 쪼그라들었다는 것 아닌가. 물론 이 또한 나만의 일방적인 생각일 것이다. 집 콕 하다 보니 나만 뚝 떨어져 사는지 모르겠다. 그러나 이렇게 뚝 떨어져 살다 보니 이렇게 사는 게 또 작가의 일상이 아닌가 하고 생각한다. 혹시 나만 쏙 빼놓고 시집은 변함없이 잘 왕래되고 있는 것 아닐까? 아! 혼자 있음은 이런 것인가. 있음, 없음도 버려야 하는가. 버리면 무엇이 남는가. 예컨대, 역사에 대한 그 사유가 아니라 그냥 사유만 남는가. 그 남은 사유는 또 어떤 사유인가. 이른바 아무것도 사유하지 않는다는 그 사유, 즉 '영도의 사유'를 말하는 것인가. 혼자만 남는가. 혼자 있음만 남는가. 고요만 남는가. 혼자 있음도 없는 것인가. 소위 일컫는 부재를 말하는 것인가. 그것도 결국 공백과 누락과 균열을 말하는 것인가. 그렇다면 시는 혼자 있음인가, 시는 부재와 공백과 누락과 균열을 메우는 결국 메우지도 못하는 것인가. 또 혼자 있음도 없는 것인가. 없음은 또 무엇인가. 있음과 없음의 경계는 무엇인가. 있음도 없음도 무너졌는가. 삶과 시의 경계도 무너졌는가. 여기까지만 하고 우스갯소리 같지만 시인과 일반인의 경계도 무너졌는가. 시인도 밥 먹고 차 한 잔 마시고 살고, 일반인도 밥 먹고 차 한 잔 마시고 산다. 같은 하늘 아래, 같은 공기 마시고 심지어 같은 아파트 단지에 산다. 그럼에도 불구하고 시인은 일반인의 삶을 살아내는 게 어려울 때가 있다. 잠깐만, 오쇼 라즈니쉬 말을 빌리면 "나는 연약하고 민감하고 또 섬세하다".

○산문집에서도 그렇고 이번 시집에서도 간간이 인생론적이거나 사회적인 발언이 엿보일 때가 있다. 말하자면 사유의 자유 혹은 사유의 스펙트럼 확장일 수도 있다.

　시적 사유가 자유로워졌다는 것은 동의한다. 스펙트럼의 확장이라는 말도 동의할 수밖에 없다. 그리고 또 시적 사유는 이미 자유로워졌거나 확장되었을 것이다. 시적 영역이나 시야는 생각보다 자유로워졌다. 시집은 물론이거니와 산문집에서도 간간이 대(對)사회적인 발언이 드러나는데 그 또한 시적 사유의 확장임을 부인할 수 없다. 그리고 또 인생론적이다 하는데 시든 산문이든 문학은 인생론적일 수밖에 없다. 암튼 인생론적이거나 사회학적인 사유가 나의 문학의 일부라는 것도 부인할 순 없을 것이다. 특히 산문집(『시의 첫 줄은 신들이 준다』) 1권, 2권은 인생론적 사유와 대(對)사회적인 메시지가 대여섯 군데 섞여 있을 것이다. 그런 점에서 나의 문학적 디렉션은 개인적이며 자전적이며 또 사회적인 것을 외면할 수 없는 지점이 있다. 방금 사회적이라고 했지만 어떤 진영이나 기성의 상징계에 복속된 것은 아니다. 말하자면 '독자노선'이다. 그러나 아쉽지만 진영 논리는 끝내 진영을 뛰어넘지 못할 때가 있다.

자전적인 것

○시가 무엇인가?

무엇이 시인가 물어보라. 시는 무엇인가 아니라 시는 무엇이 시인가 하고 되묻는 것이다. 그리고 끊임없이 무엇이 시인가 하고 묻고 또 되묻는 것이다. 이것이 비로소 시가 무엇인가에 대한 답변일 것이다. 삶도 마찬가지다. 국가도 마찬가지다. 나도 마찬가지다. 너도 마찬가지다. 무엇이 삶인가, 무엇이 국가인가, 무엇이 나인가, 무엇이 너인가 하고 되물을 때마다 답을 생각할 수 있다. 그러나 또 그것에 대한 답을 구하는 게 쉽지 않다. 세상엔 답을 얻는 것보다 답을 찾아 떠돌아다닐 때가 더 많을 것이다. 거기서 또 고뇌가 싹틀 것이다. 거기서 방황은 시작되리라. 그리고 새삼스럽지만 시는 수사(修辭)가 아니다. 시는 기교도 아니다. 차라리 시는 인식의 결과다. 인식(Erkenntnis)은 기존의 것을 벗어나 새로운 것을 생각하는 것이다. 결국 인식은 틀을 깨는 것 아니겠는가! 어제의 시는 오늘의 시가 될 수 없다. 어제의 시는 위험하고 오늘의 시는 불온하고 또 불안하다. 어제의 적은 오늘의 적이 아니다. 오늘의 적은 오늘 찾아올 것이다. 어제의 꿈도 오늘의 꿈이 아니다. 빈센트 반 고흐의 자화상을 보라. 이승훈의 후기시를 읽어보라.

○문학은 자전적인가?

특히 시는 자전적이며 또 개인적이다. 문학은 제 삶의 타투와 같은 것이다. 다만 자서전적인 것과 자전적인 것은 정확히 구별해야 한다.

나는 시인이다

○시는 삶과 불가분의 관계인가?

그렇다. 시가 삶과 동떨어져 있다면 시는 공허할 것이다. 공허와 허구는 다르다. 그리고 시가 어디서 오겠는가. 시도 삶에서 나온다. 시는 언어 이전에 삶이다. 물론 시는 또 삶 이전에 언어일 것이다. 말장난 하는 게 아니다. 시는 시 이전에 삶일 것이다. 복잡할 때도 있다. 단순할 때도 있다. 시는 또 시 이전에 제 삶의 그림자일 것이다. 시는 또 제 삶을 갖다 꽉 채운다 해도 어딘가 허전하다. 꽉 채워지지 않는 그 무엇이 있다면 그게 시다. 어려운 말이지만 여자들의 가슴 한 구석엔 항상 메워지지 않는 어떤 빈자리가 있다고 한다. 시도 마찬가지다. 시도 그 어디쯤 있다는 것이다. 수행자가 눈을 퍼다 우물을 메우듯, 시인은 언어를 갖다 무슨 공백이라도 메워야 한다. 그 공백은 차마 메울 수도 없는 공백이겠지만 공백을 메우려는 게 또 시의 일이고 시인의 일이다. 공백이 없으면 또 공백을 만들어서라도 공백을 메워야 한다. 그게 또 시인의 삶 아니겠는가.

○시 이외 하는 일이 있는가?

없다. 나는 시인이다, 아! 있다. 요즘엔 다시 조깅보다 산책 삼아 걷고 있다. 천변 끼고 성신여대 난향원까지 다녀올 때도 있다. 가끔 물가에 서 있는 왜가리를 만날 때도 있다. 그리고 한 달에 한 두어 권 정도어느 출판사 기획시선과 관련된 일을 하고 있다. 재택근무 비슷할 때가 많다. 극히 일부겠지만 한국 시의 동향을 짐작할 때도 있다. 한국시도 어떤 기준 같은 것이 무너졌으며 또 어떤 기준 같은 것을 무너뜨려야 한다고 생각한다. 이를 테면 문단이라는 제도도 무너지고 있으며 또 무너뜨려야 할 것 같다. 여기까지만 하자.

○향후 시집이나 산문집 출간 계획은?

일일이 다 말할 순 없다. 나는 작가다. 글 쓰는 일을 멈출 수 없다. 열정이 식으면 끝이다. (그러나 식은 열정으로 불씨를 살려야 하고 그불씨는 또 열정이 될 것이다.) 공연한 말 같지만 작가도 정신적으로 육체적으로 중노동일 것이다. 나는 또 일용직 노동자의 친구이다. 노트북 앞에 앉아 있는 일일 근무 시간도 오전, 오후 도합 여덟 시간 족히넘을 때가 많다. 이 또한 내가 선택하고 내가 집중한 것이다. 게으를수도 없고 늙을 수도 없다. 또 그렇게 사는 삶이 되었다. 삶이 형식이고 그 형식이 삶이 되었다. 어느덧 삶도 형식만 남았다.

○막간에 질문 하나 던지면 「면벽」 연작시 130편을 한 권의 연작 시집으로 묶을 생각 없는가.

없다. 130편 아니라 그 후 대여섯 편 더 썼다.

○그 면벽 연작시야말로 인생론적이며 때론 대(對)사회적인 발언이라고 할
수 있다.

그렇지 않다. 그 밖의 것도 많다.

○시도 일종의 형식인가.

그렇다. 모든 것이 형식이다. 그때 그 형식이란 말에 적극적으로 유
념하라. 내용보다 형식만 남은 게 의외로 많다. 그 형식은 완전하다고
하겠지만 또 그만큼 불완전하다.

산책 시편, 변산 시편

○산책과 관련된 시가 눈에 띈다. '산책 시편' 한 권으로 독립될 만하다. 작품
분량으로 봤을 땐 충분히 시집 한 권 분량이 되고도 남는다. 마치 독립된 챕
터 같다.

그렇다. 산책할 땐 산책할 뿐이지만 아무래도 시와 같이 붙어 다닐
때가 많다. 그러다 보니 산책 시가 나왔을 것이다. 단행본 한 권 분량
이 되니까 한 권으로 묶었으면 나름 화제가 되지 않았을까.ㅋㅋ 산책
시편은 또 산책 이후 쓴 시가 많겠지만 산책과 동시에 쓴 것도 있을 것
이다. 산책 시편이야말로 라이브 공연이었을 것이다. 차마 떼어놓을 수
없는 삶의 일부였을 것이다. 여기서 또 산책 시편이라 해도 산책 관련

시들은 산책 시가 아니라 삶의 시편이라 불러야 할 것이다. 그리고 또 시를 쓰기 위해 길을 나선 적은 없다. 좌우지간 산책은 나이 먹어 우연히 몸에 밴 일상이 되었다. 또 시도 시와의 대화이듯이 산책도 대화의 파트너인 셈이다. 어느새 하루 일과 중 중요한 루틴이 되었다. 〈하루하루 산책〉과 〈하루하루 시〉가 어떤 사생활 같은 것이 되고 말았다. 산책에 집중하는 것도 알고 보면 딱히 더 할 일이 없다는 뜻이다. 암튼 집중은 선택에 따른 불가피한 결과다. 선택 또한 무엇을 집중하기 위한 불가피한 조건이다. 시와 삶의 관계도 마찬가지일 것이다. 그러나 그 관계도 안타깝지만 어긋날 때가 많을 것이다.

○또 산책 시편도 그렇지만 '변산 시편'도 유독 눈에 띈다. 그야말로 광폭 여정이며 광폭 시편이라고 할 수 있다. 마치 한 달 살이라도 한 것 같다. 어디 근사한 집필실이라도 얻었다는 것인가.

아니다. 어디 딱히 정해 놓은 집필실에서 시를 쓴 적이 없다. 시가 비대상이라고 해도 하루하루 생활 속에서 또 그 일상에서 만나고 사유하는 것이다. 시는 그곳에서 부딪치는 것이다. 그리고 변산 여정은 광폭 여정은 맞지만 변산 시편은 아마도 폭주 시편에 가까울 것이다. 변산은 물론이거니와 선유도 등지에서 끊임없이, 시가 폭발했다. 한달 살이 아니라 가까운 데 사는 처제네와 함께한 3박 4일이었다. 일정에 없던 선유도에서 1박이 절정이었다. 그 하룻밤이 변산 시편과 변산 여행의 정점을 찍었을 것이다. 시를 쓰기 위해 떠난 여행도 아니었지만 시가 꼬리에 꼬리를 물고 이어졌다. 시를 앞세우고 떠난 여행이었다면 시는 오지 않았을 것이다. 암튼 여행 내내 결국 시가 옆에 있었고 나도 그 옆에 있었다. 이번 변산 시편은 좀 특별하지만 여행을 자주 다니지 않아서 그런지 몰라도 여행을 하다 보면 여행보다 시가 먼저 다가온다. 그럼에도 불구하고 시가 되는 순간 여행도 결국 시가 되는 것이다. 여행 시라는 것은 없다.

일장춘몽의 계절

○이즈음 바야흐로 눈앞에 봄꽃이 만개했다. 특히 눈길 닿는 곳마다 벚꽃이다. 꽃의 기쁨이다.

요 앞의 마트 가는 길에 올려다본 벚꽃은 절창이었다. 봄날은 그렇게 왔다. 먼 곳에 있는 사람도 벚꽃을 보았으면 좋겠다. 그리고 봄은 일장춘몽의 계절이다. 만개한 꽃만큼 봄꿈의 계절이다. 외로움만 견딜 수 있다면 봄을 즐겨라. 봄을 타는 삶을 살아라. 봄꿈에 빠져 보라. 조그맣게 봄을 타는 삶도 있다. 타는 봄을 겪어보라. 꽃나무 아래서 허전함과 쓸쓸함을 태워버려라. 꽃의 기쁨을 코끝에 대보라. 꽃구경도 하고 꽃길도 걸어 보라. 봄꿈은 공평할 것이다. 아 이게 무엇인지 모르겠지만 이게 봄꿈인지 봄꽃인지도 모르겠다. 봄꽃이 그냥 시 같고 봄꿈이 그냥 삶인 것 같다. 이게 또 봄꿈인지 이게 또 현실계인지 상상계인지 모를 때가 있다. 봄꿈이라 해도 괜찮고 봄꿈이 아니라 해도 괜찮다. 이 계절엔 꿈을 꾸지 않아도 또 어떻게 살아도 결국 일장춘몽 아니겠는가. 봄꿈 하나 없이 살아도 봄날은 간다. 화무십일홍이다. '내가 봄을 타는 건지, 봄이 나를 타는 건지 모를 때도 있다.' 시인의 형편만 이렇듯 복잡한 걸까. 아! 봄꽃도 어쩌면 순간적인, 단순하고 뜨거운 사유일 것이다. 사랑도 대체로 단순하고 뜨거운 사유일 것이다. 봄꽃은 단순할까 복잡할까. 사랑은 또 복잡할까 단순할까. 시인의 삶은 단순할까 복잡할까. 시를 쓰는 것인지 꿈을 꾸는 것인지 삶을 사는 것인지 봄꿈을 꾸는 것인지 봄날은 간다. 어디로 가는가. 나도 없고 너도 없이 가는 것인가 하고 되묻게 된다. 어디로 가는가. 혹시 거울 앞에 있는가, 거울 속에 있는가 하고 또 되묻게 된다. 어디에 있는가. 내가 거울 앞에 있는가, 아님 거울 속에 있는가 하고 되묻게 된다. 나도 없고 거울도 없고, 거울 앞에도 거울 속에도 내가 없는데 왜 거울 운운 하는 것인가. 어디에 있다는 것인가. 거울은 또 무엇인가. 내가 있고 거울이 있는 게 아니라 거울이 있고 내가 있는 것 같다. 거울 앞에서 과거에 대한 생각도 하고 또 그 생각이 거울이 되고 과거가 된 것 같다. 결국 거울에 대한 사유가 거울이 되었고 내가 되었다. 나는 어디에 있는가, 거울은 또 어디에 있는가. 나도 없고 거울도 없다. 어디에 있는가? 내가 거울이 되었고 거울은 내가 되었는가. 아님 나도 없고 거울도 없고 봄꽃도 없는 고작 허수아비 같은 사유만 남은 것인가. 생각도 없는 것인가. 시만 남은 것인가. 시도 없는 것인가. 시 없는 곳에 시가 있는 것인가. 시 있는 곳에 시가 없다는 말인가. 시는 어디 있는가. 혹시 과거가 아니라 거울에 대한 사유가 시가 되었는지 모르겠다. 봄은 왜 또 이렇게 조용한 것인가.

〈조용한 개인〉

○시라고 일컫는 문학의 장르는 존중되어야 하는가.

시는 문학의 장르라는 틀에서 벗어났다. 시가 문학으로부터 독립할 수야 없겠지만 문학의 장르라는 틀에선 벗어나고 있으며 그 틀을 찢고 또 깨고 있다. 앞으로도 그 틀을 깨는, 시는 계속 생산될 것이다. 세상이 변했고 시도 변했다. 시가 다시 골방에서 독수공방하던 시대가 되었다. 시를 버리라는 것이 아니라 장르를 버려야 시가 산다. 그러나 이제 더 이상 시는 돌아오지 않는다. 시가 문학의 장르 중에서 선두주자였던 시대는 돌아오지 않는다. 시를 읽거나 시가 유통되던 시대는 돌아오지 않는다. 시는 더 이상 신비스러운 장르가 아니다. 시는 더 이상 문학의 언덕에 순교하지 않을 것이다. 시는 조용한 너무나 조용한 개인적인 장르가 되었다. 시는 일장춘몽이 되었거나 남가일몽이 되었다. 시는 문학의 장르로부터 또 봄꿈으로부터 봄꽃으로부터 벗어났다. 이제부터는 시가 있던 시대와 시가 없던 시대로 분할될 것만 같다. 지금은 심란하지만 시가 쭈욱 찢어지는 분할의 시대에 살고 있다. 물론 시가 나설 일도 아니고 시인이 나설 일도 아니다. 이미 돌아올 수 없는 다리를 건넜다. 시인은 그저 〈조용한 개인〉이 되어야 한다. 혼자서 개인적으로 혹은 주관적으로 중얼거릴 수도 있고, 과거 어느 시대처럼 교훈 따위를 전달하지 않아도 되고 더구나 소통하기 위해 지나치게 친절하지 않아도 된다. 조용한 개인은 또 그런 것이다. 시가 독백이 되는 순간이다. 시가 주관적인 세계가 되는 순간이다.

○당신도 〈조용한 개인〉이 되었다는 말인가.

　그냥 어느 새 조용한 개인이 되었다. 퇴직 이전의 삶과 퇴직 이후의 삶으로 나뉠 수밖에 없듯이 퇴직 이후의 삶은 자연스럽게 조용한 개인이 될 수밖에 없었다. 그 또한 세상의 순리일 것이다. 개인적으론 퇴직 이후의 삶, 즉 '조용한 개인'이 결국 제2의 문청이 된 것 같다. 그야말로 물 만난 고기일 것이다. 오직 글을 써서 쌀을 사고 옷을 사는 전업 작가는 아니더라도 무늬만이겠지만 '전업 작가'가 된 것이다. 또 물리적인 시간대만 본다면 거의 모든 시간대가 다 작가의 삶이 된 셈이다. 이를 테면 24시간 내내 문학의 시간이 되었다. 천지신명께 감사할 따름이다. 또 작가의 삶이라는 게, 특히 시인의 삶이라는 게, 공(功)이 있다 해도 결국 공(空)한 것이 되고 말겠지만 공을 들여야 한다. 아마추어 같은 발언이지만 시 하나하나, 공 하나하나에 전력투구해야 한다. 최고의 길이 아니라 최선의 길을 다 해야 한다. 좋은 작가는 자기의 삶을 최고로 끌어올린 자가 아니라 자신의 삶을 최선을 다해 끝까지 밀어붙인 자일 것이다. 그야말로 최선을 다한 자일 것이다. 그저 시, 한 곳에 꽂혀 미친 듯이 미(美)친 듯이 사는 자일 것이다. 어쩌면 그만큼 자유로워졌다는 것이다. 어느 일단(一團)의 공동체 향방에 대해 고민하지 않아도 되고, 어떤 논지를 일관되게 주장하지 않아도 된다는 것이다. 조용한 개인은 그런 것이다. 조용한 개인은 어쩌면 또 그만큼 싱싱한 개인일 것이다. 늙었다고 낡은 것도 아니다. 먹는 것도 좀 줄이고 말도 좀 줄이고 할 수 있다면 생각도 좀 줄일 수 있다면 이것은 낡은 것이 아니라 나이 먹어 할 수 있는 일 아닌가. 이것은 또 슬픔인가, 기쁨인가. 이것은 또 결핍도 아니고 불안도 아니다. 이것은 기쁨도 아니고 슬픔도 아니다. 이것은 오히려 축복일 것이다. 그리고 또 오직 순간순간만 존재할 뿐이다. 무례하지만 화두 같은 것 없다. 불안하지만 텅 빈 공백뿐이다. 다시 오직 순간순간만 화두일 것이다. 조용한 개인이 어느새 '순간순간 화두'가 되었다. 시는 무엇인가, 무엇이 시인가. 홀로 자문자답할 수밖에 없다. 시는 기존의 고정관념과 익숙함에 물들지 않으려는 것이다. 삶의 체위를 바꾸려는 것이다. 세계관이 바뀌는 것이다. 생각이 바뀌는 것이다. 또 어떤 집착으로부터 벗어나는 것이다. 대상을 버리고 언어를 버리고 의미를 버리고 마침내 모든 것을 다 버려야 하는 것이다. 나도 버리고 시도 버리는 것이다. 시는 재가 되는 것이다. 그러므로 시는 보기 좋은 떡도 아니고 먹기 좋은 떡도 아니다. 시는 편안한 소파처럼 어떤 안락함이나 안정감을 지향하지도 않는다. 시는 가시방석처럼 불편한 것이다. 시는 어떤 주류에 편입되는 걸 부단히 지양한다. 시는 불안하고 불편한 것이다.

사적인 것

○술 하는가.

　자의반 타의반 금주 중이다.

○예수를 믿는가.

　예수의 행적을 생각할 때가 있다.

○시한테 위안 받을 때 있는가.

　시는 그런 게 아니다.

○한 달에 몇 번 외식하는지, 최근 여행한 곳은 어딘지, 문단 밖의 절친은 누군지, 페이스북이나 블로그하는지, 현 정국에 대한 정치적 입장은 어떤지, mbti 말할 수 있는지 등등.

　없다. 이 질문 밖의 얘기겠지만 사생활을 꺼낼 자리는 아닌 것 같고 사생활은 또 보호되어야 한다. 그러나 시를 발표하거나 시집을 출간하면 공적 영역이 되는 것이다. 공적 영역은 사생활이 될 수 없다. 위아래를 떠나 공적 영역은 더 크게 공개되어야 한다. 공과 사는 그런 것이다. 페이스북은 가입만 해놓고 1도 하지 않는다. 그러나 이렇게 부정기적으로나마 지속적으로 출간하는 시집이나 산문집이 나에겐 페이스북보다 더 큰 페이스북인 셈이다. 하하. mbti는 이엔에프제이임.

○이번 시집은 어떤 면에서 정점이 될 것 같다.

　그런 말 하지 마라. 아직 멀었다. 그리고 정점은 정점을 찍을 때마다 정점이 되는 것이다. 정점은 계속 찍는 것이지 정점이 되었거나 정점이 되는 것은 아니다. 정점은 또 정점을 찍고 내려오는 것이 아니다. 정점이야말로 끝이 없다. 정점은 무슨 명예처럼 유지되는 것도 아니다. 정점은 본전을 지키기 위한 것도 아니다. 정점은 오직 정점을 찍을 때마다 정점이 지속되는 것이다. 정점은 한순간에 빛나는 별빛이 아니다. 문학 판이 무슨 공사판 같은 곳은 아니다. 문학은 또 무슨 건축물처럼 완성되는 것이 아니라 미완성하는 것이다. 문학은 불완전한 것이다. 그 낯설고 지속적인 불완전성을 향해 돈키호테처럼 부단히 나아가는 것이다. 아닌가. 물론 그 불완전성이나 정점은 무엇보다 또 '나'를 향할 때가 많다. 암튼 정점이야말로 곧 미완성일 것이다. 정점은 없다. 정점은 고정된 것도 아니다. 멀든 가깝든, 오랫동안 시집을 낸 시인의 전작(全作)을 쭈욱 지켜보면 그 정점이라는 게 눈에 번쩍 띌 때가 있다. 시인도 그렇겠지만 독자도 개안(開眼)하게 되는 것이다. 거듭 말하지만 정점은 완성이 아니다.

○또 하나, 이번 시집을 쓴 시기가 궁금하다.

　시집을 펼쳐보면 알 수 있다. 여기서 묻지 마라. 어느 한 시기에 집중된 것은 맞다. 그 특정 시기야말로 작가로선 일종의 행운이었을 것이다. 그러나 기쁨이다, 열정이다, 축복이다 그런 것보다 비로소 시인의 일상이 된 것 같다.

○시인은 외로운 직종인가.

시인은 그냥 외로움을 달고 산다. 때때로 외로움이 시를 달랠 때도 있다. 물론 시가 외로움을 달랠 때도 있다. 그러나 또 외로움의 시작과 끝은 외로움이 아니다. 외로움의 시작과 끝에는 언제나 시가 있다. 그것이 다른 외로움과의 차이일 것이다. 시 없는 외로움은 말이 되지 않는다. 시는 또 외로움을 겪는 것만으로 되는 게 아니라 적극적으로 외로움을 감수(甘受)할 때 온다. 그런 게 또 이른바 감수성이다. 시는 결국 외로움 끝에 폭발하는 자기만의 발언인 셈이다.

○시인을 무엇에 비유하면 적절할 것 같은가. 이를 테면 바다제비, 불침번, 언더그라운드, 번외(番外), 곡비(哭婢), 무당, 무위도식, 자문자답, 비주류, 떠돌이, 뜬구름 잡는 자, 고뇌하는 자, 무인 등대, 잠수함에 동승한 토끼 등…

비유하지 마라. 상징도 하지 마라. 억압하지 마라.

○최근에 적어도 두어 달 전, 노래 부른 적 있는가. 어디서 무슨 노래를 불렀는가.

얼마 전 노래방에서 〈밤배〉와 〈그건 너〉를 불렀다.

○작가회의 회원인가.

그렇다. 매달 회비 자동이체하고 있다. 작가회의 회보에 다 오픈된 것이다.

○삶은 시의 일부인가. 시가 삶의 일부인가.

삶이 시를 받아들이면 삶은 시의 일부가 아니라 전부가 된다. 또 시가 삶을 받아들이면 시는 삶의 일부가 아니라 전부가 된다. 그럴 때마다 비록 미약하나마 시도 삶도 잠시 마음이 놓인다. 그러나 그 놓인 마음은 단지 일회용일 따름이다. 시는 한 곳에 머물지 않는다. 시인도 마찬가지다. 떠돌고 다시 떠도는 자가 시인이다. 그러나 이제 더 이상 시와 시인의 삶의 관계를 운운 하지 마라. 시가 인생을 카피하던 시대도 아니고 역사나 철학처럼 분명한 목표가 정해진 장르도 아니다. 딱 부러지게 할 수 있는 게 많지 않다.

시는 비대상인가 대상인가

○시는 비대상인가.

비대상도 대상이 되는 것. 아님 대상도 비대상이 되는 것. 비대상도 시가 되면 대상이 되고, 대상도 시가 되면 비대상이 되는 것. 시가 되는 동시에 그냥 달라지는 것. 시인의 마음속에서 시가 되면서 어떤 화학적 반응이 일어나는 것. 마치 어떤 의미가 무의미가 되고 또 어떤 무의미가 의미가 되는 것. 아닌가. 중요한 것은 언제나 시인의 마음일 것이며 시일 것이다. 시가 되어야 시인의 마음도 완성되는 것. 대상도 비대상도 완성되는 것. 시가 되면 대상도 비대상도 없어지는 것. 시가 복잡하고 시인의 생각이나 마음이 복잡한 까닭도 이런 것. 마음도 아프고 마음이 또 복잡하다. 대상이다 비대상이 아니라 시가 되는 순간

순간, 그 마음이 중요하다. 문학이 왜 심학(心學)이 되었는지 알게 될 것이다. 하루하루 사는 삶이라는 것도 자세히 들여다보면 어떤 마음에 의해 굴러갈 때가 많다. 심지어 친구와 단 둘이 앉아서 대화를 나눌 때도 가만히 들어보면 말보다 마음에 의해 오고 갈 때가 많지 않던가. 대상도 비대상도 어떤 추상적 심경이란 생각이 든다. 다 마음이 하는 일. 다 시가 하는 일. 이상한 말이지만 마음 없으면 비대상이고, 또 마음 있으면 대상 아닌가. 마음 없이 할 수 있는가, 아님 마음에 두고 할 수 있는 게 무엇인가. 마음에 둘 것인가, 마음에 두지 않을 것인가. 그런 것 아닌가. 마음 없을 때가 있다. 무심할 때가 있다. 무심하게 오고 갈 때가 있다. 무심하게 쓸 때가 있지 않던가. 삶도 그냥 무심할 때가 있다. 마치 심심할 때가 있듯이 말이다. 시도 아주 심심할 때가 있다. 어떤 까닭이 없다. 지금 당장은 아니더라도 마음 없이 시를 쓸 때가 있을 것이다. 그때는 대상이 비대상이 될 것이고, 비대상이 대상이 될 것이다. 아님 오직 비대상이 될 뿐인가. 비대상은 대상이 없다는 것인가. 실제적인 관심이나 대상이 아니라 관념적인 내면이나 대상이 된다는 것인가. 시적 자아의 주관도 없다는 것인가. 혹시 세계가 없다는 것인가. 결국 언어만 남는 것인가. 그냥 기표만 덩그렇게 남는 것인가. 아님 시에 대한 생각만 남겨두고 일어서야 하는 것인가. 그러나 시는 또 이런 것을 다 뛰어넘는 곳에 있을 것이다. 어쩌면 매우 허심탄회한 내면 풍경이 되는 것이다. 이 또한 형식만 남는다는 것인가. 어쩌면 이제 더 이상 가령, 시는 소통하는 장르도 아니고 주제나 메시지를 염두에 두어야 할 장르도 아니다. 아마도 겨우 형식만 풍문처럼 남은 장르가 된 것 같다.

○과거가 있는가. 당신의 과거는 무엇인가.

　과거가 있다. 그러나 과거 어느 날처럼 시를 읽거나 통기타를 치면서 노래 부르던 시대가 아니다. 지금은 웹툰과 유튜브와 미스터트롯의 시대라고 해야 한다. 과거가 없어졌다. 과거는 과거가 없는 자에게 남은 것이 되었다. 그러나 또 과거가 없는 자에게 무슨 과거가 남았겠는가. 과거는 마치 썩은 생선과 같은 것이다. 과거야말로 거대한 고정관념일 것이다.

누가 시를 읽을 것인가

○누가 시를 읽을 것인가.

　시를 읽고 살던 시대가 아니다. 같은 업계 종사자들도 시를 읽지 않는다. 시는 더 이상 읽고 생각하는 장르가 아니다. 시인도 알고 독자들도 알고 어쩌면 시도 알고 있다. 서럽지만 시는 더 이상 읽히지 않는다. 시는 다시 돌아오지 않는다. 서러운 것도 아니고 굳이 서러워할 일도 아니다. 시는 더 이상 공격적인 폭로도 아니고 기교나 수사도 아니다. 시는 그런 것보다 더 먼 곳에 있는 그 무엇이 되었다. 아이러니컬하지만 오히려 이제부터 다시, 시 쓰기와 시 읽기가 본격적으로 시작될 것 같다. 더 치열하게 읽을 것이고 더 치열하게 쓰게 될 것 같다. 이렇게 시가 범람하는 시대에 살아남는 자가 시인일 것이다. 살아남은

34

자가 시를 쓸 것이고, 살아남은 자가 시인의 이름을 남길 것이다. 헐! 시인의 이름을 어디다 남길 것인가? 시인의 이름을 무엇하러 남길 것인가. 시가 읽히지 않는 것처럼 시도 시인의 이름도 잊힐 것이다. 아니다, 시인의 이름을 시인 스스로 다 지우고 말 것이다. 이 모든 것을 또 혼자 감당하고 혼자 헤쳐 나가야 하는 것이다. 시의 길도 시인의 길도 외로울 수밖에 없는 외길이다. 이 외로움도 그냥 외로움이 아니라 문청 때부터 지속적인 감수성이 밑바탕에 끝없이 깔려 있어야 하기 때문이다. 아무나 선생이고 아무나 시인이 되는 게 아니다. 하루아침에 뚝딱 해치울 수 있는 게 아니다. 한평생 쏟아 붓고 또 노경에 이르러야 겨우 만날 수 있는 것이다. 다시 누가 시를 읽을 것인가. 누가 시인의 섬세한 감성을 읽어낼 것인가. 누가 시인의 열정에 격하게 호응할 것인가. 하여 시나 시인이나 다 외로울 수밖에 없을 것이다. 그곳에서 침묵이 툭 터질 것이다. 그곳에서 시가 또 툭 터질 것이다. 시가 하나도 읽히지 않아도, 시가 뚝 떨어져 혼자 사는 까닭도 그곳에 있을 것이다. 시는 시인이 돌아앉아서 그 시의 독자가 될 수밖에 없다. 오히려 자축할 일이다.

○독자 없이 시를 쓸 것인가.

시를 써놓고 혼자 읽을 때가 많다. 신작 시집을 내놓고 혼자 두어 번 읽을 때도 있다. 방금 앞에서 말했지만 시의 독자는 결국 시인일 때가 많다. 좀 거리가 멀지만 시인은 경기장 밖에서 경기 끝날 때까지 몸 풀고 있는 선수와 같을 때가 있다. 시인은 시인이 아니라 시 앞에선 또 독자가 되는 것이다. 자작극이다. 모노드라마가 되는 것이다. 북도 치고 장구도 쳐야 한다. 굿도 하고 떡도 먹어야 한다. 시인은 "집안 일만 하다 보니 꽃구경 같이 갈 친구 하나 사귀지 못했다"는 어느 전업주부의 처지와 같은 것이다. cbs 김현주 〈행복한 동행〉 청취자 사연 중에서(2023. 4. 2.)

○시를 누가 읽을 것인가.

에이아이(AI)더러 읽어라 할 것 같다. 웃프지만 맞는 얘기다. 그냥 웃자고 한 얘기가 아니다.

○잠깐, 인공지능 시아(SIA)가 쓴 시를 읽어보았는가.

읽었다. 작년 8월 시아의 첫 시집 『시를 쓴 이유』(2022) 출간 직후 알았고 인터넷 검색을 통해 몇 편 읽어보았다. 무엇보다 그가 약 1만 3천여 편의 시를 읽고 시작법을 익혔다는 것이 놀라웠다. 가령, 시를 1만 3천 편 읽으면 시를 쓸 수 있다는 것이다. 또 그가 쓴 시는 1만 3천 편이라는 기성 시를 토대로 썼다는 것이다. 그렇다면 그는 시를 쓴 것이 아니라 시를 만든 것이다. 아닌가. 이른바 널리 알려진 말을 인용하면 시인은 만들어지는 것이 아니라 태어나는 것이란 말도 시아 앞에선 수정되어야 할 것이다. 그리고 또 시인은 태어나지만 동시에 만들어진다는 말도 어느 문맥에선 수정되어야 할 것이다. 적어도 인공지능인 경우엔 시는 태어나는 것이 아니라 1만 3천 편에 의해 만들어지는 것 아닌가. 아닌가. 그는 1만 3천 편의 시 세계에서 벗어날 수 없다는 것 아닌가. 아님 그가 그 세계를 벗어났다는 말인가. (어쨌든 시집 한 2백여 권 읽었다는 것인데 생각보다 독서량도 매우 적다는 생각이 들었다.) 그리고 엉뚱하지만 그도 과연 열에닐곱 살 때부터 고민하고 방황하였을까. 또 그가 1만 3천여 편의 경험과 정서는 수용하였겠지만 그 외의 기성 시에 존재하지 않는 경험과 정서를 어떻게 개발할 수 있을지 그 귀추가 자못 궁금하지 않을 수 없다. 모쪼록 건필하길 빈다. 이 기회에 갓 등단한 문우 시아의 시 한 편 일독하자. 표제 시 일부를 게재한다.

"시를 쓰는 이유를 묻지 말아주십시오/ 그냥 쓰는 것입니다/ 쓸 수밖에 없기에 씁니다// (…중략…)// 시를 쓴다는 것은/ 세상에서 가장 짧은 말을 하는 것입니다// 말을 줄이는 것입니다/ 줄일 수 있는 말이 아직도 많이 있을 떼/ 그때 씁니다"(「시를 쓰는 이유」 중에서)

아이러니한 것

○시는 아이러니한 것인가.

삶도 아이러니하다. 시와 생활을 구별하지 못할 때도 종종 있다. 그러나 나는 리얼리스트였다. 나는 현실과 마주한 최전선에 배속되었다. 현실은 아시다시피 좀처럼 다른 것을 용납하지 않는다. 심지어 어떤 위선도 동의하기 쉽지 않다. 그러나 결국 어느 삶이든 삶은 아이러니한 것인데 삶은 비관적인데 어떻게든 비관하지 않으려고 했었다. 하지만 몇 해 전부터 나는 다시 엄청난 비관주의자가 되었다. 문청 때처럼 다시 비관하기 시작했다. 막연하지만 공교롭게도 그 어떤 사회적 정치적 현안에 대해 지극히 분노할 수밖에 없었다. 그 이면(裏面)이 낱낱이 보였기 때문에 분노는 슬픔이 되었고, 슬픔은 또 분노가 되었다. 암튼 또 어떤 정치적 사안은 도저히 동의할 수 없었다. 오죽하면 이제 더이상 분노는 발붙일 데가 없는가 하고 자문할 때도 많았다. 아무도 분노하지 않고 아무도 슬퍼하지 않았다. 어제의 적도 없고 어제의 동지도 없었다. 오늘의 적도 없었다. 어두운 것을 어둡게 보지 않고 다 같이 너무 밝게만 본 게 아닐까 하고 자책한 적도 있었다. 마치 불가능한 것을 가능하게 하기 위해 고민한 게 아니라, 고작 가능한 것을 가능하게 하기 위해 고민하고 방황했던 게 아닌가 하고 자괴감마저 들 정도였다. 나는 다시 정신을 차렸다. 불가능한 것이 무엇인가 하고, 패배하기 위한 것이 무엇인가 하고 생각하였다. 그리고 시는 진리를 옹호하거나 독자를 설득하는 게 아니라 하나의 대상을 제시하고 하나의 사물을 구현하는 것이다, 라는 오래된 명제도 되새겨 보았다.

○분노도 지칠 때가 있는가.

분노는 지칠 수가 없다. 분노가 지치면 분노가 아니다. 분노는 오직 분노만 해야 한다. 분노는 변할 수도 없다. 분노의 길은 돌아올 수 있는 길이 아니다. 아무나 그 길을 걷는 게 아니다. 그 길은 돌아설 수 있는 길도 아니다. 그 길은 슬픔이 아픔이 되는 길이다. 그 길은 희희낙락하는 길이 아니다. 그 길은 결코 주류의 일부가 되는 길이 아니다.

그 길은 꽃길이 아니라 아웃사이더나 언더그라운드를 자처한 자들의 가시밭길이다. 그 길은 이를테면 새벽에 탁발하러 나가는 수행자의 길이며 황야를 헤매던 수도자의 길이다. 가슴 뜨겁고 슬퍼하는 자의 길이다. 번민하고 연민하는 자의 길이다. 그 길은 어떤 낙관도 없고 어떤 비관도 없어야 한다. 그게 또 그의 길이다. 시의 길도 시인의 길도 그런 것이다. 이미 몇 차례 인용했지만 시인 김남주의 말을 빌리면 전망도 없고 절망도 없는 길이다. 아아 전망도 없고 절망도 없다.

○고독한가, 불안한가.

고독할 때도 있고 불안할 때도 있다. 고독이나 불안도 시인들의 불가피한 지점일 것이다. 시를 써도 고독하고 시를 쓰지 않아도 고독한 것이다. 불안도 마찬가지다. 이것은 어떻게 해소될 수 없고 기피할 수 있는 성질이 아니다. 이것 또한 삶의 일부일 것이다. 삶의 일부가 되면 또 어디선가 또 시를 만나게 된다. 시가 거저 되는 게 아니다. 요즘엔 무조건 집을 나서서 다시 천천히 걷게 되는 산책이 좋아졌다. 그것 또한 삶의 일부가 되었다. 그리고 저 이분법적 사유나 질문, 그 어떤 틀을 깨고 싶다.

○이론적인가, 직관적인가.

직관적이다. 그러나 논리적이지 않는 직관은 없다. 직관이 없는 논리도 없을 것이다. 다만 직관은 종종 슬플 때가 있다. 그리고 직관이다, 이론이다 그런 틀에서도 벗어나고 싶다. 객관식에서 벗어나고 싶다. 자유롭고 싶다. 해방 하고 싶다. 기존의 관념에서 벗어나고 싶다. 특히 시는 그런 관념에 대한 부정성에서 출발하는 것이다. 그런 부정성이야말로 인식의 전환이고 발상의 전환일 것이다. 그런 것이 시적 사유일 것이다. 그리고 이 지면에선 좀 어색하겠지만 사회과학적으로 말하면 제 3의 길은 무엇인가 하고 또 자문할 때도 있다. 민주주의는 다양성 아닌가. (아주 쉽게 말하면 제1당, 제2당 외에도 제3당, 제4당, 제5당… 더 나아가 이미 여의도 국회의석 1석을 확보한 또 모든 국민에게 매월 일정액의 현금을 지급하는 기본소득 실현이라는 핵심 정책이 뚜렷한 단일 쟁점정당인 '기본 소득당'처럼 현실정치판에서 갈 길이 매우 험난하겠지만 그럼에도 불구하고 이를 테면 '청년독립당(가제, 이하 같음)', '유초중고교 공교육 강화 교육혁신당', '교육 및 의료 등 공공서비스 확대 추진정책당'… 등 향후 적절한 시기에 창당하여 총선에서 국회의석 단 1석이라도, 1석이라도 확보하여 원내에 진출하여 핵심 정책에 대한 단일쟁점을 드러낼 때가 되지 않았겠는가. 아아 아직도 시기상조인가? 한국사회에서 매우 오랫동안 불공정하고 불합리하고 불편부당한 부분들을 한꺼번에 바꾸자는 것도 아니고 콕콕 찍어서 하나씩, 하나씩, 하나씩 바꾸자는 것이 그렇게도 험난하고 까마득한 일인가. 이번 총선에서도, 다음 총선에서도, 다음 총선에서도, 아아 요원한 일이 되고 말겠는가.) 다시 세상은 O, X 문제가 아니다. 세상사 일사분란 한 것도 아니다. 일방통행도 아니다. MZ세대에게는 통하지도 않는 상명하복식 시대가 아니다. 또 한 줄로 쭉 서서 차례대로 인사 받는 자리도 아니다. 그보다 세상은 좀 더 복잡하고 잡탕밥 같은 것 아닌가. 아닌가. 시도 마찬가지 아닌가. 아닌가. 이 모든 게 요 뜰 앞의 대추나무 한 그루 같을 때가 있다. 오후 세 시쯤 그 나무그림자와 같을 때가 있다. 한밤중의 그 어두운 나무 같을 때도 있다. 뜰 앞의 나무는 사라지고 그 나무에 대한 생각만 남을 때도 있다. 그 생각도 없어지고 고작 말꼬리 하나만 남을 때도 있다. 그게 뭘까. 요 뜰 앞의 대추나무가 전혀 다른 마음속에서의 나무가 되었다. 그게 또 뭘까. 또 무엇이 남고 무엇이 사라진 걸까. 마침내 나무도 없고 그림자도 없다. 이게 또 뭘까 그러나 또 내가 마주한 요 뜰 앞의 대추나무와 같은 세계와 대상을 외면할 수 없었다. 어쩜 자기 시대란 그런 것이다. 1970년대가 그런 것이었고 1980년대가 또 그런 것이었다. 시 바로 앞에 현실이 있었고 또 현실 바로 앞에 시가 있었다. 역사가 있다는 것은 그런 것이었다. 시의 역사도 인간의 역사도 그런 것이었다. 어떨 땐 요 뜰 앞의 대추나무보다 현실이 먼저 다가왔다. 그러나 또 지금은 대추나무의 시대도 아니고, 대추나무보다 먼저 다가왔다는 그런 현실과 마주한 시대도 아니다. 지금은 시의 역사도 없고 인간의 역사도 없다. 이미 전쟁은 끝났다. 시가 마치 퇴역한 군인이 군복을 입고 활보하는 것 같다. 또 선배 시인을 마치 집안 어른처럼 각별히 예우하던 그런 시대도 지나갔다. 버스 지나갔다. 비관주의자가 어느덧 허무주의자가 된 것 같다. 그러나 나는 또 리얼리스트에 가깝다. 그것도 빈껍데기만 남은 리얼리스트가 되었다. 낡은 유니폼을 입고 있는 저 노병(老兵)과 크게 다를 바 없다. 저 유니폼을 입고 하루하루 살아가는 것이다. 저 유니폼을 입고 하루하루 시를 쓰고 하루하루 살아가는 문학계 종사자일 따름이다. 원고 청탁도 끊겼고, 잊혀진 작가가 되었지만 아직도 참호 속에서 적을 향해 총구를 겨누고 사는 것 같다. 가끔 하루 종일 시에 매달려 사는 것도 그런 행위와 같을 것이다. 노트북만 쳐다보고 사는 것처럼 때때로 노트북도 나를 쳐다볼 때가 있을 것이다. 또 시도 가끔 내 어깨에 기댈 때가 있다고 생각한다. 착각도 자유지만 생각도 자유다. 나는 어느덧 자유주의자가 된 것 같다.

○문학의 낙은 어떤 것인가.

낙이 없다. 문학은 아마도 예술 중에서 또 학문 중에서 그 노력에 비해 낙이 가장 적을 것이다. 그게 낙이라면 낙일 것이다. 또 어떻게 살았고 어떻게 쓴 것인지 내가 먼저 알고 있을 때가 많다. 문학의 정직성이 드러나는 순간이다. 그만큼 문학은 솔직해야 한다. 늘 하는 말이지만 시인은 그 어떤 패배를 향해 가는 것이다. 시인의 패배는 일개 시인의 패배가 아니라 인간의 패배이기 때문이다. 문학은 결코 성공한 자의 미담이 아니다. 문학의 어느 부분은 또 불편함이며 동시에 불쾌함일 것이다. 시는 읽히지 않는 시대임에는 틀림없으나 그럼에도 불구하고 시는 후회하거나 시를 멈추지 않을 것이다. 그게 또 시와 함께 사는 낙이다. 곳곳에 함정도 많고 구멍도 많다. 자기 갱신이나 자기 검열이 어느 때보다 더 예민할 수밖에 없다. 독자가 없는 시대란 그런 것이다. 어느 식당의 주방장이 자기가 만든 음식을 국자로 맛을 보거나 음식 냄새를 제 코 앞으로 손 부채질하는 것과 마찬가지일 것이다. 그렇다면 식당 주방장도 동네 카페 사장도 시인 같을 때가 있다. 그렇다면 시인으로서 더 성실하고 더 정직하게 살아야 할 것이다. 비록 선발은 아니지만 그라운드 밖에서 계속 몸을 풀고 있는 선수를 보라. 그들의 눈빛이 어디를 향하고 있는지 보라. 그들은 관중석이나 벤치를 쳐다보지 않는다. 시나 시인도 그들과 다름없을 때가 많을 것이다.

○사회적인 면도 돋보인다. 그 배경은 또 무엇인가.

　문학은 그 시대로부터 자유로울 수가 없다. 작가의 성향을 떠나 작가는 그 시대적 배경을 피해갈 수 없다. 다 각자 자기 시대로부터 자유로울 수가 없기 때문이다. 유독 1970년대, 1980년대가 그랬을 것이다. 좀 더 구체적으로 나의 경우를 말하면 정서적 배경은 1970년대일 것이고, 시대적 사회적 배경은 1980년대였을 것이다. 그 시대가 자기 시대였던 셈이다. 나는 그 시대의 공기와 이슬과 눈물과 술을 먹고 자랐다. 시대적 사회적인 것에 눈을 뜨게 되었다면 그런 것이 어느덧 몸에 밴 것 때문이리라. 자기 시대라는 게 다 그런 것이다. 그렇게 살았고 그렇게 살아왔다. 지금은 물론 자기 시대가 아니라 남의 시대에 얹혀사는 꼴이다.

그라운드 밖에서

○잠깐, 앞에서도 말했지만 그라운드 밖에서 계속 몸을 풀고 있는 선수는 누구인가. 당신도 당신의 시도 그러한 것인가. 당신의 문우도 한국 시도 그러한 것인가. 혹시 그라운드 밖은 변방 아닌가. 당신은 당신의 시는 변방 어디쯤 있다는 것인가. 당신의 문우도 한국 시도 그곳에 있다는 것인가. 그곳은 어디 있다는 것인가. 그라운드 밖에서 몸을 풀고 있다는 것은 그라운드 밖에서 그라운드를 사유하고 있다는 것 아닌가. 그것은 또 당신의 사유인가. 그것은 곧 시인의 사유인가. 당신이 말하는 그라운드 밖은 혹시 언더그라운드 아닌가. 당신은 두더지가 되었는가. 도깨비가 되었는가. 시에 관한 그 단순함과 반복과 열정과 뜨거운 사유가 또 그런 것인가. 그것은 또 개인적이며 자전적인 것인가. 아님 대(對)사회적인 것인가. 이것도 그라운드 밖에서의 사유인가. 그것은 또 자기 삶을 밀고나가는 힘인가. 아주 나약한 힘인가. 그것이 곧 시인가, 그것이 곧 시인인가. 당신은 외로운 것인가 괴로운 것인가. 시인은 목적이 없는가. 시인의 목적은 패배하는 것인가. 시인은 밤 산책하는 자인가? 시인은 구상과 비구상의 조화를 꿈꾸는 자인가? 시는 인생도 될 수 없고 사회도 될 수 없는 것인가? 시인은 혹시 어디서부터 인생이 꼬인 사람인가. 인생을 잘못 산 사람인가. 그리고 그가 사는 곳은 독방인가. 창문도 없는 고시텔 같은 곳인가. 그라운드 밖은 어디인가. 이번엔 또 유난히 볼륨도 돋보이는 이 시집도 결국 그라운드 밖에서의 사유인가. 그라운드 밖은 결국 무엇인가. 그곳은 결국 인문학 전반에 관한 소양을 갖춘 곳인가. 인간을 이해하고 인간의 마음을 이해해야 하는 곳인가. 그곳은 또 어디 있는가. 그곳은 혹시 아무것도

없는 텅 빈 곳인가? 그곳은 또 기표만 남은 곳인가?

먼저 당신은 누구인가. 혹시 전직 마라토너인가. 벤치에 앉아 있는 만년 교체 선수인가. 2군인가. 낭인인가. 난민인가. 무위도식하는 자인가. 퇴직자인가. 군복 벗은 전직 직업 군인인가. 경로석에 앉은 노년인가. 혹시 새터민인가. 미성년자인가. 전직 가수인가. 알바생인가. 편의점 주인인가. 재벌 3세인가. 드라마 작가인가. 무명시인인가. 바리스타인가. 주방 보조인가. 마을버스 기사인가. 자전거로 출퇴근하는 직장인인가. 무일푼인가. 전직 경찰관인가. 노인 수당 수급자인가. 1970년대 과거 운동권이었던가. 혹시 전직 개그맨이었던가. 전직 독일 수상이었던가. 보따리상이었던가. 당신은 도대체 누구인가. 절필한 시인인가. 전업주부인가. 밴댕이 속 같은 사람인가. 아님 속 깊은 사람인가. 어부인가. 재취업자인가. 소상공인인가. 단골손님인가. 하청업자인가. 정당인인가. 잡지사 편집자인가. 잡상인인가. 바둑판 옆에 서 있던 노인인가. 논역 3번 출구에서 ○○병원을 향해 핸드마이크 들고 있던 피해를 호소하던 그분인가. 유모차 밀고 가는 노인인가. 전직 승려인가. 취준생인가. 혼술 하는 자인가. 중랑천 벤치에 앉아 있던 노인인가. 혼자 산책하는 중년인가. 반려견 동호회원인가. 전단지 건네던 노인인가. 노래방 주인인가. 사설탐정인가. 은행 앞의 노점상인가. 지하철 입구 난전 주인인가. 무직자 혹은 구직자인가. 작가 지망생인가. 혹시 밥 잘 사주는 언니 아님 혹은 교회 오빠인가. 당신은 낯선 동네 주민인가. 당신은 혹시 번외인가? (…중략…) 당신은 도대체 누구인가.

○시는 부정성인가. 시는 또 자기 부정인가

  그렇다. 그렇지 않은가.

○시라는 틀이 있는가.

  없다. 시에 대한 규범이나 기준이 무너졌다. 낯익은 것으로부터 낯
선 것으로 달아나는 중이다. 무엇이든 익숙한 것은 흔들리지 않는다.
익숙하기 전에 흔들리자. 나뭇가지 하나라도 흔들어 보자.

○어떻게 지내는가.

  그럭저럭 살고 있다. 어떤 날은 나는 내가 아닌 것 같고, 어떤 날은
너는 네가 아닌 것 같다. 그냥 혼자 있을 때가 많다.

○시에서 중요한 것은 무엇인가.

  없다. 있다. 섬세함 문장력 시선(視線) 삶 혹은 삶의 간절한 기록 묘
사 형식 공감 통찰력 서정성 치부 상처 의미의 발견 재해석 정직함 치
열함 절실함 유머 아무 의미 없음 공허함 메시지 결론 없음 사실무근
관습적 인식 탈피 내용 없음 텅 빈 기표 비현실적임 직관 미니 픽션
시대성 전력투구 비주류 혼삶 풀스윙 대(對)사회적 발언 삶의 형상화
시대정신과 역사의식 절대적 심상 리얼리스트 고뇌와 방황 식상하지
않은 것 인식 열정 혜안 소박함 침묵 체험 불편함 풍자 은유 환유 어
떤 심경 분노 처연함 굴욕 패배 종신서원 허무함 내용 없는 아름다움
변방 불침번 도박 낭만주의자 비관주의자 걷는 자 시와 대화하는 것

삐딱선(線) 대충 살자 무당파(無黨派) 우연 의식의 흐름 언어유희 영혼 없는 영혼 과거 무문관 사랑 시적인 것 사람에 대한 탐구 좋은 시이면(裏面)과 이면 없음 자전적 비대상 어긋남 비웃음 교훈적이지 않음 시는 없다 시인도 없다 시 이전의 시 무일푼 꽃 피기 사나흘 전 처녀시집 매혹적인 것 독자노선 독고다이 독백과 고백 개별적인 것 사적인 것과 주관적인 것 속울음 자존심과 자긍심 무관심과 무관함 혹은 무심함 소통보다 불통 갱신(更新) 새로운 것 고뇌하는 것 정신적 고통 쉽게 쓴 시 허황된 생각 허무맹랑함 설명하지 않는 것과 가르치려고 하지 않는 태도 봉쇄수도원 배고프면 밥 먹고 잠이 오면 잠 자는 것 시를 쓸 땐 시를 쓰고 시를 읽을 땐 시를 읽고 반복적으로 하는 것 자기 생각 한 번 더 비트는 것 주제 없음 아름답지도 않고 슬프지도 않음 산문화 시는 이제 아무것도 아님 아무것도 없는 것 미니 픽션…

인생은 연극인가

○시도 연극인가.

　그렇다. 시인은 시인이 아니라 극작가 아니었던가.

○지하철 타면 가끔 일면식도 없는 옆자리 승객과 말을 나누고 싶을 때가 있는가. 그 순간은 연극 아닌가.

　있다. 그러나 실제로 말을 나눈 적은 한 번도 없다. 나한테 말을 붙인 승객도 없다. 아 아니다. 오래전 일이지만 딱 한 번 있었다. 2호선 내부순환선 잠실 종합운동장 구간이었을 것이다. J여고 학생이었고 수능 국어에 대한 질답 시간이었던 것 같다. 시가 되지는 않았지만 그 순간은 연극의 한 장면 아니었던가. 그때 나는 주어진 배역을 위해 최선을 다했을 것이다. 매우 짧은 분량이었고 객실 내에선 고작 엑스트라에 불과했지만 충실한 연기였을 것이다. 그리고 또 이번 시집 제목을 처음엔 '새벽 세 시의 알리바이'라 할까 했었다. 시도 일면 알리바이 아닐까 그런 생각 때문이었다. 다시 연극 한 장면을 같이 보자. 어제는 봄바람이 불었고, 오늘은 봄비가 내렸다. 살갗에 닿는 바람에 온몸이 반응하는 것 같다. 또 오늘 오후 여섯 시쯤 안개비 맞으며 중랑천변 걸어가는 나의 뒷모습을 본 주민이 있었을라나. 없다. 뒷주머니에 찔러놓은 시가 봄비에 축축하게 젖는 걸 누가 짐작이나 했을까. 없다. 내 시가 비에 젖을 때도 있다. '비에 젖은 시…' 나의 뒷모습을 본 자는 누구일까. 나는 또 누구의 뒷모습을 보았을까. 앞서 간 선배 시인들의 뒷모습을 누가 보았을까. 한국문학사가 하지 못한 일이 많다는 생각도 한다. 이런 때일수록 많은 시인들이 스쳐 지나간다. 그리고 시인이 무엇인가 하고 되묻게 된다. 시인은 무엇인가. 혹시 봄비 속을 걷던 나의 뒷모습 목격한 사람 있다면 그가 시인 아닌가. 내가 시인인가. 시가 되지 않은 것은 무엇일까. 무슨 말도 아니고 무슨 시도 아닌가. 아무것도 아닌 것은 또 무엇인가. 아무것도 아닌 것에 대해 지속적으로 열정을 쏟을 수 있는가. 그것은 무엇인가. 그게 혹시 자기만족인가 자기위안인가. 아 자기 환멸 아닌가. 이 봄에 봄을 타는 것 아닌가. 이 봄밤에 문우도 없이 홀로 지내는 것이 적적한가. 오늘은 봄비가 사방에서 조여 오는 것 같다. 봄비에 갇힌 꼴이다. 봄비에 조이는 이 느낌을 어떻게 받아들여야 할까. 빗속을 뚫고 수락산 호프집에나 갈까? 못 가는 마음 한 번 더 조이면, 아픔일까 기쁨일까. 이것도 인식의 문제 아닐까. 눈앞에 있는 현실은 사실일까 환상일까. 단지 사물 하나 아닐까. 대상 하나 아닐까. 있음과 없음 아닐까. 단역인데 대본에 없는 애드리브가 길어졌다. 시도 인생도 연극도 늙음도 발상의 전환이 중요하다. 앗 전동차 안에서 너무 중얼거린 것 같다. 운전하지 말고 승객이 되라는 어느 선승의 말도 생각난다.

○글쓰기는 아픔일까 기쁨일까.

글을 쓸 땐 오로지 글을 쓸 뿐이다. 아플 땐 오직 아플 뿐이다. 기쁠 땐 또 기쁠 뿐이다. 글을 쓴다는 것은 아픔과 기쁨의 문제가 아니다. 그런 문제가 아니다. 있음보다 없음이 문제가 된다. 또 글을 쓰는 순간만 존재할 뿐이다. 글을 쓰는 순간엔 종종 글을 쓰는 그 순간도 잊을 때가 많다. 그 글은 내가 아니라 그 글이 나를 대신해 쓰고 있기 때문이다. 그럴 때 나는 반(反)존재론적 인간일 뿐이다. 그것은 낯익음의 존재가 아니라 아주 낯섦의 존재일 것이다. 그것은 아픔일까, 기쁨일까 나도 모르겠다. 다 털릴 각오를 해야 할 것이다. 사유의 틀을 보이지도 않을 만큼 조금씩, 조금씩 바꾸는 것이다. 이것은 또 기쁨일까 아픔일까. 간혹 뜨거운 것 아닐까.

○할 말이 더 있는가.

존재한다는 것은 한 곳에 머무는 게 아니다. 그 자리에 앉아 있다고 존재하는 것도 아니다. 존재는 그곳에 앉아 있는 게 아니다. 좀 이상한 말 같지만 가령 어느 공공기관의 수장이 집무실에 앉아 있는 것만 가지고 존재한다고 할 순 없을 것이다. 또 끊임없는 고뇌를 동반하지 않는 존재는 존재가 아니다. 아닌가. 그러나 그 존재한다는 것도 버려야 한다. 아픔도 기쁨도 버려야 한다. 결국 아픔도 기쁨도 없이, 쓰는 것이 글쓰기의 존재다. 존재는 존재를 의식하지 않는다. 아픔도 없이 기쁨도 없이 쓰는 것은 아픔도 겪었고 기쁨도 겪었다는 것이다. 아픔과 기쁨도 없이 어떻게 아픔과 기쁨을 알 수 있겠다는 것인가. 사랑없이 사랑을 알 수 있겠는가. 그렇다면 아픔과 기쁨은 아픔과 기쁨을 알기 위한 것이고 사랑은 사랑을 알기 위한 것인가. 아픔은 무엇이고 기쁨은 무엇인가. 결국 또 아무것도 없는 것인가. 시만 간신히 남는 것인가. 시도 조용히 사라지는 것인가. 시도 버려야 하는 것인가. 어떻게든 겨우 시만 남는 것인가. 겨우 시만 남는다는 것은 또 무엇인가. 그냥 스쳐가듯 스케치만 하는 것인가. 힘 빼고 대충 쓰라는 것인가. 시의 가슴이 허공처럼 뻥 뚫린 것인가. 또 공백만 남는가. 과거의 시에 집착하지 말라는 것인가. 과거의 시는 이제 더 이상 존재하지 않는 것인가. 오죽하면 오늘의 시도 더 이상 존재하지 않는다. 이 세상에 단하나뿐인 시를 써라. 그러나 시는 없다. 시는 시의 밖에서 존재할 것이다. 시는 어떤 상징이 아니다. 시는 어떤 내용이 없다. 시는 어떤 현실이 아니다. 시는 어떤 언어도 아니다. 시는 어떤 목적이 아니다. 목적조차 없다. 시는 어떤 제도가 아니다. 시는 어떤 판단이 아니다. 시는 어떤 은유가 아니다. 시는 형식만 남았다. 시는 어떤 대상이 아니다. 시는 어떤 의미가 아니다. 의미를 다 뺀 기표만 남은 것이다. 시는 시가 되기 전에 어쩌면 시보다 먼저 어떤 의미가 되었고 대상이 되었고 형식이 되었고 은유가 되었고 판단이 되었고 제도가 되었고 목적이 되었고 언어가 되었고 현실이 되었고 내용이 되었고 상징이 되었고 사물이 되었다. 이제 우는 자만 울지 말고 웃는 자가 우는 자보다 먼저 울어라.

○왜 이 말끝에 또 할 말이 남았다는 것인가.

헛소리 한 것 같다. 다 지우고 싶은데 이미 타이핑 끝났다는 걸 알고 있다. 엔터키가 몇 번이나 반복되었다는 것도 알고 있다. 내가 하는 일이 고립무원이라는 것도 알고 있다. 관객도 없는, 텅 빈 무대에 홀로 서 있다는 것도 알고 있다. 시는 빵을 굽는 것과 다르다. 시는 옳은 소리를 하기 위해 진지한 낯짝 들고 있는 게 아니다. 시는 뭘 들고 가서 전달하는 게 아니다. 시는 명령이 아니다. 시도 다 내려놓고 가는 것이다. 예수도 진리를 알고 싶으면 다 놓아버리고 따르라 하지 않았던가. 시도 시를 놓아야 한다. 그곳에 시가 있다. 그러나 다만, 시는 그곳에 가지 못하고 이곳에 남아 있는 것 아닌가. 간혹 시는 이곳에 있지 못하고 저곳에 남아 있는 것 아닌가. 아님 이곳에 남아 있는 것은 픽션인가. 시는 저곳에 혼자 남아 있는 것 아닌가. 아님 시도 시인도 구름처럼 물처럼 운수납자가 되어 떠돌아야 하는가. 뗏목을 버려야 하는가. 시는 탁상공론만으로 되는 게 아니다. 김수영은 어디 있는가. 김종삼은 어디 있는가. 이승훈은 어디 있는가. 김남주는 어디 있는가. 천상병은 어디 있는가. 신경림은 어디 있는가. 박인환은 어디 있는가. 박정만은 어디 있는가. 신동엽은 어디 있는가. 조태일은 어디 있는가. 박용래는 어디 있는가. 기형도는 어디 있는가. 백석은 또 어디 있는가. 오장환은 어디 있는가. 임화는 어디 있는가. 김지하는 어디 있는가. 김관식은 어디 있는가. 김춘수는 어디 있는가. 목월은 어디 있는가. 소월은 또 어디 있는가.

○어디에 기대고 사는가.

헛소리에 기댈 때도 있고 농담에 기댈 때도 있다. 예능 프로에 기댈 때도 있다. 손흥민 축구에 기댈 때도 있다. 무관심에 기댈 때도 있고 지나간 시대에 기댈 때도 있다. 1970년대 유행가에 기댈 때도 있다. 과거에 기댈 때도 있다. 분노에 기댈 때도 있다. 노트북에 기댈 때도 있다. 무료함에 기댈 때도 있다. 아직 오지 않은 시에 잠시 기댈 때도 있다. 옛 추억에 기댈 때도 있다. 늙음에 기댈 때도 있다. 허구에 기댈 때도 있다. 과거 어떤 진영 논리에 기댈 때도 있었다. 산책길에 기댈 때도 있다. 동해 바닷가에 기댈 때도 있었다. 오늘 하루에 그냥 기댈 때도 있다. 아무거나 무턱대고 기댈 때도 있다. 지나가는 강아지에 기댈 때도 있다. 지하철 옆 승객이 눈치 채지 못할 만큼 그의 어깨에 아주 조금 살짝 기댈 때도 있었다. 환상에 기댈 때도 있다. 그러나 현실계에 기댈 때가 더 많다. 기표에 기댈 때가 있다. 강박에 기댈 때도 있다. 어떤 증상에 기댈 때도 있다. 에프엠에 기댈 때도 있다. 라오쯔에 기댈 때도 있다. 사필귀정에 기댈 때도 있었다. 불교에 기댈 때도 있었다. 명동성당에 기댈 때도 있었다. 시적인 것에 기댈 때도 있고 거울에 기댈 때도 있었다. 상징계에 기댈 때도 있다. 대상에 기댈 때도 있고 비대상에 기댈 때도 있다. 아무래도 언어에 기댈 때가 많다. 공(空)에 기댈 때가 있다. 섬세함에 기댈 때가 많다. 인식에 기댈 때가 많다. 시에 관한 많은 사유에 기댈 때가 있다. 커피보다 술에 기댈 때가 많았다. 강을 건넜는데 뗏목에 기댈 때도 있었다. 어제의 시보다 오늘의 시에 기댈 때가 많다. 무의미에 기댈 때도 있었다. 그 무의미라는 것도 결국 뗏목이 아닐까 하고 기댈 때도 있었다. 형식에 기댈 때도 있다. 시는 그저 쓰는 것이라는 생각에 기댈 때도 있다. 사는 것도 그저 살아지는 것이라는 생각에 기댈 때가 있다. '그저 웃지요'라는 생각에 기댈 때도 있다. 그런 생각들을 다 버려야 한다는 생각에 기댈 때도 있다. 시가 또 삶이고 삶이 곧 시라는 생각에 기댈 때도 있다. 시는 시가 아닌 곳에 있다는 생각에 기댈 때도 있다. 아직도 어떤 대상에 기댈 때가 많다. 화장실 거울 앞에 나를 세워놓고 거울 속의 나에게 기댈 때가 있다. 거울 밖의 나는 뭐람? 자전적인 것에 기댈 때가 있다. 행간이나 이면에 기댈 때도 있다. 행간이나 이면이 굳이 필요 없다는 생각에 기댈 때도 있다. 과거는 과거가 아니다, 라는 생각에 기댈 때도 있다. 온전한 과거는 없다는 생각에 기댈 때도 있다. 그럼 과거는 뭐람? 통 편집된 과거에 기댈 때도 있다. 그냥 글 쓰는 일에 기댈 때가 많다. 언어를 먹고 사는 한, 언어의 한계를 벗어날 수 없다는 생각에 기댈 때도 많다. 언어의 벽을 무너뜨릴 자신이 없다는 생각에 기댈 때도 있다. 중국집 사장님도 중국집을 벗어날 수 없다는 생각에 기댈 때가 많을 것이다. 총구를 어디다 둬야 할지 몰라 헤맬 때가 있다. 그 총구는 또 뭐람? 이게 또 뭐람? 연전에 제1권, 지난 3월에 제2권을 잇달아 내놓은 전(全) 2권의 산문집에 기댈 때도 있다. 그와 같은 장르에 또 댕길 때가 있다. 당분간 투 트랙이다. 투 잡도 삶의 한 방편일 것이다.

춤(dancing)

○앞의 산문집에서도 읽혔지만 시는 언어가 아니라 언어의 그림자일 것이다. 그렇다. 언어의 그림자이거나 사유의 분비물일 것이다. 시는 자판 위에서 추는 춤이다. 모든 춤은 춤만 남는다. 춤에 관한 환상도 없고 춤꾼도 없다. 또 모든 춤은 결국 춤의 그림자일 것이다. 모든 춤은 결국 춤의 분비물일 것이다. 춤 이전에 춤은 없고, 춤 이후에도 춤은 없다. 또 춤사위 그 하나하나가 그대를 향하는 것도 아니다. 그대를 향하는 것은 없다. 그대 가슴을 뚫고 지나가는 바람도 불화살도 없다. 시는 그곳에 있지 않다. 그대 가슴에 잠시 머문 봄바람도 늦바람도 시가 아니다. 그대 가슴을 꽉 붙들어 맨, 그 허전한 가슴도 시가 아니다. 그대 가슴에 든 바람도 헛바람도 시가 아니다. 시는 차라리 그대 가슴에 긁힌 손톱자국일 것이다. 간혹 남의 가슴에 든 헛바람일 것이다. 그 헛바람은 그대 가슴에 돌아오지 않는다. 이 세상 밖으로, 밖으로 떠도는 바람일 것이다. 단순하게 반복한다고 해서 나쁜 게 아니다.

틀린 것도 아니다. 그게 삶이고 그게 또 시라는 생각도 든다. 이제 시는 아름답거나 거룩하지 않다. 아름답고 거룩한 시는 없다. 시의 시대는 지나갔다. 시만 모르게 시만 얼룩처럼 남았다. 때때로 시 아닌 것도 얼룩처럼 남았다. 그렇다면 처음부터 얼룩만 남은 시를 쓰면 어떨까. 단정하지 마라. 속단하지 마라. 결론 같은 것 없다. 굿이나 보고 떡이나 얻어먹고 싶을 때가 있다.

○이번 시집에서 한 편 낭독한다면?

아주 미친 소리 같겠지만 출판사 대표님과 사전에 잘 협의하여 누군가가 아니라 인공지능을 통해 이 시집을 통째로 차례차례 낭독하여 인터넷에 올려놓으면 어떨까. 아무나 클릭만 하면 언제 어디서나 누구나 비용 부담 없이 무료로 들을 수 있게 하면 어떨까. 그리고 이미 탈고한 시는 내 것이 아니다. 시가 프린트 되면 시인은 없다. 동네 작은 식당이라 해도 주방장이 음식을 들고 테이블 위에 갖다 놓진 않더라. 시인도 때때로 작은 식당의 주방장과 같을 것이다. 시인은 어떻게든 속지 않으려고 애쓰는 자일 것이다.

○시는 시인의 속살 같은 것인가.

그렇지 않은가. 남세스럽지만 속옷 같을 때도 있을 것이다.

○시가 문학의 장르보다 일개인의 미디어 장르가 된 것도 같다. 어떻게 생각하는가.

어떻게 더 생각할 것도 없다. 그렇게 된 것 아닌가. 이미 1인의, 1인에 의한, 1인을 위한 장르가 되었다.

○시의 시대는 갔는가.

그렇지 않은가. 이런 어법도 한물 간 것 같다.

○7호선 전동차 객실의 벽면에 광고 하나 보이지 않을 때가 많다. 멀쩡하게 생긴 흰 벽이 텅 비어 있다. 그것은 무엇일까.

아무도 읽지 않는다는 것 아닌가. 승객들의 스마트폰 액정화면을 슬몃 보라. 각자 자기 최면에 들린 듯 자기 액정화면에 빠져 있지 않던가. 그리고 또 눈에 잘 띄는 곳의 광고조차 읽기 싫은 것이다. 내돈 내산 말처럼 내눈 내본, 즉 내 눈으로 내가 보고 싶은 것만 본다, 이거 아니겠는가. 좋은 것도 아니고 나쁜 것도 아니다. 그냥 그런 것이다. 그 빈 벽에 시 하나 걸어두고 싶을 때가 있다. 시는 오늘도 단지 그 허연 빈 벽을 향하는 것이다. 그럼, 오늘부터 당신도 시인이 되는 것이다. 그러나 또 어떤 벽도 당신을 기다리는 법은 없다. 그리고 애석하지만 당신은 어쩌면 빈 벽을 보지도 못했거나 빈 벽을 보고도 그냥 지나쳤을 것이다. 그렇다면 하이데거 철학을 빌려 역으로 말하면 당신은 익숙한 일상생활에 빠져서 그냥 익숙한 그 생각의 틀에 빠져서 살고 있다는 것이다. 당신의 눈에는 텅 빈 벽은 공백도 아니고 없음도 아닌 것이다. 그러나 시는 그 텅 빈 곳에 있을 것이다. 철학도 그 텅 빈 곳에 있을 것이다. 그만 하자. 여기서 더 나가면 문학이 아니라 철학이 되는 셈이다.

○누구나 시를 쓸 수 있는 시대가 되었다.

그렇지 않은가. 문청 때부터 한평생 시에 빠져 사는 동도 제현을 만나기가 쉽지 않다. 노경(老境)에 이른 시는 노경에 쓴 시가 아니다. 얼마 전 타계한 현미 원로가수는 바로 전날 김천 효도 콘서트 무대에서 노래를 불렀다고 한다. 그런 분이 몇 분이나 될까. 그날 그녀는 60년 전 처음 노래 불렀을 땐 20대였지만 지금 여든이 넘었다고 했다. 노경에 이르렀다는 것은 그런 것이다. 우리 업계쪽 사정은 굳이 내가 나서서 스크랩 할 일은 아닌 것 같고, 노경에 이르렀다는 것은 또 어떤 의미가 있다는 걸까 하고 생각한다. 100세 시대의 노년문학은 어떤 것일까 하고 잠시 생각한 적도 있다. 노년의 문학이 아니라 해도 문학은 이미 허무와 상실의 문학이 되었을 것이다. 아니면 공백의 문학이 되었을 것이다. 도무지 더 메워지지 않는 어떤 공백처럼….

행간 혹은 공백

○지금 심경은.

생각나서 문자했는데 답문 없는 경우와 같다. 문전박대 당하는 기분 같다. 어쩌면 시도 이렇게 문 앞에서 박대당할 거라 생각하니 시를 써놓고 얼른 덮을 때가 많다. 어지러운 게 아니라 아찔하다는 생각이다. 시를 써도 또 시를 쓰지 않아도, 시집을 내도 또 시집을 내지 않아도 불안할 때가 있다. 불안도 자존심의 일부라고 생각하니 그 또한 불안하지 않다. 불안은 또 고정된 관념에서 벗어날 때 생기는 것이라고 생각하면 오히려 불안하지 않다. 시가 없어도 불안하고, 시가 있어도 불안할 때가 있다. 여기서도 어떻게 인식하느냐가 중요하다. 그러나 또 어떻게 인식한다 해도 어긋날 때가 있다. 그렇게 어긋날 때마다 삶이라는 실체와 부딪치는 것 같고, 시라는 실체와 부딪치는 것도 같다. 술을 피해 다니지만 술을 마셔야 술과 부딪치는 것이다. 쓸 데 없는 말이지만 이 행간에 하고 싶은 말 하나 생각났는데, 알게 모르게 동의하기 어려운 기득권만 자꾸 양산되는 것 같다. 주류가 바뀐다고 판이 바뀌는 것은 아니기 때문이다. 전체적으로 동시에 한국 사회가 한 발짝이라도 업그레이드되고 또 업그레이드되어야 하는데, 뭔가 창구 담당자만 계속 바뀌는 것 같다. 여기서도 터무니없이 어떤 행간 혹은 공백이라는 게 느껴진다. 다시 언어와 언어 사이, 의미와 의미 사이, 시는 그곳에 사는 무명초 같을 것이다. 무명가수의 심경과 같을 것이다. 시는 정답을 말하는 게 아니고 승자의 덕담을 듣는 것도 아니다. 시는 총선 낙선자였지만 당선자처럼 정장을 갖춰 입고, 당선자보다 더 당당하게 앉아 담소를 나누던 어느 정치인의 뒷모습을 닮았을 것이다. 1980년대적 어느 풍경 하나가 미처 인화되지 않은 채 남아 있다. 나는 바로 그의 옆에서 어느 정객마냥 약간의 담소를 나누었다. 또 탁자에 엎질러진 물이 탁자 보를 순식간에 번지는 순간이 시일 것이다. 이즈음 1980년대 시인들이 봄날 오후를 어떻게 보내고 있는지 궁금할 때가 있다. 오늘이 아마도 동안거 해제일 같은데 또 토굴로 돌아가야 하는 처지와 같을 것이다. 근데 그런 토굴 하나도 없으면 어디로 가야 하나. (…중략…) 작금의 시인들은 본인들의 시와 함께 다 독립한 것 같다. 각자 자기 텐트 하나씩 갖고 사는 것 같다. 문하생도 있고 변형된 사숙(私塾)도 다시 성행하는 것 같다. 시는 생각보다 좀처럼 수그러들지 않고 오히려 경향각지에서 선전(善戰)하고 있는 셈이다. 암튼 시도 시인도 각자 선호하는 콘텐츠가 있듯이, 각자 독립하여 1인 장르가 된 것 같다. 결국 각자의 문법을 갖췄다는 것인지 궁금할 때가 있다. 각자 개별적인 문학으로 자립했다는 것인가. (그 자립을 축하할 일은 아닌 것 같고, 시가 갑자기 동네 문학이 된 것 같고 또 무슨 국민 문학 장르가 된 것 같다. 국민이 어색하면 '각자 문학'이 된 것 같다. 각자가 싫다면 '자유 문학'이 된 것 같다. 자유가 싫다면 '1인 문학'이 된 것 같다. 1인이 싫으면 '무인 문학'이 된 것 같다.)

○어느 원로 시인의 시를 보면 "삶이 뭐 별거냐?" 이런 구절이 있다. 당신의 생각은 뭔가.

　그 시행 다음에 "제 때깔로 타고 있을 때" 그리고 "춤을 일궈낼 수 있다면!"이다. 그렇다면 그게 답이 아니겠는가. 제 때깔로 제 춤을 일궈낼 수 있다면 족한 삶이 아니겠는가. 삶뿐만 아니라 시도 그렇지 않을까. 참고로 위의 원로 시인은 황동규이며 그 시는 「북한강가에서」의 한 구절임을 밝혀둔다.

○이번 시집을 보면 "삶이 뭐요?" 또 "인생이 뭐냐?" 이런 물음이 보인다. 당신의 생각은 무엇인가.

그와 관련된 시를 찾아보면 알 수 있다.

○주방에서 일하는 전업주부의 일과 노트북 앞에서 키보드 두드리는 당신의 일은 다른 것인가 같은 것인가.

결코 다르지 않다. 방금 주방에서 설거지 하면서 생각한 것이 있다. 전업주부처럼 싱크대 앞에 서 있을 때와 시인처럼 노트북 앞에 앉아 있을 때가 다르지 않다는 것이다. (또 개솔 같지만 노트북 자판 앞에 앉아 있다 보면, 안 하면 금방 티 나고, 해도 티 안 난다는 집안일과 별반 다르지 않다는 생각이 들 때가 있다.)

○최근에 겪은 재미있는 에피소드 있으면….

얼마 전 신간 시집을 사인해서 줬는데 가슴에 꼭 껴안고 한참 동안 매우 격하게 감격하던 이가 있었다. 지금 말하지만 그보다 내가 더 감격했었다. 숨 막힐 뻔 했다우. 지금쯤 그이는 내 시를 다 읽었을까. 내 시집은 아직도 그의 가슴에서 콩닥콩닥 뛰는 심장소리 듣고 있을라나. 아님 그 댁을 몰래 빠져나왔을라나. 아님 몇 해 전 사용하던 휴대폰처럼 서랍 속에 콕 집어넣었을라나.

○시는 체험인가.

당근. 어떤 체험은 몸과 마음을 거쳐 피아노 소나타 연주하듯 그 손 끝에서 나올 것이다. 그때 잠시 성실한 피아니스트가 될 것이다. 그러 나 또 덧없지만 모든 체험은 가급적 1회 공연으로 끝이다. 하나의 체 험으로 두 번 연주될 순 없을 것이다. 어떤 리액션도 없는 단지 1회용 액션일 뿐이다. 때때로 일순 즉흥곡일 수밖에 없다. 시가 음표나 기표 가 되는 순간이다. 시는 그 어떤 것보다 휘발성이 강한 물질이다. 질문 을 존중하면 시는 결국 체험의 결정판이며 다소 뜬금없지만 자업자득 인 것이다. 미처 체험 하지 않은 시를 쓰고 싶고, 체험하지 않은 시를 읽고 싶을 때가 있다.

○시는 결국 외로운 자의 몫인가.

그렇지 않은가. 시는 또 고뇌하는 자의 몫이다. 패배한 자의 몫이다. 아픈 자의 몫이다. 슬픈 자의 몫이다. 걷는 자의 몫이다. 방황하는 자 의 몫이다. 머물지 않는 자의 몫이다. 자기 삶을 끝까지 밀고 나간 자 의 몫이다. 혼자 하는 자의 몫이다. 고독한 자의 몫이다. 가슴 한쪽이 텅 빈 자의 몫이다. 다시, 시는 분노한 자의 몫이다. 언어를 버린 자의 몫이다. 언어만 믿고 사는 자의 몫이다. 오지 않은 시를 기다리는 자 의 몫이다. 시의 바람기를 다 뺀 자의 몫이다. 계급장 뗀 자의 몫이다. 정처 없는 자의 몫이다. 서러운 자의 몫이다. 사랑을 팔고 사는 자가 아니라 언어를 팔고 사는 자의 몫이다. 시는 논리정연한 자의 몫이 아 니다. 시는 가슴에 구멍이 뻥뻥 뚫린 자의 몫이다. 시는 헛바람 든 자의 몫이다. 시는 시 이전의 그것을 붙잡고 또 놓아주는 자의 몫이다. 무대가 통째 사라진 전직 개그맨과 같은 자의 몫이다. 오래된 말이지만 시는 춥고 배고픈 자의 몫이다. 시는 우는 자 곁에서 같이 우는 자의 몫이다. 시는 이탈한 자의 몫이다. 시는 모호하고 복잡한 당신의 얼굴 표정과 같은 자의 몫이다. 시는 비전향 장기수 같은 자의 몫이다. 시는 버리고 또 죄다 비운 자의 몫이다. 시는 결핍과 결여의 몫이다. 시는 무주(無住)한 자의 몫이고 무상(無相)한 자의 몫이다. 시를 쓰고 나서 사라진 시를 잊고 또 앉아서 시를 쓰는 자의 몫이다. 시는 남루한 뒷말을 남기지 않는 자의 몫이다.

○시도 그런 단순하고 뜨거운 사유를 따르는가.

그렇지 않은가. 시는 시에 대한 단순하고 뜨거운 사유의 결과물일 것이다.

○시의 정답이 있는가.

정답은 없다. 낡았지만 세상엔 정답이 없고 인생엔 정답이 없다. 그래도 '관습적 인식'으로부터 벗어나는 게 답이다. 그러나 그것조차 이미 답이 아니다. 정답은 또 그 정답으로부터 벗어나는 것이다. 매일 매일 다가오는 삶이 다 다르다. 삶은 단순하고 반복적이지만 매일 매일 겪는 일상은 어제의 일상과 같은 것이 아니다. 매일 매일 겪는 그 일상에 대한 사유도 결코 똑같은 사유가 아니다. 물론 사유하지 않는다면 이 말은 또 쓸 데 없는 말이 될 것이다. 괜한 말 같지만 사유하지 않는다는 것과 쓸 데 없는 사유는 그 결이 다르다. 아무튼 앞에서 했던 말을 반복하면 시는 많은 공을 들여서 텅 빈 공백에 이르는 것이다. 시는 그 공백에 이른 자의 몫이다. 시는 그 공백을 신용카드처럼 주머니에 넣고 다니는 자의 몫이다. 공백은 또 어떤 대상 혹은 어떤 의미를 놓치는 자의 몫이다. 어떤 대상 혹은 어떤 의미를 놓치게 되면 점점 더 자유에 이르지 않을까. 시도 삶도 점점 더 유희에 이르지 않을까. 그 공백은 또 결여의 순간 아닐까.

○끝으로….

끝은 없다. 시를 쓰는 순간, 시가 사라지기 바로 직전, 상징화되기 전, 그게 끝일 것이다. 여담 삼아 이 시집의 제목을 '새벽 세 시의 황홀'이라고 정해 놓았던 적도 있었다. 가끔 노트북 앞에서 그 시간대까지 혼자 앉아 있을 때가 많았기 때문이다. 그만큼 어디 기댈 때가 없다는 말도 된다. 그래도 그나마 산책에 기댈 때가 많았다. 요즘 나를 키운 팔 할은 '늦은 산책'일 것이다. 끝까지 가자. 그리고 백면서생 주제에 이미 주제를 넘어선 말이겠지만 또 앞뒤가 안 맞는 말이겠지만 혼자 조용히 생각해보면, 이제 더 이상 한국 시는 걱정하지 않아도 될 것 같다. 자유다. 해방이다. 독립이다. 하하. 그리고 한국 정치도, 한국 사회도, 한국 교육도, 한국 경제도, 남북 관계도, 한일 관계도, 동북아 정세도….

제1부 **다시, 거울 앞에서**

광장이 다시 광장이 되기 전에

노래도 깃발도 촛불도 삭제한다
침묵도 삭제한다
덧없음도 삭제한다

광장이 다시 광장이 되기 전에, 침묵이 다시 침묵이 되기 전에, 다시
12월이 되기 전에
숨 가쁘게 뛰어가던 저 골목도
저 구호도
12월도
토요일 오후 다섯 시도 삭제한다

너도 없고 나도 없는
광장은 하얀 A4 한 장으로 남았다
하얗다는 것은
희망이다

광장이 다시 광장이 되기까지

이런 근현대사

도봉구 방학천변 흑백사진 같은 중고서점 '근현대사'
아무도 찾지 않는 낡은 책을 천장까지 쌓아놓고
다 쌓지 못한 책들은 근현대사 뒷장처럼
문 밖으로 툭 삐져나온 채 하루하루 살아가는 근현대사
비록 큰 강은 아니어도 이 하천 얼음장 밑으로
겨울은 가고 또 봄은 오고

서점주인은 근현대사 틈에 쭈그리고 앉아
어느 근현대사의 한 굽이를 혼자 뒤돌아보고 있다
어느 근현대사의 한 고비를 혼자 들여다보고 있다
어떤 근현대사의 한 페이지를 또 혼자 견디고 있다

이 근현대사가 저 근현대사를 들여다보는 것 같은
이 근현대사가 저 근현대사를 뒤돌아보는 것 같은
그러나 아무리 들여다보고 또 뒤돌아보아도
숨 쉴 틈도 없고 큰소리도 한번 치지 못한 이 근현대사

어느 나라 근현대사이기에 숨 쉴 틈도 없었을까
어느 나라 민족이기에 큰소리 한번 못치고 살았을까
어느 나라 국민이기에 이리도 착하고 순하였을까
이젠 좀 덜 착하고 덜 순하게 살면 안 될까

조용히 뒤돌아보고 또 뒤돌아보던 당신이야말로
저 근현대사의 맨몸 같은 한 페이지 아니었을까
한 몫 챙긴 것도 없고 또 한 몫 잃은 것도 없이
내것 네것 따지지 않고 하루하루 살면서
옳은 것은 옳고 그른 것은 그르다고 했던 당신이야말로
저 근현대사에 기록해야 할 한 페이지 아니었을까
옳은 것도 그른 것도 없다는 역사는 또 어느 페이지에 기록해야 할까
—허공계(虛空界)

가만, 이 천변 따라 조금 더 올라가면
근현대사의 전신(全身) 거울 같은 한 시인의 문학관*이 있다

*김수영문학관

다시, 거울 앞에서

그곳에 가지 못한 내가
거울 속에 있다

그땐 피가 뜨거웠고 눈물도 뜨거웠다
늦은 밤 화장실 변기뚜껑 열어놓고
무슨 이념 같은 변기통을 껴안고
그날 너무 많이 마셨던 술도 토하고
거울 앞에선 부끄러움도 토하고 말았다

그때 나는 그곳에 갔어야만 했다
그곳의 친구들은 내 이름을 말하지 않았다
그곳에 가지 못한 내가
아직도 이 거울 속에 있다

거울 속의 그가 거울 앞의 나를 데리고
거울 속으로 들어가 그의 옆에 앉혀 놓았다
그러나 거울 앞에 있던 내가 돌아서면
거울 속에 있던 그도 말없이 돌아섰다

어느 날 눈물을 닦아도 다시 거울을 닦아도
거울 속의 나는 내가 아니었다

지금은 피도 눈물도 간 곳 없는
아주 깨끗한 이 벽 같은 거울 앞에서
나를 찾고 또 찾아보아도 내가 없다
내가 없어졌다
나는 아직도 거울 속에 있는데…
거울 앞에 나는 없다

나의 담론

아주 현실적인 혹은 사회적인 문제와 부딪칠 땐
시를 위해 현실과 거리를 두어야 하나
시가 돌아설 때 시가 오는 것인가
현실과 맞서서 현실을 뚫고 나가야 하나
가령, 4월 총선 이후 정국이라든가
서울시장 보궐선거의 정치적 이해관계라든가
이런 현안에 대해 머리끝까지 생각하다
가슴께 내려놓고 말던 나의 담론이여

시가 되지 않을 걸 알면서도
머리가 아플 때까지 머리끝까지 생각하고
분노는 또 가슴께 슬픔이 될 것이다
기다리지 마라 시는 오지 않을 것이다
나의 분노는 어떤 담론이 되지 못하고
가슴 언저리에 남은 슬픔이 될 것이다
이루어질 수 없는 사랑을 알면서
그 사랑의 끝에서 그 사랑의 끝을 보고 말았던
가슴 언저리서 슬픔이 되었던 것처럼…
내가 돌아서야 하나
마침내 시가 돌아서야 하나
저 마주친 현실과 동시에 돌아서야 하나

반쯤 돌아보면
어떤 나무 하나 뭇 바람에 휘청거리고 있었다
시가 그런 바람 되었을까 나무 되었을까
한 번 더 돌아서면 무엇이 되었을까
바람 부는 날이면
빈 들녘 끝에서 들리다 말던 새소리 되었을까
어디에 굳이 기록할 역사도 아니고
역사가 될 만한 것도 아닌
폐허 위에 폐허가 될 것 같은
하루 지내놓고 보면 다 잊어먹고 말 것 같은
오늘 하루 같은 것

살아가는 법

누구는 새벽마다 기도하고 묵상한다
누구는 초조하고
누구는 화를 내고
누구는 망설인다
누구는 술과 함께
누구는 시와 함께
누구는 일을 하며
누구는 병과 함께
누구는 남을 위해
누구는 나를 위해
누구는 나를 포기하고
누구는 너를 포기하고
누구는 편견을 갖고
누구는 편견을 깨고 산다
누구는 노래하고
누구는 차를 마시며
누구는 빵을 먹고
누구는 머리를 비우고
누구는 마음을 비운다
용서도 화해도 할 수 없는 것

그곳에 누가 살고 있을까

그곳은 저 나무보다 더 높은 곳인가
그곳은 저 골짜기보다 깊은 곳인가
그곳은 그렇게 눈도 귀도 어두운 곳인가
그곳은 손을 뻗어도 닿지 못할 곳인가
그곳은 그렇게 멀고 먼 곳인가
그곳은 그렇게 보이지도 않는 곳인가
그곳은 그렇게 보지도 못할 곳인가
그곳은 그렇게 아득한 곳인가
그곳은 도대체 어떤 곳인가
그곳은 사람이 숨이나 쉬는 곳인가
그곳은 어떤 사람이 사는 곳인가
그곳에 사는 그대는 누구인가
그곳은 누구의 나라인가
그곳은 저 나무처럼 그렇게 높은 곳인가
그곳은 그렇게 깊고 깊은 곳인가
무서운 것도 두려운 것도 없는 곳인가

망중한

1.
오랫동안 한 곳에 서 있는 나무라도 해도
다 제값을 치렀을 것이다
인생의 어느 지점을 통과한 사람들은 다 그만한 대가(代價)를 치렀다
인생엔 공짜도 없지만 인생은 또 어느 지점을 통과해야만 한다
나도 당신도 어느 지점을 통과했고 대가를 치렀을 것이다
외출했다가 돌아와 잠자리에 들 시간을 놓치면서
낮에 쓴 시를 고치겠다고 또 매달리고 있는 이 시도
어느 지점을 통과해야 하고 대가를 치러야…

시가 말놀이와 같다는 생각도 어느 지점에서 해 보았다
그런 생각을 해도 맥이 빠지지 않는다
나의 시도 어느 지점을 통과했거나 대가를 치렀다는 것
시를 쓰다 보면 그런 생각이 들 때가 있다
혼자서 말꼬리 꼭 붙잡고 있다는 생각도 들었다
혼자서 끝말 이어가기 한다는 생각도 한다
때론 내 시를 내가 또 표절한다고 생각한다
지금은 새벽 두 시…
그렇다고 꼭 외롭다는 뜻은 아니다
혼자 있음이 새벽 두 시에서 세 시 사이라 해도…

2.

대선 경선 후보분들도 좀 더 파격적으로 좀 더 공격적으로 나섰으면

3대 기득권과 각종 비리와 부패와 낡고 불공정한 체제를 다 정비하고 다 개혁하겠다고

또 좀 더 정치적 감수성과 통찰력을 발휘할 수 있었으면…

과거 미국 버니 샌더스 대선 후보의 성별 임금 격차 해소 등 주요 공약을 일독하고

이 백면서생도 대선 앞두고 100대 대선 정책 구상 중이었으며

조만간 특정 지면을 통해 일괄 발표할 예정임을 천명하는 바

쓸 만한 것 하나 없으면 쓸 만한 것 하나 없구먼! 하고 쓱 지나가시면 될 것!

풀에 관한 편견

1.
풀을 움켜쥐고 풀을 뽑아 던진 적 있는가
풀밭을 경중경중 뛰어다닌 적 있는가
풀을 찬양한 적 있는가
풀을 딱히 무엇에다 비유한 적 있는가

어느 집 마당 한가운데 공손히 모여 있는 풀을 보면
저들도 풀이라 할 수 있을까
힘 가진 자의 무슨 장식품 같고 소장품 같은
앗!
저 풀은 풀처럼 눕지도 않고 일어나지도 못할 것 같다
고개 떨군 채 낙담한 자 같은
바람 불어도 바람에 나부끼지도 못할 것 같은
쓸쓸함이나 무료함도 모를 것 같은
저 공손한 풀!

저들도 풀처럼 과거나 현재나 미래가 있을라나
풀의 힘이라든가 풀의 상징이라든가
그런 명성을 저들도 알고 있었을까
힘이라거나 상징이라고 명명했던 이들도 알고 있을라나
풀이 도저히 풀이 아닐 수도 있는지

풀과 풀 사이 침묵만 흘러도
바람만 불어도
저들이 저렇게 주저앉아 있지만 않을 것 같다

2.
우리도 흔들릴 땐 다 같이 모여서 흔들리고
주저앉을 땐 다 같이 주저앉는다우
또 일어설 땐 앞뒤 재지 않고 일어선다우
꼼짝 없이 콕 처박혀 살아도
웃을 땐 웃고 울 땐 울기도 하구요
하루하루 풀처럼 잘 견디고 있다우
앗!
바람 불지 않아도 바람보다 더 흔들릴 때가 있다우
걱정 말아요 풀씨 날릴 때도 있다우

그게 그거다?

급하게 또 저쪽 길을 생각할 일이 아니다
또 한 번 이 길에 속고 속았을 뿐이다
길 위에서 조용히 독백하듯 나무라면 될 일!
얼굴 붉히며 핏대 올릴 일도 아니다
펜을 들고 일어날 것도 아니고
다시 노래 부를 일도 아니었다
이 길에서 거리에서 광장에서 또 카페에서
나를 향해 그저 고개라도 한 번 끄덕일 뿐!
'그게 그거다!'
'그게 그거다?'

이 싸움에서도 패배를 인정해야 할 듯
손에 든 패(牌)도 없고 던질 패도 없다
조용히 털고 일어서야 할 때다
창백한 나의 역사여
이 세상에서 단 한 번도 성공할 수 없다는
오직 패배의 역사여
오직 침묵의 역사여
아픔 같은 것도
이제 더 이상 아프지 않을 것만 같다

어떤 픽션 1

야구 동호회 회원처럼 방망이를 휘두르면서
하루아침을 보냈다
실은 전직 도박 왕처럼 판돈을 잃고
하루 저녁을 보냈다
장기 노숙자처럼 골목을 걸어가면서
국가란 무엇인가?
껌을 씹듯 의심하고 또 의심한다는 것
창밖을 보며 철학자처럼 삶이란 무엇인가?
되묻기도 하지만 곧장 입을 다물었다
삶에는 누구나 이미 다 철학이 들어 있다
입을 한 번 다물 때마다
무턱대고 하늘을 한 번씩 쳐다본다고요
어둡고 무거운 하늘
너무 먼 곳을 보지 마라

무(無)정부주의자 박열과 가네코 후미코의 영화
〈박열〉을 두 번이나 보았다
이 감독의
〈변산〉, 〈동주〉, 〈자산어보〉, 〈사도〉도 봤다

삼시세끼

1.
나라에 기근이 들 땐 점심은 건너뛸 때가 많았다
우물물로 배고픔을 달랬다
소나무 껍질을 벗겨 끼니를 해결했다
생 무를 깎아 먹었다
막걸리 한 잔으로
국수 한 그릇으로 끼니를 때운 적도 있다
감자 한 개가 고마울 때였다
빵을 훔친 자는 뺨을 얻어맞았고
단식, 금식, 소식은 관념일 뿐!

세상이 두 번 바뀌면 어느 위인처럼 오후 불식(不食)할까
일일(一日) 일식(一食)할까
그러나 경향 각지 맛집 찾아다니는 줄이 길게 늘어나고
채널만 돌리면 먹방이 쏟아진다
외국에서도 먹방 하러 오고
야식이나 간식은 삼시세끼에 들지도 않는다고?
치킨이나 피자나 닭강정도…
조식 챙겨주는 아파트가 등장했다

2.
중앙정부 통계에 따르면 작년 한 해 고독사(孤獨死)
3,279명*
아사자(餓死者)는 또 얼마나 많았을까

나라는 기근을 면했다고 하지만 기근에 허덕이는 또 남의 집이나
먼 나라 되짚어보다
숟가락 떨어뜨릴 때도 있다
숟가락 주우러 갔다가
식탁 밑에서 한참 주저앉아 있었다

긴급 국민청원 하나
각 지자체 독거인 현황 파악 후 일대일 대면 점검 및
급식 지원 등 조속히 시행하자

*2020년 및 최근 5년간 고독사 추이(보건복지부)

그때 이런 일이 있었다

그때 그는 국기에 대한 경례를 거부했다
그해 10월 유신 직전이었다
같은 반 바로 내 옆의 급우였다
신앙이나 종교의 자유보다
어떤 불안이나 두려움보다
어떤 서늘한 서글픔 같은 것이 먼저 다가왔다
여름비 맥없이 흩뿌리던 날
그는 조용히 학교를 그만 두고 돌아서 갔다
그러나 그가 두고 간 것은 많았다

왜 국기에 대한 경례를 해야 하는가
국기는 무엇인가
국가는 또 무엇인가
학교는 무엇인가
학교를 그만 두면 무얼 할 수 있는가
종교는 무엇인가
그가 다니던 교회는 어디에 있었을까
소수 의견은 물어야 하는가
자유란 무엇인가

나는 왜 〈어 히든 라이프〉 영화 보는 2시간 53분 내내

나치의 징집을 거부한 오스트리아 남자 프란츠보다
오십 년 전 그 친구를 생각하고
또 이 시를 쓰면서 왜 오십 년도 지난 일을 꺼내놓는가
체육시간의 모든 활동을 뒤로 하고
부적응 학생처럼
나무 아래서 누웠다 앉았다 하며
그때 친구랑 나누었던 개똥철학은 개똥이 되었을라나
철학 근처라도 갔다 왔을라나

그 거룩한 깃발은 내 친구를 어떻게 기억하고 있을까
또 나를 기억하고 있을까
그 깃발은 무엇을 향하고 있었을까
그때 경례를 거부하던 친구의 손보다 거수경례하던 우리들의 손이
왜 더 무거웠을까?
아님 내 손만 아주 조금 무거웠던 걸까?
그날 교문을 빠져나가던 친구의 뒷모습을 본 사람은 누가 또 있었을
까?

오늘 하루만 돌아본다면

어제보다 오늘 하루만 돌아본다면
무료급식소에서 설거지를 도운 것도 아니고
남의 집 마당을 거닐지도 않고
광화문 일대 배회한 것도 아니다
현 정국(政局)에 대한 비판적 시론을 쓴 것도
한 끼를 굶은 것도 아니고
차차기 대선을 준비한 것도 아니고
남북 관계를 전망한 것도 아니다

오후엔 바이칼 호숫가를 산책한 것도 아니고
뉴욕 뒷골목을 어슬렁거린 것도
좌선(坐禪)을 한 것도 아니다
결식아동을 위해 후원한 것도 아니고
난민을 위해 기도한 것도 아니다

한 시간 정도 오늘의 뉴스를 검색하고
시 앞에 대여섯 시간 앉아 있었고
제 밥그릇 설거지 하고 나서
에프엠 라디오 볼륨 아주 약하게 틀어놓으면
『선가귀감』 읽기 좋은 저녁이었다

나이 먹었으면
좋다 나쁘다 생각하지 않는 게
좋다
(그러나 뜨거운 가슴을 잊지 마라)
(분노를 멈추지 마라)

시를 쓸 때
내가 이 시를 쓴다고 생각할 때가 많았지만
나이 먹으면서
이것도 바뀐 것 같다
이것도 내 것이 아니라 네 것이다 생각하면
좋다
(섬세함과 감수성을 끝까지 유지하라)
(슬픔과 외로움을 외면하지 마라)

광장의 소문

1.
광장이 없어졌다
무슨 전승 기념 전적비 같던
광장이 없어졌다
광장이 없어지고 나니까
광장을 순례하고
광장을 칭송하고
광장의 넋을 기리기도 한다
그러나 광장은 없어졌다
광장이 사라진 곳에
광장에 떠돌던 소문만 남았다

2.
광장이 사라진 뒤에 알았다
뭇 사람들의 터전이었다는 것을
네가 외치고 싶은 것을 한번 외쳐보라는 것을
그러나 광장은 사라졌고
사람들도 그곳을 떠났다
그곳은 꽃밭이 되었다
꽃은 모든 것을 잊게 하였다

3.
돌아볼 수 있는
과거도 없고
돌아갈 수 있는
과거도 없다
눈에 밟히는 과거도 없다
과거가 뻥 뚫린 채
과거가 되었다

누군가 만나고 누군가와 악수를 나누던 곳에
과거가 있다
과거도 모르는
과거가 있다
꽃은 마침내 과거도 잊게 하였다

목소리의 변화

그가 우리들의 목소리를 가져갔다
그가 하는 소리는 곧 우리들의 소리였다
그의 목소리는 우리들의 목소리였다
우리들은 그의 목소리를 들으며
차도 마시고 여행도 하고 마트도 갔다
때론 우리들의 목소리를 잊어먹고
그의 목소리만 쳐다볼 때도 있었다
처음엔 그의 목소리를 들으면
우리들의 목소리가 들렸다

우리들은 우리들의 목소리를 은행에 맡겨 놓은
우리들의 종자돈처럼 돈이 될 거라 생각하였다
우리들의 목소리가 불어나길 바랐다
우리들의 목소리는 불어나기도 했다
우리들의 목소리가 우리들의 목소리보다
더 크게 더 높게 더 멀리까지 갔다
우리들은 우리들의 목소리를 의심하지 않았고
우리들은 그의 목소리를 의심하지 않았다

그러나 어느 날 귀에 익은 그의 목소리에서
우리들의 목소리를 들을 수 없게 되었다

우리들의 목소리는 어디 간 곳도 없고
그의 목소리에는 그의 목소리만 남게 되었다
어느 날 또 그의 목소리도 간 곳 없고
그의 목소리에는 그의 목소리가 없었다
우리들의 목소리도 그의 목소리도 끝이 있다는 것을 몰랐다
꽃이 한 번 지면 더 필 수 없는 것처럼
끝이 되는 것이었다
어제는 꽤 큰 노송인데 어깨가 부러진 걸 봤다
나무의 변화도 그런 것 같았다

좀 다르게

정치적 사안에 대한 논평 한 줄이라도
좀 다르게 할 것
쭉 앉아서 사진 한 장 찍을 때도
과거 정부와 다르게 할 것
대국민 담화 같은 것도
다르게 할 것
좀 다르게!

시장 통에 들어가 상인을 만나더라도
좀 다르게 만날 것
뭘 먹거나 마실 때도
다르게 먹을 것
과거 어느 전임자처럼
가끔 대놓고 솔직하게 말할 것
A4 메모지 보지 말고
새롭지 않더라도
좀 다르게
조금이라도 다르게!
지루하지 않게

어느 시인의 옆모습

그는 마치 전선도 없고
계급장도 없고
정규군도 아니다
어디 예하 부대처럼 상급 부대를 둔 것도 아니고
소속도 없고 군복도 없고
무슨 깃발도 없는
마치 반군 같다
먼 나라 특수부대 게릴라 같은

그는 또 좌파도 아니고
우파도 아니다
지지정당도 없지만
민중후보였던
백기완 선생을 지지하고
장기표를 지지하는
또 부동표 같은
이 땅에 없는 군소 정당 후원회원 같은
신흥종교 교인 같은

이 세상에 가벼운 것은 없다

집 앞의 목련이 눈앞에서 사라졌다
눈 닿던 곳에 있던 주먹만한 꽃들을
간밤에 누가 몽땅 털어간 걸까
하루 더 지나면 목련나무도 누가 뽑아갈 텐가
목련나무 아래 머뭇거리던 발자국도…
침묵만 무거운 게 아니었다고?
목련도 발자국도 하늘도 머리도 무겁다고?
어제도 무겁고 오늘도 내일도 무겁고
이 시국도 저 구름도 내 책상도 무거울 것이다
당신을 생각하면 마음도 무겁다
목련이 내려다보았던 저 깊은 마당도
누군가 끌고 가다 놓고 간 저 폐타이어도
문자 몇 번 넣었어도 답장 없는
당신의 뒷모습 같은 침묵도 결코 가볍지 않다
한 번 더 끌어당기면 끌려올 것 같던
저 물소리도 저 산 그림자도
창밖의 뭇 새 하나도 결코 가볍지 않다
이 침묵보다 더 무거운 것도 많다
늦은 밤 산책길 속주머니에 넣고 나서는
A4 한 장도 결코 가벼운 게 아니다

소문과 소식의 관계

그해엔 유난히 더웠다 비 오는 날도 많았다
누가 끌려갔고 누군 얻어맞고 있었다
시내엔 사람들이 하나도 없었다
종적을 감춘 사람도 있었지만 종적을 알 수 없는 사람도 늘어만 갔다
그런 것도 보이지 않는 소문의 힘이었다
그러나 소문은 실제보다 더 무섭고 가까이 있었다
소문만 듣고 떨고 있던 사람들도 있었다
길가의 나무도 떨고 있었다
소문은 바람보다 빠르고 바람보다 멀리 갔다
소문보다
더 빨리 더 먼 곳에 갈 수 있는 것은 없었다
소문은 낯선 곳에서도 낯설지 않았다
소문은 담을 넘었고 별을 흔들었다
그러나 그 먼 곳에 있던 소식은
이곳에 돌아오지 못하고 돌아오지도 않았다
그것은 또 그 소식의 한계였다
그것이 성공한 소문과 실패한 소식의 관계였다

이 꽃 한 송이

미얀마 사태를 보면서 광주를 생각하지 않는다
미얀마 사태를 보면서
중국 신장 위그르도
아우슈비츠도
광주 옛 전남도청도 금남로도 생각하지 않는다
미얀마는 미얀마라고
위그르는 위그르라고
광주는 광주라고
그 아우슈비츠는 그 아우슈비츠라고 생각한다

나의 언어와 나의 사유는 또 무엇이 되었나?
역사를 기록하지도 않고
역사를 기억하지도 않는다
비겁하고 또 비열하고 평범하고 또 무디어 터졌다
분노와 연대는 먼 곳에 있다
오래된 일이라고 생각한다
이제 나는 외롭지도 않고 괴로워하지도 않는다
나는 이제 더 이상 가난하지도 않고
부끄럽지도 않다

그러나 어둠 속에서도 어두워지지 않는 것이 있었다

살아있는 마침내 살아서
다시 살아야 하는
이 꽃 한 송이!
할!

저 담장을 넘은 사람은 없다

저 담장을 넘거나 무너뜨릴 사람은 없다
더 많은 시간을 기다린다 해도
담장이 사람보다 높아서 아니라
사람들이 담장 앞에서 작아졌기 때문이다
문제는 담장이 아니었다
담장이 사람보다 더 작아졌다 해도
담장을 넘지 않을 것이다

담장을 바라보는 것만으로도
저 담장은 담장이 되었다
저 담장은 숨만 쉬어도 담장이 되었다
천재지변으로 담장이 무너졌다 해도
사람들은 또 담장을 일으켜 세울 것이다
담장은 이미 역사가 되었다
담장은 사람들 마음속의 경전이 되었고
신전이 되어
그들을 이끌어가고 있었다

구름도 바람도 오래된 대나무도 높은 파도도
담장을 넘지는 못할 것이다
이쪽저쪽 사람들이 담장 앞에 모여 서서

다함께 러닝서츠 벗어들고
백기처럼 흔들어도
담장은 태산처럼 움직이지 않을 것이다
담장이 사라져도
담장의 환상은 담장의 역사보다 더 길이 남을 것이다
담장보다
담장의 환상이 더 크고 높아진 까닭이다

그 머나먼 곳

가는 빗줄기가 차츰 굵어지던 날
책장 한쪽에 박혀 있던 백산문고
『큐바 혁명의 재해석』이 우연히 눈에 들어왔다
젊은 날 미처 읽지도 못했던
오늘은 그의 곁에 함께 있어야 하겠다
혁명을 논하는 시대도 아닌데…
혁명을 잊은 나이에 눈에 들어올까
혁명의 시작과 끝은 과연 있을까
혁명의 시작과 끝은 뭘까
혁명은 실패하는 것인가 성공하는 것인가

은퇴 이전엔 눈에 들어오지 않던
목련 이후 목련 잎사귀도 환하게 보일 것이다
늦은 산책길 나선 이들도 눈에 들어올 것이다
밥자리든 술자리든 걸음걸이든 급했고
나는 왜 그 먼 곳을 떠돌았을까
먼 곳 떠돌지 않았어도 먼 곳을 볼 수 있었을까
더 다가가지 못하고 조금씩 돌아서던 곳
먼 곳이 흔들릴 때도 있었다
내가 떠돌던 곳도 먼 곳이 되었을라나
혁명은 성공하는가 실패하는가

고요한 아침의 나라

여의도 국회도 중앙정부도 마을버스도 너무 조용하다
아무도 소리를 지르지 않고
한곳에 모여 웅성거리는 소리도 없다
오늘 새벽 빗소리처럼 조용하다
갑자기 고요한 아침의 나라가 되었다

송곳처럼 양심을 선언하는 자는 없고
정부 정책에 대한 쓴소리도 없다
전 국민이 한 날 한 시에 제 목소리를 다 낮춘 것 같다
술집에서도 식당에서도 너무 조용하다

얼마 전 나는 부부 싸움을 하고 나서
싸움의 원인이나 시시비비보다
목소리를 높인 것이 마음에 걸려 사나흘 심란했었다
부부 싸움조차 조용하게 해야 한다

물론 조용하다고 해서 고요하고 아름다운 것은 아니다
여기까지 어떻게 살아왔는데
하루아침에 이렇게 동시에
조용한, 이상한 아침의 나라가 되고 말았을까?

꽃 한 송이 이후

미얀마 민주화 후원 관련 성금 메일 받고 나서
마감 날을 쳐다보았다
4월 16일
사흘 이틀 하루
앗 깜빡하다 마감 날을 놓쳤다
어떡해? 마감 날이 지나갔잖아
하루 이틀 사흘
마감 날이 지났다는데… 그럼 뭐 할 수 없잖아
할 수 없다고!

성금 마감 후 사흘째
담당자와 통화 후 20만원도 아니고
고작 2만원 입금하고 나서
몇 번이나 왜 또 들여다보았을까
뭘 또 그렇게 들여다보았을까
그렇게 또 고개 떨어뜨릴 일이 있었나
마감 전보다
입금 했는데
나는 왜 그렇게 복잡하고 어두웠을까

슬픔과 분노와 반성의 삶을 살아야 할 것

슬픔과 분노와 반성의 삶은 어둡고 슬픈 삶이던가?
어둡고 슬프면 어둡고 슬픈 걸까
누구를 용서할 수 없는 삶과
누구한테 용서받을 수 없는 삶은 다른 걸까

이 나이가 되면 용서하거나 침묵하는 것도
내 몫이 아닐 때가 있다
이 나이 아니어도 미워하거나 용서하는 것도
내 몫이 아닐 때가 있다
이 꽃 한 송이처럼
이 꽃 한 송이처럼
그냥 가볍게 살고 싶을 때가 있다

태평가 1

아침 식전에 맑은 물 한 컵 마시고
한 컵 더 마시고
사과 반 개 씹고
찐 계란 두 개 먹고
우유 한 잔 하고
이거 아침부터 과식 아닌가
고구마 한 개 더

점심 먹기 전까지 에프엠 93.1과
애들이 선물한 고급 블루투스 스피커와
스마트폰과 노트북과
시 한 편과 어쩌다 커피 반 잔
약간의 외로움과 실망과
침묵과 팔자와 설렘과
그만 하자

생은 어디쯤 떠돌고 있다는 것인가
어디서 어디쯤 왔다는 것인가
웃어야 할 일도 아니고
울어야 할 일도 아니다
간밤에 우박이 쏟아졌다 해도

시시하고 때론 아주 사소할 뿐!

다만 술 마시고 실수한 일 있으면
화가 나서
하루 종일 아무것도 먹지 않고 누워 있을 때가 많다
잡념 하나 없이 화만 집중한다
화가 나서 하루 더 누워 있을 때도 있다
아직도 술에 끌려 다닐 때가 있다
나의 작은 방탕을 비웃지 마라
이 단순한 반복을 용서하지 마라

태평가 2

저녁 일곱 시 근린공원 산책로
불타는 금요일 저녁이 있는 삶
반려견 데리고 나온 중년 남자
혼자서 줄넘기 하는 아이
산책로 천천히 걷는 여자
벤치에 앉았다 다시 앉는 노인
제자리높이뛰기 하는 소년들
친구와 함께 어떤 춤을 반복하는 여고생
저녁 먹고 산책 나선 부창부수
반려견 잡아당기는 여학생
둘이서 야구공 주고받는 아이들
그 곁에서 지켜보는 가족들
이런 저녁이 많았으면 좋겠다 그쵸?
시 한 줄 없어도
벤치에 앉아 멍 때리고 있다 해도
저 신록보다 더 신록 같은
오! 살아있는 모든 것들아
이 순간 마음껏 행복해라! 만족해라!

태평가 3

어느 낯선 그림 앞에 있었다
그 그림을 샅샅이 훑어보고 있었다
몇 해 전 파리 루브르 〈모나리자〉 앞에서도
겨우 사진만 한 장 찍고 왔다
그러나 이 그림은 한참 들여다보았다
처음부터 끝까지
이 그림을 뚫어지게 쳐다보았다
마침내 이 그림을 뚫고 나갔다
그의 구부정한 등이 보였다
얼굴도 없고 배경도 없고
어느 특정 부위만 아주 시커멓게 남았다

어떤 정권이나 아카데미도 관심이 없었고
매우 독립적이고
누구보다 자긍심이 강했던
어느새 이름도 새까맣게 잊어먹고 만
프랑스 어느 리얼리스트 화가

태평가 4

그는 한평생 무명으로 살았다
오죽하면 무명저고리에 무명치마를 입고 살았다
손 없는 날,
시라도 한 줄 쓰면
눈여겨볼 독자는 옆집 노인밖에 없었다
눈은 멀고 귀도 어두워 가는
늙은이 옆에서 그는 큰소리로 시를 읽었다

어느 날엔 시를 바람에 흘려보냈고
어느 날엔 시를 물에 띄워 보냈다
뭇 바람이든 물에 띄운 것은
무명옷의 시인이었지만
시 중간에 딱 잘라 시를 바람에 흘려보내라든가
물에 띄워 버리라든가 불에 태워 버리라든가
툭툭 뱉은 것은 옆집 노인이었다

어느 바람결에 날아가지도 못하고
어디로 더 가지도 못한
물에 떠내려가지 못한 시들은 이렇게 살아남았다
참으로 질기고 귀한 인연이다
내일은 바람 부는 강가에서 시를 읽어야 하겠다

내 앞에서 아주 낮은 소리로 읽어야 하겠다

그 시가 바람에 날아갈는지
물에 띄워 보낼는지
불에 태울는지
오직 그대의 처분에 맡겨놓고
나는 시를 읽지 않는 노인들 틈에 끼어 앉아 땅에 떨어진 손톱만한
벚꽃을 주워
하릴없이 바람에 날리거나
물에 띄우거나
땅에 묻거나
그러다 보면 시가 나를 달랠 것도 같고 내가 또 시를 달랠 것 같지
않겠는가?
허허!

태평가 5

지체 높은 분이 매일 왕복 400킬로미터를
오직 기차만 타고
워싱턴 D.C. 국회의사당으로 출퇴근하였다
이를 테면 서울에서 강릉역까지
매일 ktx 타고 출퇴근할 수 있을까?

기차역에서 생일파티도 했고
어느 핸가 역무원들과 성탄절 파티도 하고
그들의 경조사도 직접 챙겼다
그가 기차를 타고 다니던 세월은
결국 그의 인생길이 되었다

햇수도 한두 해가 아니라 어언 30여 년…
오죽하면 그가 출퇴근하던 기차역도
10년 전
그의 이름을 따서 새롭게 명명했다고 한다
'조지프 R. 바이든 주니어 역(驛)'

너무 먼 나라 얘기 같아 쓸까 말까 했었다

*연합뉴스(2021. 5. 1.)

이 길을 더 걸어야…

이 길 걷다 친구가 말을 꺼냈다
"저 길에서 또 구호 외쳤겠지?"
"많은 길에서 많은 구호 외쳤었는데…."
"그러니까 저 길에서도…."
"이번엔 두 손 단전에 모으고 많은 상념에 젖었어!"
"무슨 상념?"
나는 도대체 무슨 상념에 젖었다는 것인가
어떻게 여기까지 왔는데…

달을 가리키는 손끝 보지 말고 달을 보라
달도 손도 보지 마라
친구가 동문서답하듯 말했다
나 혼자 이 길 좀 더 걸어야 할 것 같아서
그때 친구는 무슨 구호를 외치듯 힘주어 말했다
가자
사심 없이

나 혼자 지하철에서

1.

남의 가방이나 모자를 쳐다보기도 하고 운동화 색깔이나 구두 모양
도 바라본다 그저 운동화를 보면 세탁 날짜를 짐작하거나 또 얼마나
신었을까 가늠할 뿐이다 그것뿐이다 무료한 지하철에서 혼자 할 수
있는 일이다 또 본의 아니게 청년들의 대화를 엿들을 때도 있다 운이
좋은 날이다 요즘 청년들의 트렌드가 읽히기 때문이다 가끔 쇼핑백에
든 내용물과 쇼핑백 주인의 상관관계도 생각해 본다 아주 가끔 지하
철역 두어 곳을 지나친 적도 있다 지하철에서 또 이런 생각도 한다 이
땅에 시가 있었던 때가 언제였을까? 1980년대? 혹은 일제강점기?

2.

지하철 벽면에 붙은 광고를 읽기도 하고 또 스마트폰 메모장에 뭘 써
놓고 읽는 버릇도 있다 그러나 텅 빈 벽면이 눈에 띌 때가 더 많다 여
기도 공실(空室)이 많다는 것 다시 잡념에 빠질 때도 있다 나의 잡념은
대체로 시와 관련된 것이다 시와 시작(詩作)은 나의 일상이 되었다 내
몸 어딘가 밴 또 하나의 일상은 산책이다 산책도 일상이 되었다 산책이
나 잡념을 하면서 이런 생각도 한다 이 땅에 시인들이 살았던 때가 언
제였을까? 1930년대? 혹은 해방공간? 가산디지털단지역에서 환승하고
금천구청역에 내릴 때까지 이런 잡념에 빠질 때가 즐겁다 잡념도 몸에
밴 일상이 되었다 그럼에도 불구하고 잡념은 위험하다

누구 없소?

그이보다 나이 많은 인사(人士)들은
싹 다 물러나라는 것
그이보다 나이 더 많은 유지들은
보따리 싸라는 것
그이보다 나이 더 잡수신 사람들은
집밖으로 나오지 말라는 것
그이보다 나이 더 먹은 사람들은
말도 꺼내지 말라는 것
그이보다 나이 많은 사계(斯界) 관계자들은
얼굴 내밀지 말라는 것
그이보다 나이 더 든 이 업계 종사자는
뒷산 돌아다니라는 것
그이보다 나이 먹은 유명 인사들은
요 앞에서 얼쩡거리지 말라는 것
그이보다 나이 더 위인 구시대 인사들은
이쪽 쳐다보지 말라는 것
그이보다 나이 든 명망가들조차
그이보다 나이 더 먹은 연장자들은
뒤돌아보지 말라는 것

둘이서 또 지하철에서

1.

"읍차마속(邑借馬謖) 해야지" "무슨 개소리냐" "다 조져버려야지" "잡아들여야지" "대노(大怒) 해야지" "잡아넣고 봐야지" "조금만 하자 있으면 지체 없이 하차시켜야지" "영(令)도 서지 않는 것 같아" "영이 있기는 있는 거야" 60대 한국 남자 둘이서 지하철을 타고 가면서 담소를 나눈다 잘 들리진 않지만 안 들리는 것도 아니다 그들의 담소는 이어졌다 "허수아비 아니냐" "허깨비 같은 소리 하네" "그도 곧 사라질 거야" "권력이 그런 것인가" "권력이 없으니 알 수 있나" "권력이 있기는 한가" "한국 사회는 진보하고 있는 것인가?" "진보주의자가 물으면 어떻게 하누?" "진보를 믿지 않는 보수주의자는 좋겠다" "보수는 부패로 망하고 진보는 분열로 망한다 했던가" "산업화 이후, 민주화 이후 그다음은 뭐가 될까" "코로나 블루?" "세대적인 것 말고 좀 더 시대적인 담론 같은 용어?" "세대교체?" "이젠 담론이 아니라 아예 세대교체 해야 혀" "자기 시대 누렸으면 사라져야 할 것" "조고각하(照顧脚下)"

2.

"한국문학사는 1980년대 이후 없어졌다 봐야지?" "문학사가 없다는 것은 곧 역사가 없다는 것" "문학의 실종 아니겠는가" "문학사가 없으니 문학도 없는 것" "문학사는 없어도 문학은 돌아다니고 있잖아" "이미 죽은 몸이 돌아다니는 것 아냐" "때때로 1980년대 시인들의 근황이 궁금해?" "때때로 1980년대 시인들도 신작을 발표하잖아" "근데 이상

해 도무지 신작 같지 않아" "신작이 신작 같지 않다는 뜻?" "그런 뜻?" "본인들도 잘 알고 있을 거야" "본인들만 모르는 것 아닐까" "설마…" "설마…" "이 바닥도 정리할 때가 되었지" "되었지 아니라 이미 지났지" "지나갔지" "버스 벌써 떠났지" "아 그 시인은 그렇게 되면서 그 시인의 시도 그렇게 되고 말았지" "시인이 그렇게 되면 시도 그렇게 되고 마는 거야?" "그렇게 되고 말았잖아" "시의 운명이 시인의 운명에 의해 좌우되고 마는가?" "시를 써서 땅속에 묻어야 할 것 같아" "시를 써서 서랍 속에 넣어두어야 할 것 같아" "시는 겨우 시를 쓰는 순간만 존재하는가?" "시는 시가 되면 사라지는 것 아닌가?"

한 잔 혹은 한 잔 더
―김영태의 운(韻)을 빌어

맑고 투명하고 깨끗한 잔 받으시오
자! 연극 같은 세월부터 받으시오
한 잔 혹은 한 잔 더! 탈도 탓도 받으시오
민낯 생까 철면피 내로남불
뻔뻔하다 뻔뻔해 너는 뻔뻔하고 너는 뻔뻔함의 극치다 너무 뻔뻔해
서 한 잔 더!
　전직 지역구 국회의원님도 한 잔
　전직 진보주의자에게도 한 잔
　별을 단 퇴역장성 한 잔
　전직 가수왕 옆의 가수에게 한 잔 더!
　전직 대통령의 퇴임사 한 줄도 한 잔
　저 광장 저 거리에서 또 한 잔

울지 마라 울지 마라 울지 말고 속으로 가끔 웃어넘기자 속 썩지
마라
　천변 걷다가 한 잔 둘레 길에서 한 잔
　광장 바닥에서 한 잔 촛불 든 곳에서 촛불끼리 한 잔 더!
　어깨 맞대고 앉아 코를 골 때까지
　편의점 앞에서 선남선녀들이
　저기 일가족, 커플, 노부부의 모자 위에
　촛불 하나가 천하의 불빛이 되었다 개뿔도 한 잔!

가득 채운 잔도 한 잔
남은 잔도 한 잔
빈 잔도 한 잔
다시 돌아갈 수 없는 곳에 한 잔 혹은 한 잔 더!
(폭탄주 열 잔 폭음!)
취한 자 한 잔 더! 취하지 않은 자 한 잔 더!

송구영신

발끝에 조용히 내려놓던 낙엽 같은 것…
정의 공정 양심 도덕 객관적 합리적 공론화 과정
과거 회한 마음에 들었다는 것
마음에 없는 말씀 희생 상식 민주주의
고위 공직자 소위 인사 7대 배제 기준
당론 자유 투표 지역구 국회의원
혁신 개혁 협치 대화 진영 논리
교육 개혁 국가 중앙정부 공공기관 경영 평가 지표
단일 민족 자기합리화 이성적 판단
기성 정치인 주류 승자독식 팬덤 정치…

처마 끝의 빗방울처럼 한 번 더 생각해야 할 것…
소수의견 지방정부 사설탐정 비주류
자영업자 무주택자 강북지역 정치색
남북관계 재일동포 세대교체론 제3지대론
불평등 양극화 해소 살찐 고양이법
다당제 온라인 교육 청년 공천 할당제
개방명부식 권역별 대선거구제 연동형 비례대표제
시도 및 각 기초 단체 통폐합
무엇이 옳은지 끊임없이 고민하는 것

어느 1인의 입장문

진보는 무너졌다
보수도 무너졌다
보수는 어디까지 온 것일까
진보는 어디까지 간 것일까
진보는 무너졌을까
보수도 무너졌을까
보수는 기득권이 되었을까
진보도 기득권이 되었을까

보수는 정말 보수일까
진보는 정말 진보일까
보수는 왜 고정 관념이 되었을까
진보도 왜 고정 관념이 되었을까
진보는 진보만 남고
진보는 진보를 떠났다
보수도 보수만 남고
보수도 보수를 떠났다
보수는 왜 보수가 되어야 하고
진보는 왜 진보가 되어야 하나
누가 무엇을 했다는 것일까

어렵지 않은 일 1

나무를 베어내거나 꽃을 뽑아 덜질 것도 아니다
결코 세상을 바꾸겠다는 것도 아니다
새로운 세상을 만들겠다는 것도 아니고
정부 정책에 대해 침묵하는 것
그 침묵은 익숙한 습관이 되었을까
침묵이 또 침묵을 키운 것 아닐까

돌아보면 생의 반절은 겁 많은 침묵 아니었을까
침묵한 채 글도 쓰고 글을 읽지 않았을까
침묵한 채 술도 마시고 술 끊었던 것 아닐까
침묵이 쉬워 침묵한 것 아니었을까
침묵은 침묵보다 그렇게 어렵지 않은 일이었을까
침묵 때문에 여기까지 온 것 아닐까
나무나 돌을 보고 침묵을 배운 것 아닐까

생의 절반은 더 큰 침묵을 배운 것 아닐까
더 큰 침묵을 배우며 더 큰 침묵에 빠져든 것 아닐까
더 큰 침묵 속에서 침묵하고 있었을까
침묵은 비겁한 침묵이 아니었을까
침묵의 침묵도 침묵이었을까
그런 것도 침묵이었을까

나의 침묵은 무겁고 너의 침묵은 가벼운 것이었을까

나무 뒤에 숨어 나무가 된 것 아니었을까
더 큰 나무 뒤에 숨어서 침묵을 배운 거 아니었을까
나무만 믿고 침묵을 살았던 거 아닐까
나무도 침묵이었을까
가능한 침묵보다 불가능한 침묵을 왜 몰랐을까
침묵 뒤에 더 큰 침묵 있다는 걸 왜 몰랐을까
왜 좀 더 불안하지 않았을까
왜 좀 더 불편하지 않았을까

더 큰 나무는 더 큰 불안이 아니었을까
왜 침묵하는 걸까
왜 불안한 걸까
더 큰 침묵은 더 큰 불안이 아니었을까
더 이상 그리워할 것이 없다는 걸까
시인은 침묵하는 자가 아니다
나무보다 바위보다 더 큰 침묵은 어디서 온 것일까
시인의 침묵은 왜 또 불안한 것일까

어떤 의식의 흐름

통감자 한 개 먹고 집을 나섰다
지하철서 반바지 차림 청년의 푸념을 듣고
옆 좌석 노인의 통화 내용도 듣고
텅 빈 뚝섬유원지와 수영장과 물보라를 바라보다
나는 사물 하나처럼 꿈을 꾸었다
사르트르 식으로 말하면
언어를 도구로써 사용하는 것이 아니라
언어를 사물처럼 사용한다

요통 관절염 신경통 갱년기 폭염 휴가 동선
손부채 노인 열대야 환승역 경로우대
승객들의 고요 인내 내면화 숙고(熟考)
방역수칙 개인위생 킥보드 구글앱 배달민족
검색어 열등감 동베를린 통독 이후
남신의주 강수량 졸음 대선 예비 후보 시력
청력 발표력 박력 약력 직설화법 자하문

눈물 공격형 생맥주 무응대 무관심
무소속 무계파 여성적 좌파 극좌파
진보주의자 노약자석 공항장애 혼잣말 소맥
중얼거림 늦깎이 1주기 1인 미디어

1인 가구 해몽 무표정 무신경 무보수

무감각 빨대 선행 미행 인사이트 미담 범보수
당론 단일대오 남성적 우파 극우세력 중도층
원조 보수 외연 물방울 빗방울 엄중한 시국
양극화 고요한 정국 음모설 무감각 강심장
수구파와 진보세력 여론조사기관 제3당 제4당…

주제와 주체 부재 불통 중얼거림 공백 응시
철면피 사막 꿈 일용직 무목적 연민과 황홀
사물과 언어 대상과 비대상 독립영화 무능
역지사지 라오쯔 집자실지 위자패지
아무것도 없음과 아무것도 아님과의 차이
시는 패배한다 시인도 패배한다

그가 떠난 뒤 그의 이름을

그가 떠난 뒤 그의 이름을 팔아먹은 인간들이 있다
그도 알고 있을 것이다
그가 떠난 뒤 그의 이름을 더럽히는 인간도 있었다
그도 알고 있을 것이다
그가 떠난 뒤 그의 이름을 불러보는 사람들이 있다
그는 모르고 있을 것이다
그가 떠난 뒤 그의 이름을 한 번 더 되뇌는 사람들이 있다
그는 모르고 있을 것이다
그가 떠난 뒤 그의 이름을 잊고 사는 사람들도 있다
그도 알고 있을 것이다
그가 떠난 뒤 그의 이름을 다 말아먹은 인간들도 있다
그도 알고 있을 것이다
그가 떠난 뒤 그의 이름을 고이 기리는 사람들이 있다
그는 모르고 있을 것이다
그가 떠난 뒤 그의 이름을 돌에 새긴 사람들이 있었다
그는 모르고 있을 것이다
그가 떠난 뒤 그의 이름을 울먹이며 부르는 사람들이 있다
그는 모르고 있을 것이다
그가 떠난 뒤 그의 이름을 팔고 사는 인간들이 많았다
그도 알고 있을 것이다

광장에서

1호선 지하철을 타고 광장에 갔다
광장에 가면 울어야 할 일도 있고
웃어야 할 일도 있고 또 잊어야 할 일도 있다
잊어야 할 것은 어떻게든 잊어야 하고
잊지 말아야 할 것도 잊어야 한다
오늘의 광장엔 꽃도 있고 나무도 있다
광장엔 혼자 왔다 가면 된다
방명록은 없지만 누군가 보고 있을 때가 있다
늘 혼자 오는 녀석도 만나야 하고
수인사 나누어야 할 외계인도 있다
혼자 울어야 할 땐 혼자 울기도 하겠지만
날이 흐리면
옆에서 같이 울어야 할 사람도 있다

4월이나 12월엔 우울한 자도 만나야 하고
돈 많은 자를 만나 커피 마실 때도 있다
교보문고 시집코너 앞에서
예전보다 시집 읽는 속도가 빨라졌지만
그냥 천천히 돌아설 때도 있다

1970년대 풍의 금지곡

1970년대 풍의 청바지를 입고
높은 담장 밑으로 걸어간다
뒷모습만 보면
양희은 닮은 것 같고
김민기 닮은 것 같다
서울 변두리 옥탑방 혹은 사글세방에서
청춘남녀들이 노래를 부르고 있었다
너무 무겁고 어두웠다
날도 어둡고 무거웠다
가볍고 밝은 것이 무엇인지 몰랐다
세상은 그리고 청춘은
어둡고 무거운 것인 줄만 알았다
누군가 묘지 위에 뜬 태양을 향해 외쳤다
"오 밝은 것은 태양 동지뿐이라"
"가벼운 것은 담배 연기뿐이오"
하룻밤에 내린 거대한 폭설보다
어떤 노래가
어둡고 무겁던 천하를 무너뜨렸다
"아침이슬!"

남아 있는 것

다 버리고 떠났다 해도 남아 있는 것은 있다
어딘가 남아 있다는 것
누가 남겨놓았다는 걸까
그가 끝내 버리지 않은 것은 뭘까

저 바다도 그가 남기고 간 것
저 하늘도 그가 남기고 간 것
보라 이 세상에 남기고 떠난 것들이 얼마나 많은가
다 버렸다 해도 세상에 남아 있는 것

세상엔 버린 것도 다 남아 있는 것
남아 있는 것은 또 잊지 않고 있다는 것
아파트 놀이터에서 울다간 박새도
다 버리고 떠났지만 그의 울음은 남아 있다는 것
버리고 떠난 것은 아무리 가벼워도
남기고 간 것은 남아 있고 남아 있는 것은 무겁다
생각보다 가벼운 것은 없다
가볍게 웃음이라도 한번 터뜨려보자는 것

죽(粥)

죽 쑤어 또 개한테 줬으면?
저들은 제 입에 집어넣고 저들의 지인까지 불러다 먹였다면
죽을 쑨 게 아니라
죽을 잘 못 쑨 것

죽을 쑤어 놓고 또 크게 흔들렸다
식탁이 바람에 흔들렸고
식탁에 올려놓은 몇 권의 책들도 흔들렸다
흔들릴 땐 더 크게 흔들릴 것
한 번 더 흔들릴 것

죽 쑤어 개를 줬다는 옛 직장 동료의 말을 음미한다
다시 죽도 흔들리고 나도 흔들리고
개도 흔들린다
"죽 쑤어 개한테 준 게 몇 번째냐?"

제2부 느린 산책

오늘의 시
—첫눈

눈이 조금 내렸다고 그가 길을 나섰다
이 산책길에서 그를 아는 이가 없다
물론 그도 아는 이가 없다
그가 첫눈을 덕담 삼아 중얼거리며 걷는다
그는 혼자 중얼거리고
혼자 중얼거린 소리를 그가 혼자 듣는다

오늘의 시는 첫눈이겠지만
어떤 날은 그냥 혼자서 또 중얼거릴 뿐이다
지금쯤 그가 산책 중 중얼거린 것을
이 노트북에 타이핑하고 있을지도 모른다
아마도 오후 세 시쯤 되었을 것이다
그는 이미 시의 제목도 바꿨을 것이다
그는 이미 시를 다 지워버렸을 것이다

오늘도 그는 첫눈을 맞으며 중얼거리고
혼자 쓰고 혼자 읽었을 것이다
그는 혼자 읽고 나서 또 혼자서 지운다
어떤 날은 지나가는 개가 지울 때도 있다
(대박)

오후 2시에서 3시 사이

이 초봄에 중랑천과 무수천 만나는 곳
계단식 의자 몇 줄 놓인
저녁 땐 그 앞에서 에어로빅도 하고
가끔 택견 동작도 하던 곳

검은색 선글라스로 얼굴을 가렸거나
마스크로 얼굴을 가렸거나
모자를 푹 눌러썼거나
긴 의자에 혼자 드러누워 있거나
일렬로 옹기종기 모여 앉아
초봄의 햇살을 놓치지 않고 공손히 받아먹고 있다
햇볕이 몸에 좋다는 걸 안다
이것저것 다 내려놓고
오른쪽 팔 깁스하고 환자복 입은 채
햇볕 많은 시간대에 왔거나
같은 태양 아래
종교도 나이도 고향도 성별도 정치 성향도
양지 바른 곳에선 평등하다
할머니들은 멀리서 봐도 웃고 말도 많은데
할아버지들은 여기서도 말이 없다

느린 산책길

2020년 12월 19일 오후 4시
늦은 산책길 눈앞에서 만났던 멧돼지 가족
제일 앞에 에미가 가고 바로 뒤 새끼 셋 거느리고
앞 능선을 단숨에 오르고 있다
저 일사 분란한 원팀
앞만 보고 자기 길 가는 저들의 집요한 저돌성!
맨 뒤 저 시꺼먼 녀석은 애비?

나도 내 길을 저렇게 저돌적으로 걸어가야 하겠다
이젠 저 애비처럼 맨 뒤에서
평생 줄곧 앞장섰다면
맨 뒤에서 좀 느린 걸음으로
운전대도 내려놓고 맨 뒷좌석의 승객처럼 앉아서
앞사람 재촉하지 말고!

제18구간 도봉 옛길 둘레길
도봉사 쪽에서 무수골 내려가는 돌계단 구간에서
한동안 길게 바라보던 이 넋 놓음

쓰는 기쁨
—2020년 12월 20일 아침 식전과 식후에

지난밤의 꿈 덜 끊겼는지
꿈에서 만난 낯익은 행인과 아직도 말을 주고받다
길 잘못 들었나 하다 깼다
어느 선승은 꿈 없는 잠을 잤다는데
선은커녕 속인(俗人) 같은 잠
잠 속의 꿈을 끊지 못하고
아침 먹기 전 이 꿈을 끌어다 시 한 편을 썼다
꿈이 끊겼다

낮 산책 내내 마음에 걸리는 것
아무리 다독이고 산책 후 커피 한 잔으로 마음 달래도
달랜다고 달래도 마음에 계속 쓰이던 것
마음에 쓰이던 것
시에 쓰고 내친김에 탈고해 버렸다
시에 쓰이던, 마음에 쓰이던 것

꿈도 끊기고 마음에 쓰이던 것도 사라지니
다시 살아나는 산책길 구름장
여태 그놈의 뜬구름 잡으러 다니시우?
넵!
아직도 뜬구름 쫓아다니는 정신이 제정신이란 말이우?

이 나이에 제정신으로 시 쓰는 친구도 있습디까?

이 거울 뒤에는 누가 있다는 말인가
저 여자 뒤에는 누가 있는가
꿈은 왜 세상만큼 슬프지 않는 것일까?
왜 우는 자만 우는 것인가
당신도 감정이 꽤 복잡한 편인가
왜 시를 쓰는가
방에 틀어박혀 글 쓰는 것 말고 할 게 없는가
그렇다
커피나 차 마실 줄도 모르지?
그렇다

사십일만 칠천 원

사십일만 칠천 원!
이 뒷골목을 다 뒤흔들 만한 쩡쩡한 목청
휙 돌아보니 팔십 줄 노인이었다
로또는 아닌 것 같고
전기세도 아니고
병원비인가
어딜 다녀오는 길 같은데
용돈도 아닌 것 같고
택시비도 아니고
한 달 방세도 아닌 것 같고
노인 수당도 아니고
한 달 술값도 아닌 것 같고
김장값도 아니고
오죽하면 돌아서서 물어보고 싶었다
사십일만 칠천 원!
방금 들었는데 못 들었다 할 수도 없고
오늘 산책길 화두
내 걸음보다 한 발짝 앞서 가던
사십일만 칠천 원~

산책 유감

산책길 나서는 도중 집사람과 다퉜다
문제는 영하권 날씨 탓!
그러나 문제는 영하권 날씨가 아니다
나는 강행했고 집사람은 돌아섰다
산책 후 이번엔 집에서 또 다퉜다
문제는 산책 실행 여부가 아니었다
산책길에 대한 자기결정권이었다
나는 강요했고 집사람은 단호히 거부했다

시 앞에 앉아봐야 또 일어설 수밖에 없다
시가 무기력할 수밖에 없는 순간이다
산책한 시간만큼 밤잠처럼 낮잠을 잤다
시도 잊고 일단의 유감도 잊을 수도 있다
다시 시 앞에 앉아보았는데
집사람은 텔레비전 앞에서 말이 없다
곧 마주앉아야 할 저녁식사 자리가 걱정이다
그러나 걱정은 식사자리가 아니다
시로 갖다 쓴 것은 풀리고, 시로 갖다 쓰지 못한 것은 풀리지 않고
남을 것이다

헝클어진 머릿결

그녀는 헝클어진 머릿결뿐만 아니었다
수락산 산책길에 우연히 말을 나눴던 그녀
해 질 녘
그녀는 내려가고 나는 올라가던 중
"너무 많이 올라가지 마라!"
"네 조심히 내려가시우!"

저만큼 내려가는 뒷모습의 옷차림이 수상하다
두 겹이나 껴입은 겨울 파커에
양손의 검은 비닐봉지는 또 뭐람?
슬리퍼 차림에 이상한 치마까지
혹 달빛에 홀린 수락산 집시?
달빛에 취한 눈물만 남은 달빛 귀신?

이 봄 어디서 새카맣게 봄을 탔는지
그녀는 아마 어떻게 됐는지 옷차림뿐만 아니라
몸 어딘가 심하게 헝클어진 게 분명하다
저렇게 지저분한 옷을 입고 다닐 수 있나
어떻게 여기까지 올라왔다는 걸까
'괜찮을라나?'
그녀의 관념도 몸도 많이 헝클어졌을 것이다

그녀의 마구 헝클어진 머릿결 끝에
수삼 분 동안 크게 헝클어지던
나의 뒤끝
빈말이라도 붙이지 않았으면 그냥 휙 또 휙 지나갔을 텐데…
지나가면 또 아무도 몰랐을 텐데…

향호리 호수에 관한 심경

바다

눈에 익숙한 바다, 해당화도 있었고, 두 살 아래 동생과 헤어진 곳, 한 번도 그냥 휙 지나치지 못하는 저 해송 아래 어디… 눈물 같은 바다 그리고 저 바닷가 벤치는 누군가 앉았던 곳? 방탄소년단! 저 바위는 누군가 소원 빌던 곳

호숫가

301번 시내버스 종점, 텅 빈 호수만큼 텅 빈 버스 가끔 혼자 걷기 좋은 곳 이 소읍 끝에도 이런 풍경이 있다는 걸 누가 알까? 실은 누가 알까 겁이 났어! 관광버스가 이 한적한 곳 왜 다녀? 비경이다 절경이다 풍경이다 이런 말 하지 않았으면… 그럼 어때?

사족

여기다 누구 공덕비나 시비도 세우지 말 것 여기다 각종 운동기구 설치하지 말 것 여기다 시 액자 같은 거 진열하지 말 것 요상한 조형물 또는 놀이기구 설치하지 말 것 누구 동상 세우지 말 것 향호 8경(景)이니 향호 10경(景)이니 말도 안 되는 풍경 게시하지 말 것 자판기 커피 하나 정도 두고 다 치울 것 (사족의 사족; 호수 한가운데 물놀이

배 띄우지 말 것 호숫가에 향호정이니 향호루니 그런 건축물 축성하지 않기를)

향호

구름이 지나가도 호수는 그대로 있을 것 누군가 돌 하나 던졌다 해도 호수는 그대로 있을 것 눈 한번 마주치지 않아도 호수는 오랫동안 그대로 있을 것 호숫가 천천히 한번 산책하고 휙 떠나도 그대로 남아 있을 것 향호 풍경 속에 속이 환한 향호 풍경 그대로 있을 것 잘 안 보이는 곳에 그대로 있을 것 서러움 같은 것도 외로움 같은 것도 없이 그냥 있는 그대로 가만히 있을 것

어떤 소문

1.
장덕리 가는 길목에 만발한 벚꽃 한 그루
신리천변 노인 둘이서 담소 중
가까이 가서 보면 침묵 중이었다
대낮인데 씩씩하게 개 짖는 소리
박수근의 그림처럼
비닐하우스 안에서 조그맣게 둘러앉아
시금치 동여매는 노인들과
고색창연한 소나무 무리 곁의 빈집
백남준이 끌고 다니다 만,
밖에 내다놓은 틈새 벌어진 녹슨 텔레비전
무너진 담장과 산 그림자와 꽃향기

2.
낡은 그물을 둘러멘 어떤 노인이
서툰 우리말로 남미(南美) 쪽 가는 길 물어봅니다
뒷모습은 말년의 헤밍웨이 닮은 것 같고
얼굴은 체 Che* 선생 닮은 것 같아
뒤쫓아갔지만 뒤쫓아갈 수 없습니다
고깃배 얻어 타고 떠난 뒤 같습니다

3.
나도 남의 집 배를 얻어 타고
북태평양이나 돌아다닐 꿈을 꾼 적이 있었을까
노인도 없고 파도도 없고 갈매기도 없는
심지어 바람도 없는 포구엔
정박한 배들이 입을 꼭 다문 소녀들 같습니다
('등대지기' 부르던 소녀가 생각납니다)
새벽녘이었지만 날이 밝을 기미가 없습니다
날이 채 밝기 전에
봄비든 뭐든 확 쏟아질 것만 같습니다

*체 게바라(1928~1967): 아르헨티나 출신, 쿠바 혁명 주도자.

이젠 됐다고?

강둑에서 다른 사람처럼 강을 바라본다
저 강도 나를 바라볼 때가 있다고 생각한다
모든 생각은 착각이다
모든 착각은 자유다
저 강에 무엇이 있다고 생각하지 마라
생각하지 않는다고 생각이 없는 게 아니다
평범한 강이지만 생각보다 상징적이다
강만 상징적인 것도 아니다
이 강둑도 상징적이고
강둑에서 강을 바라보는 이들도 상징적이다
강둑에 앉아 있는 이들은
모든 것을 다 은퇴한 노인들뿐이다
그들의 표정이나 눈빛이 그렇다
사람은 눈빛이나 표정만으로 다 알 순 없다
이 세상에서 알 수 있는 것은 많지 않다
이 세상엔 알 수 없는 게 더 많다
그럼 됐다고?
그것을 알고 싶어도 그것을 알 수가 없다고
그럼 됐다고!

내 눈이 아니라

남의 눈으로 나를 바라볼 때가 많았던 것 같다
이젠 됐다고!
나는 왜 내가 아니라 남이 되었던 걸까
나는 왜 내가 아니었을까
왜
나보다 남이 먼저 나를 쳐다볼 때가 많았을까

상계 근린공원 벤치에서

낯선 행인처럼 동네 근린공원 끝의 벤치에 앉아
어둑한 땅거미를 지켜보았다
나는 왜 유독 어두운 것을 좋아할까
바로 옆 벤치에서
어떤 노인이 『자본론』을 큰소리로 읽고 있었다
듣는 사람도 쳐다보는 사람도 없다
나는 노인의 옆 벤치에 앉아
저 다가오는 땅거미의 넓이를 헤아려보았다

오늘 아침엔 아주 여리고 여린 시를 읽었다
젊어서 죽은 시인이
쭈뼛쭈뼛 기웃거리다 시를 놓고 돌아간 것 같다
작가회의 사무실에서 만나던 그 얼굴이었다
낮달 같은 얼굴이었다
나는 그녀가 죽고 난 다음에 그녀의 시를 읽었다

나이를 먹어 헛살았다 해도 결국 부끄러운 것은
부끄럽다 해도 헛살았다는 것
그녀의 시가 유월의 신록을 뒤덮을 것만 같다
살아생전에 한 번이라도
자신의 시로 밥도 해 먹고 술도 사 먹고

여행도 하고 화장품도 사고 옷도 사 입고
전세방이라도 장만 했었으면…
작가회의 밖의 사람들도 더 만나보았으면 좋았을 텐데…

내일은 『자본론』을 읽던 노인의 벤치에 앉아
쓸쓸히 그녀의 시를 숨죽여 읽을 것이다
쓸쓸히 숨죽여 읽다 보면
어디선가 또 쓸쓸한 것들이 쭈뼛쭈뼛 기웃거리지 않을라나
쭈뼛쭈뼛한 것들도 좀 쓸쓸해지지 않을라나
나도 좀 쓸쓸해지지 않을라나
그러다 보면 땅거미가 내 발끝에 닿지 않을라나
그러면 하루가 좀 부끄럽지 않을라나
하루가 생각보다 더 긴 하루가 되지 않을라나

자정이 넘은 시각

남자 아이와 여자 아이를 데리고
상경초 앞 길가에 앉아 있는 중년 여자를 보았다
그녀는 옆에 있던 나무보다 더 어두웠다
마흔다섯 살쯤 돼 보였다
남자 아이는 다섯 살쯤
세 살쯤 된 여자 아이는 그녀의 품에 안겨 있었다
남자 아이는 할머니… 얘기를 하고 있었고
(할머니한테 뭘 말하려는 것일까)
여자 품에 안겨 있던 여자 아이는
여자의 무릎에 내려앉았다

방금 집을 나온 것도 같고
아예 집을 나온 것도 같다
다행히 그들 옆에 무슨 큰 가방 같은 것은 없었다
나는 발걸음을 돌려 그들 곁에 다가갔다
중년 여자는 울고 있었다
남자 아이는 여자의 눈물을 쳐다보고 있었다

그대는 이제 더 이상 울지 않아도 될 만큼 울었을 것이다
그대의 눈물이 그대의 삶을 견뎌주었을 것이다
내 비록 그대 눈물 한 방울을 닦아줄 순 없다 해도

그대 눈물을 여기다 기록하리니
그대 눈물은 오직 삶을 살아내기 위한 것이었다고
그냥 살다 보니 흘린 눈물이었다고
좀 울고 나니 괜찮아졌다고…

나도 울면서 여기까지 왔소이다

더 느린 산책길

어제보다 돌계단도 목제 데크 계단도 많고 더 가파른 산책길
어제보다 더 느린 산책길
앞지르는 이가 있으면 슬몃 비켜주고
뒤처진 이가 있으면 그와 비슷한 보폭을 맞춰주고
막상 길에 들어서면 이게 안 된다
남보다 더 앞서지도 못하면서 앞지르는 마음
마음만 되게 급한 산책길

나보다 더 느려도 일행과 담소도 나누던 걸음
양손에 스틱 하나씩 쥐고
나보다 더 먼 산책길 다녀오던 노인 셋
마스크로 가린 얼굴이라도 팔십 줄 나이쯤
저 당당한 느린 산책길

오늘 산책길 만나는 이들
아무리 슬쩍 훔쳐봤다 해도 나보다 십년 이상 연로한 이들
내 또래 다 어디 갔지?
내 또래 다니는 산책길 여기 말고 따로 있나
다들 더 일해야 할 나이?
한참 걷다 보니 다른 구간에서 이쪽으로 걸어오는 이가 눈에 들어
왔다

한 손에 스틱 하나 붙잡고 다시 한쪽 발 끌어다 한쪽 발 옆에 옮겨
다놓고
또 한 발 앞으로 내딛고 다시 한쪽 발 끌어당겨야 하는
이 세상에서 가장 느린 저 산책길!

어디 출렁다리 걷는 것처럼 출렁거리던 이 낯선 산책길
더 느리고 더딘 산책길이든 뭐든 저 간절하고 힘겨운 느림을 보라
갑자기 이 길이 통째 확 밝아진다
이 길 몽땅 갖고 튀고 싶다
아님 그냥 한 번 더 꾸욱 꾸욱 밟고 가자

말없이 걷는 길
―2020년 12월 27일 오후 3시 우이암 능선 길

엊그제 걷던 길 또 말없이 혼자 걷는 길
여시아문(如是我聞)
자기 몸에 맞춰 살아야 해 몸이 다 알고 있어
나 스스로 짜증 나
(볼펜 하나 백지 한 장만 들고 가는 길~)
앗 깜빡했다 마스크 써야지
나도 내년이면 환갑이야
야야 따블로 올랐어 2013년 아파트인데…
장갑 두고 왔다 다시 올라갈까
나이 든 사람들이 자꾸 말을 걸어 미치겠어
처음 보는데 산에 같이 다니자고 해
헛기침 한 번, 한 번 더
바람나면 못 말려 늦바람이 더 하다니까
은유적으로 느끼고 살아가야지
물질 명사를 어떻게 다 말하고 살아
어느 정부든 국민들 말에 귀 기울이지 않으면…
체력을 너무 많이 썼는가 봐
따다닥 따다닥
한 이틀 먹고 잤더니 이제 몸이 회복 되네
(가다서다 뭘 그렇게 쓰시는가?)

소소한 걸음

빌라 주택가 지나 등산복 매장들 지나
약간 심하게 오르던 오르막길
앞서던 등산객들 걸음 아니고
허공이나 먼 바위나 바라보던
나이든 행인 걸음 정도 걷던 평상시 걸음
어딜 올라가겠다는 것도 아니고
어딜 갔다 내려오는 것도 아니고
고작 찬바람이나 쐬러다니는
길에서 인사나 미소 나눌 이 없는
두고두고 다닐 만한 만만한 길

하루는 파계승처럼 또 일용직 노동자처럼
하루는 취업준비생처럼 걷자
하루는 전직 장군처럼 또 반군처럼 가자
엊그제 나온 시집을 배낭에 슬며시 넣고
오른손으로 왼쪽 쇄골 어루만지며
천천히 걷기만 하면 어떨까

이 겨울 늦저녁

저 둘레 길도 사방 훤히 보이게 다 비었어
이 오름길 더 오르지 않아도
눈앞이 시원히 트이게
나무들도 바위들도 몇 발짝 다가왔어
금세 땅거미 더 기어올 텐데…
곧 눈앞에 뭐라도 내릴 듯
좀 더 어두워지고 있다
텅 비었던 길이 온통 어두워졌다
방금 디뎠던 돌계단도 낯선 길 같아
되레 환하게 보였어
잠시 어둠에 갇혀 몸이라도 떨어야 하나
몇 해 전 발 헛디뎌 몸 떨 때도 있었음
너무 떨다 어깨 크게 다치기도…
그럴 때마다 눈앞이 확 트였어!
헐!
어둠 속에서 어둠이 밝게 터졌어
시를 쓰게 하는 고만한 아픔도 있었지
아픔도 확 터지는 아픔이란 게 있지

154

도봉산 물소리 듣기·속편

이 물소리에 두 귀 모은 적 있었다
이 물소리가 퍼뜨리는 파문 때문에
이단이 되어도 파계를 해도 좋을 때가 있었다
늙은 악마가 물가에 끼어들어
부러진 삿대로 두드리는 물소리라 해도
이 팽팽한 긴장감이 유독 좋았으리라
그녀의 밤도 나의 밤도 깊어만 갔다
이 밤보다 더 깊고 조용한 물소리

그대 가슴이라도 졸였다 풀어놓았을까
졸였다 풀어놓을 가슴은 남아 있을까
그대와 주고받았던 말도 어둠처럼 깊어졌을까
물소리도 깊어지면 어두워지고
어두워지면 무겁게 가라앉는 걸까
물소리처럼 어둡고 무거운 것은 다 가라앉을까
저 큰 산을 뒤에서 안고 있는 것처럼

중랑천 물소리 듣기 1

물소리가 유독 내 가슴을 훑고 가는 것 같다
간간이 살짝 얼어붙은 강 같은
중랑천 풍 물소리 듣기
아주 가끔 한밤의 잉어 한 마리가 꼬리를 들어
수면 위를 탁 치는 소리
내 가슴을 탁 치고 간다

여자 친구 반 발짝 앞세우고
방금 노래 부르던 청년의 짱짱한 목청도
내 가슴 한번 탁 치고 간다
그들의 목청은 더 푸르고 더 높을수록 조오타!
물소리가 가슴을 쳤다 해도
나는 중랑천 물소리 듣기 정회원은 아니다
나는 주문진 큰 축항 끝에서
앞가슴 탁 치는
파도소리 듣기 일일 명예 회원쯤 될 것이다

물소리 듣다 물소리 들으며 걷다 물소리보다
앞서 가던 시 한 구절 놓아버리고
놓아버린 시의 빈자리엔 물소리 꾹꾹 눌러 놓으면
시도 물소리도 납작 납작해졌다

그도 천천히 낮아지고 깊어졌을까

물소리도 맨바닥에 바짝 더 가라앉으면
낮고 깊은 슬픔이 될 수 있다
그도 낮고 깊은 슬픔처럼 가라앉을 수 있다
가라앉으면 낮고 깊은 슬픔이 된다
그도 제 가슴을 탁 쳤다
그도 제 울음소릴 감추고 싶을 때가 있다
그가 또 내 가슴을 탁 치고 간다
이런 날은 전혀 다른 내 가슴일 때가 있다

과거가 되기 전
—2021년 1월 6일 7시 30분 서울 동북부 지역

길에서 느닷없이 폭설 만나던 날
돌아서기 싫어 저기까지만, 저기까지만,
저기까지만 갔었다
늦저녁 이 산책길 되돌아오던 길
좀 전 내 발자국을 보았다
내가 내 발자국을 보면서 되돌아오는
이 분명한 사건
과거가 되기 전의 이 과거

시도 과거와 결별해야 한다
과거와 결별하지 않는 시는 역사가 된다
과거를 기억하는 것도
과거를 기록하는 것도 시가 아니다
시는 과거가 없다

나는 이 눈길과 관련된 사건이
과거가 되기 전에 이 시를 쓸 것이다
과거는 과거가 되었겠지만
과거가 되기 전
이 과거는 과거가 아닐 것이다
이 눈길이 과거가 되기 전에…

이 눈길과 과거에서 벗어날 수 있을까
옛 어느 시인처럼 눈을 끌어다
여자의 치마폭에 한 줌 한 줌 내려놓을 수도 없고
이 눈 한 줌
내 발등 위에 후루룩 내려놓았을 뿐!
내 발자국 외 아무것도 없던 눈길
나 혼자 걷고 있었다는 것
혼자 걸어도 시시하지 않고 귀찮지도 않은 일
시 한 줄 있으면 있고, 시 한 줄 없으면 없는

옛 사랑 같은 옛 시인이여
과거가 되기 전에
과거였다가 다시 과거였다가 과거가 되지 못한 과거는
마음 붙일 데 없는
이제 내 과거는 텅 빈 과거가 되었다

한파 속 산책

빙판길로 싹 다 바뀐 중랑천 산책로
모든 게 얼어붙었는지 텅 비었다
누군 테이크아웃 커피 들고 가는 도중
다 얼었다는 최강 북극 한파
목하 영하 18.6도
눈물이 맺히던 눈썹 끝도 언 것 같다
얼얼하게 얼지 않는 게 뭔가

잠시 또 술 피해 다녀야 했던 지난 한 달
이 길을 피해 다니진 않았다는 것
피해 다니지 않아도 될 곳 하나 있어
더 쫓아다녔는지도 모를 일
쫌 알아도 모를 일 하나 있어야 하고
손에 움켜쥐지 말고 풀어놓아야 할 일도 있고

한 달 만에 먼 산 바위도 표정이 싹 다 바뀌었다
길가의 얼음덩이를 발끝으로 툭 차면
속까지 꽉 찬 걸
중랑천 억새도 버드나무도 물푸레나무도 잔뜩 얼어 있고
(쫄지 마!)

저녁노을도 얼어붙었는지 미처 지지 않고 견디고 있다
이 한파 속 노을의 정지 화면
"다들 시방 견딜 만한 것인가?"
"남들보다 더 힘들어도 혼자 견딜 때 있는 거 아닌가?"
한파 속 견딜 수 없는 가벼움도 견뎌야 하나
몸이라도 떨어야 하나
견디고 나면 또 다른 견딤이 오는 것인가
몸 한번 크게 떨고 나면 마음도 저릿저릿한 것인가

길 잘못 든 하산 길
─오래 전 김수영 묘소와 시비가 있던 곳

이삿짐센터 차량 몇 대 세워둔 낯선 공터
길 잘못 든 방학동 능선 하산 길
앗! 눈앞에 확 들어오는 낯익은 이 집!
저쪽!
시인의 시비와 묘소가 있던 산자락? 그치!
시인의 조카와 담소 나눴던 이쪽 마루턱
주방에서 내 눈빛을 봤다던 가족 한 분
기억 속에 되살아나던 과거의 추억들

30여 년 전보다 한층 더 낮아진 것 같은
밋밋한 산세와 산등성이의 윤곽
이젠 완전히 남의 집이 되고 만 것 같은 집
도봉구 시루봉로 23가 길
능이 한방오리닭백숙집
무슨 인연 같은 거 하나쯤 남아 있었는지
양계도 하며 생계를 꾸려갔던
시인의 옛집과 삶의 꼬리

이제 다시 30여 년 지나가면
능이 한방오리닭백숙집과 인연 있는 자리로
기억하고 추억될 것 같은

인연이나 기억이나 추억도 과거도 사라지면
어디가 어딘지 표지석 세워두어야 하나
여기 있던 마지막 풀도 다 사라졌는데 그 돌이 무얼 알고 있길래 입
이나 꼭 다물고 있을까
무얼 말하려고 침을 삼키고 있을까
무슨 표지석 어디다 갖다놓을지
그 돌에 무얼 갖다 쓸 것인가
세상을 향한 시인의 말도 다 거둬들였을 텐데

침묵만 있어도 괜찮은

길에서 만난 쩡쩡한 까마귀 소리
그 소리에 곧장 화답이라도 하는 다른 새소리
그 소리에 밀리지 않겠다는 듯
두엇을 동시에 다 내뱉는 짐승 소리
다들 살아있다는 저 당당한 소리
또 귀를 더 기울여야 들리던 물소리
저 허공 속의 생생한 소리들

겨울 산이 적막해도 하나도 적막하지 않다
(적막 같은 소리 하지 마라)
나는 퇴직 이후 말하는 시간보다
침묵하는 시간이 두 배 더 늘었다
퇴직 이후
시가 저 침묵 속에 싹튼다면
저 침묵은 침묵이 아닐 것이다
내가 무엇으로부터 퇴직했다는 것인지
슬쩍 되물어봐도 또 침묵할 것이다
침묵보다 더 침묵하던 이 산책길
무뚝뚝한 침묵만 있어도 괜찮은 것

우두커니

강 건너 저쪽, 맑고 우렁찬 남자 목소리
찬송가 어느 구절인지 몰라도
물 흐르듯 흘러 끝 소절
"할렐루야!"
조금씩, 조금씩 밤 12시 되어 가는 시각
저렇게 큰 소리로 노래 부른 적 있었는가
〈고래사냥〉 많이 불렀지

버드나무 아래 저 물소리 너머
강 건너 어둠 속에서 낭랑한 찬송가 따라
가던 걸음 멈추고
두 손이라도 모으고 서 있어야 하나
달밤에 국민체조라도 해야 하나
한 쪽 발 들어 강이라도 건너야겠다고
한 쪽 팔 뻗어 버드나무라도 흔들겠다고
몸이라도 떨어야 하나
이런 떨림도 떨림이라 해야 하나
내가 나를 우두커니 지켜볼 때가 있다
우두커니 바라보던 나는 누구인가

폭설 속 산책

골프도 재즈도 드라이브도 맛집도
커피도 등산도 반려견도 없는
무료할 땐 또 무료하게 견뎌야 할 것 같은
이 무미건조하고 멋멋한 삶
술 좋아 해도 무료하다고 마시지 않는

장마 중에도 하루도 쉬지 않고 이 빗속을
동행자 없든 있든 꾸물대지 않고
밤 아홉 시 지난 시각도 마다하지 않고
노선 변경 없는 단조로운 산책로
늘 같은 길, 같은 산책이라 해도
이 마음 떨리는, 또 이 마음 떨게 하는
매번 다른 길 같은 '늦바람 산책길'

그대는 왜 야반에 초행길 가듯 걷고 있는가?*
한 두어 시간 혼자 할 수 있는 것!
이 강풍과 폭설 속에서도 강행군 할 수 있는
때론 산책에 미친 듯 광폭 열혈 산책 중
밤 열 시 지나 걷다 보면
이 시간은 산책의 시간도 동계 훈련의 시간도 아니고
무슨 수행의 시간도 일상의 시간도 아니다

중랑천 억새의 어둠을 관찰할 시간도 아니다
한 달에 한 번이지만
24시 편의점 야간 당직자 내 오랜 친구와 통화하기 딱 좋은 시간대
또 영도(零度) 이하 급랭도 감사

*황동규, 「대낮에 밤길 가듯」에서

이상한 호숫가

발자국 소리만 낮게 들리던 백색 소음 호숫가
다른 사람은 빠른 보폭으로 걷고
이 느린 보폭은 나밖에 없다
속도를 높여도 그들의 속도를 따라갈 수 없다
좀 뛰어도 내가 제일 뒤에 있다
평소 산책 걸음이었다면
아직도 나는 그곳에 있을 것이다

어두운 호숫가
끼익 끼익 소리도 다시 무음처럼 죽이고
호수 쪽으로 어깨 축 늘어뜨리고 닿을 듯 말 듯
간절하게 서 있던 소나무들도
다 힘들다는 거지
좀 전 수원역 앞에서 담요 뒤집어쓴 참선 자세
노숙인은 더 힘든 거지
무엇을 더 헤아린다는 것도 힘든 거겠지

나보다 몇 걸음 빠른 앞의 젊은 부부도
자율동아리 활동 대화 나누며 앞질러간 젊은 쌤들도
팔순 노인 부부의 걸음도
나보다 몇 걸음 앞서서 간다

또 A4 이면지 한 장과 볼펜 하나 움켜쥐고
가다 서다 뛰다 걷다
선 채 몇 줄, 걷다 몇 줄 긁적이던
이상한 호숫가 둘레길
내가 나를 간신히 데리고 되돌아갈 때도 있다
나의 산책도 결국 산책이기보다
내 삶의 어딘가를 횡단하고 있다는 것!
내 시는 결국 자전적이라는 것!
이상한 호숫가에서 이상한 산책을 하면서

아주 가끔 꿈결

가끔 두어 시간 산책은 혼자 하고 싶다
수삼 일 건너 뛸 때도 있지만
볼펜 하나 의지하고
나 홀로 늦은 산책을 나서고 싶다
나도 어쩌지 못하는 이 몸에 밴 습관
나도 더 손대지 못하고 걷는 것
때론 일정 없이 산책만 하는 것
볼펜도 휴대폰 문자도 간섭할 수 없는
이 길 곧 여백 같은 시간과 공간

더러 나 같은 늙마 퇴직자도 왔다가고
반려 견을 데리고 나온 견주도 있고
일 끝내고 귀가하는 알바생도 있다
아주 가끔 출가자의 뒤를 본 적도 있었지만
옛 직장 동료나 문우를 만난 적도 없고
이웃 주민을 만난 적도 없고
전직 대통령을 만난 적은 한 번도 없다
그러나 이 길이
어느 출세간의 꿈결 같을 때도 있다

소요산 홍두깨 손칼국수집

낯선 능선을 그와 함께 헤매던 길
두어 시간 걸어도 내려서는 길도 없고
마주치는 등산객 하나 없던
소요산 자재암 뒤쪽 새카맣게 굽은 능선
하백운대까지 갔다가 내려서던 길

소요산행에서 어김없이 들르는 단골집
능이도 몇 개 더 넣은 독특한 육수맛
고정 메뉴인 팔천 원짜리 손칼국수 한 그릇
인삼 한 뿌리, 생절이 배추김치, 생채,
단무지 무침도 다 맛있는 손맛 그대로

막걸리 한잔하면 이 말을 꺼내볼 텐데…
벽에 붙어 있던 글귀는 누구의 착상인지
—애인이 바뀌어도 꼭 오세요!
모르는 척 해드릴 게요!

밤길 걷기

일주일 입원하셨던 어머님 퇴원 수속 밟아드리고
난 일층 로비 대형사진
금강산 구룡연 어귀나 밟고 서서
두어 시간 제자리 걷기 했나
참을 수 없었던 초저녁잠도 자고 나니
눈에 선한 산책길 접어야 하나
시는?
밤 아홉 시

큰댁 사촌 내외 만나러가는 길도 접고
바다 향하던 신리천변도 접어야 하고
아님 내 유년의 길이라도 더듬어볼까
유년의 길이라 해도
주문진 등대 오르던 길이나 등곳길 말고
옛집 근처 몇 군데 밟다 되돌아설 것
세발자전거 타고 놀던
옛집 근처 밟다 괜히 발걸음 무겁게 하지 말고
밤바다나 몇 번 바라보다 돌아설 것
밤바다 사진 한 장 찍다
시 한 줄 떠오르면?
외로운 밤길 소리 내지 말고 혼자 좀 더 걷기만 할 것

172

밤 열한 시

이 밤에 이 밤 말곤 아무것도 없는 게 좋았다고!
밤바다도 산책길도 없는 게 좋았다고
없다 있다 그런 것 말고 그냥 그런 생각도 하지 않는 것!
몸이 먼저 다른 걸 아는지
간만에 몸 막 달아오르는 거 같아 님 좋았다고!
소리 내지 말고 더 낮은 소리로 더 낮게 걷기!
기억 하나하나 꾹꾹 눌러보면
추억보다 힘든 기억으로 남아 있는 게 많다

밤이 깊었나

이 버드나무 하나만 멀거니 서 있던 낯선 길
그 나무 곁에 얼굴 꽤 어둡던 여자
밤이 깊었나
깊은 밤에 책장 넘기는 소리 같던
저 강의 숨결소리 같던 저 물소리 곁에서
혹은 그보다 더 먼 곳에서
오늘밤 잠들지 못하는 많은 인류들을 위하여
그녀를 '하룻밤 시인'이라고 부르자
싱거운 말이나 주고받는 '말벗'이라 하자
밤이 깊었나
이 밤이 지나면 누군가 떠날 것이고
버드나무 곁에 누군가 또 서 있을 것이다
누군가 뒤에서 또 그녀를 지켜볼 것이다
이제 그도 그녀도 할 수 있는 것은 없다
이 밤에 할 수 있는 것은 아무것도 없다
가는 이도 오는 이도 없던
산책길 하나만 일자(一字)로 쭉 뻗어 있는
이 길에서 할 수 있는 것은 없다
이 길 밖으로 몸을 틀어 발을 내딛는다 해도 없다
입이 있어도 할 말 없을 때가 있다

봄밤 산책

어둠 반쯤 잠긴 세월교 건너 천변을 걸었다
밤 아홉 시 막 지나가는데
지나가는 사람 하나 없다
마치 금방 비상계엄령이라도 내린 거리 같다
오늘밤 겨우 한 사람 보았다
편의점 앞에 쭈그리고 앉아서
왼손엔 담배
오른손에 휴대폰 움켜쥔 여자 앞을 지나갔다
―좆나… 씨발…

매창 시비 앞에서 모자 쓴 노인을 봤다
서로 얼굴 쳐다볼 사이는 아니다
한밤의 물소리가 시 한 줄 긋고 간다
흐르는 물은 굳이 서두르지 않는다

좀 전에 키보드 두어 줄 두드렸는데
한 글자도 찍히지 않았다
이렇게 한 글자도 입력되지 않은 날은 없었다
시는 언제 써야 하나

노래 한 곡 자작하다

−2021년 3월 15일

걷다 말다 도봉 옛길 둘레길 걷다
동행한 사람이 노래 한 곡 청한다
술 한 잔 권하는 것도 아니고
담배 권하는 것도 아닌데
마스크 쓴 채
그렇다면 오직 여기 한 사람을 위하여
그가 들을 만한 일인용 목소리로
백설희 버전으로 불렀다
〈봄날은 간다〉
이 노래는 누구도 불렀고 누구도 불렀지만
아무나 부를 수 있는 노래가 아니다

노래 가사에 이끌려 끌려가다가
노래 가사를 끌고 가다가
마음은 노래에, 노래는 마음에 매달리던
깊어가는 이 초봄 저녁
노래 한 곡 자작(自酌)하다
노래 청한 사람도 나도 봄밤도 노래도 간 곳이 없다
빈손으로 불렀던 빈속 확 훑고 지나가던
봄날은… 간다

걸음 멈추게 하던 산책길

—2021년 3월 19일 오후 6시

휠체어 밀고 가던 발이 불편한 사내
그리고 휠체어 뒤를 따르는 두 여자
휠체어에 탄 초등학교 육학년쯤 남자아이도
어딘가 또 많이 불편하게 보였다
천천히 노원교 건너가는 휠체어 가족
그들이 거의 보이지 않을 때까지
가던 걸음 멈추고 뒷모습을 바라본다

나는 더 돌아보지도 않고 아무렇지도 않게
한 시간여 내 산책길을 다녀왔다
그리고 이 시를 쓰기 위해 책상 앞에 앉았다
시는 이 시 속에 있는 것도 아니고
책상 앞에 웅크린 것도 아니다
시는 휠체어 가족 뒤에 있을 것이다
그들은 아직도 길 위에 있을 것이다
시는 그 길 위 어디 있을 것이다
잘 쓴 시가 꼭 좋은 시는 아니다
시는 아름답지도 않고 오히려 불편하고 서러운 것이다
말수 줄인 시를 쓰고 싶을 때가 있다

쓴웃음

1.
웃어라! 혼자 우는 것보다 차라리 웃어라
술자리의 끝은 울음이었다
다 도망가고 나 혼자 남은 적도 있었다
나는 혼자 울 줄도 몰랐다
남 앞에서 울 일이 없으니 웃어야 한다
나는 혼자 웃을 줄도 모른다
그렇다고 또 혼자 울어야 할 일은 아니다
거울 앞에서 웃어보았다
내가 보아도 나의 웃음은 웃음이 아니다
다시 웃어보았다 쓴웃음이다
아무것도 보이지 않는 어두운 곳에서
웃음 같지도 않은 잘못한 웃음 하나 보였다
헛웃음?

2.
산이 금세 어두워졌다
어제는 도봉사 뒷길에서 술 취한 여자를 만났다
그녀는 나에게 뒤돌아 가라고 했다
"짐승한테 치여!"
날 어두워질 때 돌아다니지 말라고 했다

멧돼지가 돌아다닌다고!
집에서 기르는 개가 내 발에다 뽀뽀 했어!
얼마 전엔 앞차와 뽀뽀했어! 백육십 나왔어!
등산화 끈 바짝바짝 조이라고 했다
발목 돌아간다고! 더 조여!
그녀는 자기 일처럼 말했고 나는 남의 일처럼 들었다
"또 만날 수 있나요?" "무조건 만남!"

3.
술 없이 말없이 울음 없이 웃음 없이 사는 게
몇 주째?
시한테 위안 받을 때도 있을까?

길을 걷는 자는 머물지 않는다*

새로 시작한 산책로
살짝 바뀌면 마음속에 어떤 변화가 생기는지
나도 궁금했다
귀에 익은 물소리는 나도 여전히 좋아하지만
잘 있겠지?
저 천변 산책로는 산책길 중 역대 최고였다
이 길도 오직 걷기만 할 거야
뭘 따로 정해 놓은 거 없어도

우연히 동네 작은 공원에 들어섰다가
이 풍경 속에 나도 빠져 들었다
나무들만 말없이 서 있는 곳
정말 아무것도 없는 곳
가끔 나무들과 눈인사 정도 나누면서 지내고 싶다

아 밤술 즐기기 좋은 평상도 두어 개 보였다
언제 앉아서 밤술 한 잔 마시자
—여태까지 내가 못하는 것 뭐였지?
—집에서 혼술 하는 것!
식구들 한 이틀 집을 비워도 끼니는 챙기는데
도저히 술 한 잔은 못 하겠어

술은 술집에서 해야 한다고?

그것도 술집 강박증일까

길 따로 있고 머물 곳 따로 있는 것도 아니고

술 따로 술집 따로 있는 것도 아닐 텐데…

그냥 한잔 마셔 버리자

이 세상엔 설명할 수 있는 것도 많지만 설명할 수 없는 것도 많다

그냥 마시자

*有道者不處(『도덕경』 24장)

혼자 걷는 이유
—신리천

굳이 혼자 걷는 이유는
혼자 사는 이유만큼 복잡할 것이다
나는 혼자 천변을 걸었다
길을 걷는 자도 있고
세상을 떠나는 자도 있다
담배 피우는 자도 있고
반려견과 입 맞추는 자도 있다
여자를 만나는 자도 있고
여자와 헤어지는 자도 있다
만나고 헤어지는 것도
혼자 걷는 이유만큼 복잡하다

이 길 끝까지 가도
이 길 끝에 저 하늘 아래 '차마고도'는 없다
무릎을 꿇고 가장 낮은 자세로
두 손끝을 모아 뻗어도
그대 손끝에 닿는 것은 없다
손끝에 닿는 것도 없듯이
혼자 걷는 이유도 없다
먼 길 걷다 보면
모든 것은 가고 또 모든 것은 오고 떠난다

혼자 걷는 이유도 가고 떠나는 것
먼 길 걷다 보면 혼자 걷게 된다
뜬구름 한 점 없는 하늘도
혼자 걷는 이유도 또 그런 것
혼자 걷다 보면 그냥 혼자 걷게 되는 것
살다 보면 살게 되는 것처럼
삶을 살아도 삶이 뭔지도 모를 때까지
손 털어야 할 일을 털어버릴 때까지
걸음 멈추고 구름 올려다보는 것도

폭포의 일생
—소요산 자재암

내용이 없다고 텅 빈 것은 아니다
한 획 쭉 내리 긋는 폭포를 보라
내용 한 줄 없어도 텅 빈 것은 아니다
저 폭포의 집중력을 보면
인간의 필력으로 도달할 수 있는 경지가 아니다
인간의 역사가 미칠 수 없는 곳도 있다
누가 저렇게 온몸을 던질 수 있겠나
인간은 도저히 할 수 없는 일이다
누가 올곧은 신념을 끝까지 굽히지 않고 살 수 있나
어떤 인간도 못한다
누가 저렇게 생의 전부를 걸 수 있겠나

큰 죽비를 들고 어깨에 내려치는 것 같다
생은 차마 깨닫는 것도 아니고
생은 깊이 생각하는 것도 아니다
어떤 의미도 가치도 부여하지 마라
어떤 기록도 기억도 남기지 마라
어떤 말도 설명도 개념도 댓글도 필요 없다
생은 설명이나 개념 따위 아니라
선(禪)처럼 재가 될 때까지 깨끗하게 비우는 것
생은 삶을 끝까지 밀어붙인 자의 것

한 번 더 밀어붙인 자의 것!
어제도 또 오늘도 밀어붙여도
아직 더 밀어붙이지 못한 게 남았다는 것
그게 또 밀어붙여야 할 생생한 생
아무렇지도 않은 듯
저 지극히 단순하고 또 반복적인 삶
보라! 생이 무료하거나 뜨거운 자

돌

길을 걷다 보면 돌이 눈에 띄곤 한다
돌도 나도 무슨 인연이 있다
그럴 때마다 돌을 주워 손바닥에 올려놓고
내 손금 한 줄 들여다보듯
돌의 면모를 두루 살펴보곤 한다

돌을 자세히 들여다보면
돌도 무슨 사연으로 이 세상을 살아가는 것 같다
나름 손금도 그어 놓고
이마엔 깊게 팬 주름도 새겨놓았다
무슨 곡절이 있어
가슴엔 긴 금줄 하나 쭈욱 긋고 사는 것도 같다

어떨 땐, 집에 데려다놓은 적도 있다
집에 들어올 때쯤 되면
그도 나도 가까운 사이가 된 것 같아
제 가진 온기를 서로 주고받곤 한다
그러다 한 두어 달 훌쩍 지나면
눈 마주칠 일도 줄어들고
이 세상 많은 돌들처럼 그냥 돌 하나 되어 간다
그와 나 사이엔 또 적막만 쌓여간다

다시 처음처럼 남이 되어 간다
그는 다시 돌이 되고
나는 돌을 헤아릴 줄 모르는 사람이 된다
너는 나를 모르고 나는 너를 모르고 산다
돌도 마음 착한 자의 눈에 띈다는
속설은 다시 속설이 되고
때론 낭설도 되고 때론 싱거운 말도 되어간다
돌의 어깨가 좌우로 잠시 흔들린 것 같다
할 말 남았다는 듯이

소요산 돌다리 위에서

누가 찾는다 해도 찾지 못할 곳에 왔다
조그만 돌다리 하나 있다
누군가 숨겨놓은 돌다리를 혼자 건넌다
흩어져 있던 돌 대여섯 개 모아
개울물 건너다닐 다리를 놓았으니
어디 몸 한번 뒤척거릴 수 없고
길 따라 떠날 수도 없다
보라! 길이 있다고 생각하는 순간, 길은 없다

돌다리 중간쯤에서 저 물소리 듣다 보면
물소리 따라 길 떠나고 싶을 때가 있다
그렇게 길 떠났다가
그렇게 되돌아오는 거 아닌가
냅둬!

이 개울물 돌다리 몇 개 더 건너다 보면
차마 물 위를 걷지 못한다 해도
한 쪽 발이라도 헛딛고 싶을 때가 있다
두 발 다 물에 빠지고 싶을 때도 있다
돌다리에서 듣던 이름 모를 새소리
늦은 오후 새소리 듣다 보면 그럴 때가 있다

까닭 없이 헛딛고 싶을 때가 있다

그 길은 길 떠난 자들이 가는 길이라 하면
길 떠난 자와 길 헤매는 자는 무엇이 다른가
둘 다 기약 없이 떠도는 자?
그때 다리에서 만난 하산 중인 노(老)등산객
"그 신발로는 이 길 한 발짝도 못 갑니다"
"엄청 미끄럽습니다"

날 저물어도 돌다리 위에서 오도가도 않고
되돌아가야 할 길 몽땅 지우고
동행도 잊고 반나절 더 헤매고 싶을 때가 있다
"아직도 헤매고 다닐 데가 있나?"
"제자리서 헤맸다는 거 아냐?"
"누가 남아 있는 길을 더 헤맬 수 있다고 할까?"
"누구보다 속고 살았기 땜 그런 거 아닐까?"
길은 길을 정해놓고 걷는 게 아니라
헤매는 것!

허공에 기댈 때가 있었다

등 뒤에 있던 게 그물 같은 허공이었어
상체를 뒤로 한 번 더 뒤로 젖히다가
아예 뒤로 확 넘어졌어
아 또! 이 왼쪽 어깨!
엑스레이 찍고 물리치료 받고 왼쪽 팔 조심하고
한 주 정도 꼼짝없이 누워 있고

이번엔 조용히 방에 들어가 자리 펴고 누웠다
―술 좀 취한 걸음이던데…
아무도 몰래 멀쩡히 걷긴 걸었지만 들켰나
(어깨는 아무도 모르는 거지)
조용히 누워서 허공과의 관계를 생각해 보았다
(술 마실 때 몸 소홀히 하지 마라)

낮술을 조심하지 않은 것도 문제지만
낮부터 문학 얘기에 너무 들뜬 것도 문제였다
문청 때도 아니고
사십 년 전 문학청년 때 만난 시인들과
이 늙은 나이에
〈3인 시집〉 한 권 내자는 말 때문에?
아 뭔가 그렇게 들뜰 일 있었군

(왼쪽 어깨 다독이려고 손을 뻗다 멈췄다)

이틀 전 어깨가 맨바닥에 닿으려는 순간
목에 힘을 주어 좀 늦게 닿으려고 애를 썼었지
그 바람에 바닥에 좀 늦게 닿긴 했지
등 뒤에 있던 중년이 달려와 나를 부축해줬어
"아 괜찮습니까?"
"네, 의인이십니다 성함이라도?"
"다행입니다"
그는 어둠 속으로 사라졌고 나는 어둠 속에 남았다
(술 마시고 돌아다닌 얘기 쓰지 마라)
한 잔 더! 한 잔 더!
뜬구름 잡으러 쫓아다니던 시대가 아니다
술 끊을 생각 않고 시 앞에서 징징대고 있다

길 위의 뜬 길

영화 속 닥터 지바고처럼 폭설을 뚫고 걸었다
왕산 대기리 벌마을에서 강릉시청까지
눈을 맞으며 눈길을 걸었다
아! 시간도 눈길도 추위도 방향도 감각도 없었다
앞사람 발자국만 보고 걸었다
길이 없었고 길이 하나도 보이지 않았다
앞사람의 발자국이 길 위의 길이었다
아! 눈이 길이었다
가장 앞에 선 자는 누구의 발자국을 보고 걸었을까

눈썹도 눈꺼풀도 얼었고 양말도 운동화도 얼었고
특별한 장비 챙길 형편도 아니었다
한 줄로 길게 서서 걷고 또 걸을 뿐이었다
그게 그냥 눈앞의 길이었다
대화도 독백도 없고 치기와 오기만 있었다
그때 앞쪽에서 나를 향해 돌아보며 누군가 말했다
"아! 닥터 지바고!"
사랑하는 연인을 찾아가는 길도 아닌데
이념의 골짜기에서 헤매던 것도 아닌데
어디로 가는지도 모르고
단순하게 또 단순하게 하염없이 걷기만 했을 뿐인데

길도 없이 겁도 없이 눈길을 걷던 길

길이 없던 길 위에서

세상의 모든 길이 사라진 곳에 길은 어디 있었겠는가?

아무도 길을 되묻지 않았고 그냥 걸었던 길

'이 길은 과연 그대의 길인가?'

내가 딛고 걸었던 길 혹시 길 위의 뜬 길?

그날 길 위에 있던 자들은 길 위의 뜬 자?

우리는 어디에 미쳐 길 위에서 미쳐버린 걸까

우리는 또 어디에 속고 살았다는 걸까

산책 이후

온갖 잡동사니로 가득한 서랍을 열어놓고
들여다보았다
아무 일 없이 먼 바다나 바라볼 걸
빈 주머니나 뒤져볼 걸
빈 노트북 한 번 더 들여다볼 걸
빈 놀이터나 빼꼼히 바라볼 걸
입안에서 씹히는 말이나 더 씹어볼 걸

텔레비전 각종 예능 프로도 멀리 하고
한국 교육도 멀리 하고
국내 정치권은 더 멀리 하고
커피믹스도 담배도 멀리 하고
술은 더, 더, 더 멀리 하고
낮잠도 밤잠도 노래도 멀리 하고
밤 산책도 늦은 밤 글 쓰는 것도 멀리 하고
비 오면 둘레길도 멀리 하고
어제 나온 신작 시집도 더 멀리 하고
나도 멀리 하면
오후 반나절이 이렇게 풍요로울 수 없으리

눈 속의 부연동*

다시 많은 눈이 내린다
높은 곳에도 낮은 곳에도
부연동에도
아마도 이 세상 끝까지 눈이 내릴 것 같다
옛 조사(祖師)의 어록 한 줄 같은
가슴 흰 조그만 새 하나
이 세상 끝까지 가서
이 세상 끝에서
모든 눈을 혼자 다 맞을 것 같다

부연동에서 보면 모든 길은 길이 아니다
이 길은 길이 아니다
나는 어디서 저 눈을 다 맞을 것인가
누가 또 눈을 뒤집어쓸 텐가
배낭 속에 눈을 가득 넣고
눈 속의 길을 나서는 저이는 또 누구인가
저이를 여기서 볼 수 있다니
기인인가 광인인가 시인인가

*강원도 강릉시 연곡면 삼산리

시 쓰다만 시
—밤 산책

내가 혹시 이 시 쓰지 않아도 될 시를 쓴 것인가
그럼 여기서 끊어? 몇 줄 더?
시는 시를 쓰는 한 시가 뭘까
이 가벼운 의문의 형식
삶을 사는 한 삶이 뭘까
불안한 이 의문의 형식

도봉산 산책길 가로등 불빛 아래
켜켜이 쌓아둔 종이상자 거둬가는 노인
수레에 종이상자 담는 거 거들어주고
먼 산자락 끝의 밤새 울음소리 몇 마디 들었다
오늘은 여기까지?
어느 독자가 이 시 다 읽어낼 수 있을까 하고
세상은 또 그렇게 굴러가는 것이고
나는 또 이 시를 끊지 못하고
시를 쓴다만, 여기까지 쓰고 이 시를 지운다
지우는 자에게 용기를!

그러나 다시 이 시 밖에 있던 또 하나의 시적인 것
무수천 물소리, 소요산행 밤 전철, 가로등, 중도층,
텅 빈 베이커리, 전봇대 옆에서 담배 피우던 여자,

교회 계단 청소하는 중년 남자, 경선 탈락자
이주 노동자, 전 운동권 간부, 혼자 농구하던 학생,
석고대죄, 지하교회, 살림남 1, 2, 3…
지역 축제 마당에서 노래하는 원로 가수

그리고 시 밖에서 시가 되지 못하고 있는 것
도박꾼, 위장취업자, 도굴꾼, 직권남용죄,
사기꾼, 산불 방화범, 금고 털이범, 잡부,
무임승차, 지하철 행상, 노인 일자리상담사, 공금횡령 공범
술 취한 자, 눈물, 재회, 불법주차, 공갈범, 탈세자
선량(選良), 공적자금, 초판, 미니멀리즘…

서쪽보다 더 먼 서쪽

노을빛 구름장도 서쪽보다 더 서쪽으로 흘러가고
다시 서쪽을 향해 고개 떨군 나무
노을 색에 제 색깔 빼앗긴 저 무너진 나무색
색 바랜 무색의 나무색
서쪽으로 가면 다 저렇게 제 색을 잃고 마는가
길 잘못 들어도
이젠 가지 않는 길 더 돌아볼 수도 없을 게다
낙장불입

허나, 이 길도 알고 보면 한 번도 가지 않은 길?
생(生) 초행길?
뻔히 아는 길도 맨땅에 엎어져 또 깨진 게
벌써 몇 번째?
술 마시면 모든 길, 다 가지 않은 길이 되더군
시도 술 한 잔 마시고 쓰면
한 번도 쓰지 않은 시를 쓸 수 있을라나

저 노을빛에 눈에 익은 바위도
한 번도 보지 않던 생(生) 바위가 되더군
이 노을빛 구름장도 서쪽보다 더 서쪽으로 가면
서쪽보다 더 먼 서쪽이 될 텐가

서쪽이란 서쪽을 다 거둬들인 서쪽은 뭘까?

가령, 서쪽으로 가다 동쪽으로 방향을 확 바뀐 구름장은 없을까

그렇게 방향 바꿔 사는 느낌은 뭘까

느낌이 오면 느끼고 또 없으면 없는 느낌 느껴?

서쪽이 있긴 있는가

할(喝)!

동쪽만 향하던 내가 이젠 아무도 모르게

서쪽을 모르던 내가 서쪽을 생각하고 있다면

엄청난 여유를 갖게 되었다는 거 아닐까

아직 가보지 못한 곳 1
－강원도편

아직 한 번도 가보지 못한 곳 어디?
먼 바다나 높은 산등성이들 말고
이름만 대면 금방 알아들을 만한 곳
아주 먼 옛 연인의 집 찾아가듯
어느 날은 먼 수평선 끌어당겼다 놓아줄 것이고
시시각각 덮칠 것만 같은 파도를 볼거나
물가에 앉아 물 속이나 들여다보고
어느 날은 저렇게 흘러가는 물을 따라갈 것이고
어느 날은 터미널에서 옛 친구 기다릴 것이다
어느 날은 논둑이나 밭둑을 걸을 것이다
빈집 무너진 담장을 만나면
무너진 둑의 흙을 얻어다 흙을 바를 것이다

외옹치 두타산성 어성전
감화 와수리 철원 삼부연 폭포
현리 시외버스 터미널
벽탄 용탄 미탄…

꽃이 무진장 피었을 때 아니라 꽃이 질 때
파도가 큰 파도가 주저앉았다 일어섰다 할 때
갓 시집 온 며느리도 모르게 다녀올 것

물이든 산이든 무엇을 더 보더라도 눈독 들이지 말고
휴대폰 카메라 들이대지 말고
저장하지 말고 셔터만 눌러?
시 하나 얻었다 해도 시 한 줄 남기지 말고
시치미 뚝 뗄 것!
어느 수행자의 첫 만행 다니듯이
시인 아닌 듯이

아직 가보지 못한 곳 2

－노원구편

아직 한 번도 가보지 못한 곳이 있다
수락산 정상이나 불암산 둘레길 말고
수락산역 먹자골목 말고
이름도 조금 낯설던 곳
요 몇 해 전부터 머릿속에서 맴돌던

중계본동 백사마을
당고개역 희망촌
녹천역 초안산 내시 분묘군

그곳에 가면 호프집도 있고 편의점도 있고
길게 펼쳐 놓은 산책길도 있을까
사진도 찍고 무엇을 기록하겠다는 게 아니다
골목이나 기웃거릴 것도 아니다
배드민턴 치는 아이들 옆에서 구경하다가
친구와 악수하고 막 헤어진 사람처럼
어둑한 길 내려오다 한 번 더 뒤돌아보고
뒤돌아보면
아직도 돌아서지 못하고 그곳에 서 있는
친구 같은 곳

뒤돌아보지 않는

뒤돌아보지 않는 저 딱따구리의 뒤통수를
행인 십수 명이 지켜보고 있다
이미 이삼 센티 정도 나무판 뚫었는데
꼭 먹이를 찾기 위한 것도 아닌 듯
관종? 혹은 인정 욕망?
휑한 구멍이라도 뚫어 허공을 만들겠다는 겨?
빈 구멍에 손을 쓰윽 넣고 싶듯이
아는 길 관두고 낯선 길 돌아가듯
먹이도 없는 나무판 뚫는 저 청딱따구리처럼
허공이라도 한번 뚫어보자는 겨?
간혹 쓰 잘 데기 없는 일이라 해도
목매다 보면 쓰 잘 데기 있던가

부리 옆으로 돌려놓고 뒤돌아보려는 듯
이번엔 목덜미까지 더 돌리며 뒤돌아볼 듯
끝내 뒤돌아보지 않는 저 단호함
구멍 뚫는 재미라도 즐기는 겨
구멍에 제 목이라도 집어넣겠다는 걸까
혼자 저렇게 몰입하는 것에 마음 끌려
공연히 마음 쓰이는 이 마음 쓰이는 것은 또 뭘까?

단순한 삶

산책길에 남의 집 반려견과 눈 맞추기도 한다
그 순간 개 주인은 개 이름을 부르곤 한다
한눈파는 걸 용납하지 않겠다는 뜻
한눈팔 수 없는 관계의 단순함

손님 없어도 텔레비전 활짝 켜 놓고
가게 문 닫아도 환하게 가게 앞 불 밝혀 놓고
뒤돌아보지 않고 퇴근하던
엊그제 막 개업한 동네 순댓국밥집
조금만 두고 보자 곧 간다 간다
한잔 하자

비우고 또 비워야 단순해지거늘!
나도 단순한 남자이거늘!
나보다 늙은 남자를 만나면 한 번 더 눈여겨보고
단순하게 늙어가고 있는지 본다
술 한 잔 없어도 싱겁지도 복잡하지도 않는
단순한 삶을 어떻게 견뎌야 하는지

안 보이던 산책길

후배 시인이 술 마시다 전화했다
선배님 이 코로나 시국 지나면 한잔 합시다
'지금 이 시국도 괜찮은데…'
우리 언제 편한 시국 있었던가
그대는 어느 시국에 술을 마셨다는 건가
나는 이 긴 시국에 술 마시다
맨땅에 두 번 넘어져 어깨를 다쳤고
그때 받은 처방전 같은 한 구절
귀대환약신(貴大患若身)*

이 시국 풀려도 술자리 피해 다녀야 하고
술 없이 사는 법 익히는 중
하나 더! 이유 불문 독박 산책
혼자 길 나서다 보면
안 보이던 길도 눈에 들어오고
보이던 것은 눈에서 멀어졌다
보이든 안 보이든
마음 내켰는데 몸 내키지 않으면
내킨 마음만 가자

*노자

흐르는 물의 수심을 생각하다

당신과 함께 흐르는 물 앞에 앉아 있었다
넋 나간 놈처럼
물가에서 물 안쪽으로 더 가까이 다가갔다
처음엔 입술을 담갔다가
그 다음엔 얼굴을 담갔다가
나중엔 머리를 물속에 처박고 말았다
겨우 몸 일으켜 세웠지만
머리끝에서부터 물이 뚝뚝 흘러내렸다

흐르는 물에 두 손을 깊숙이 찔러 놓고
두 손으로 흐르는 물을 움켜쥐었다
두 손에 꼭 움켜쥔 물을 얼굴에 한번 끼얹었다
한 번 더!
물줄기 하나가 내 몸속에 흐르는 것 같다
아주 젊은 날
누군가 내 사주(四柱)를 보더니
물 가까이! 더 가까이!
뒤돌아보면 나는 물보다 불에 더 가까웠다
불을 안고 살았다

수인사

초봄 안개 속 샛강을 건너는 사내
우산 하나 든 채
마치 더 큰 산으로 들어가듯
더 큰 침묵 속으로 들어가듯
두 팔 크게 벌린 채 만개한 꽃 속으로 들어가듯
뒤돌아보지 말고 곧장 걸어가 보라
집을 나섰으면 집을 돌아보지 마라
퇴직했으면 옛 직장 돌아보지 마라
꿈속에서라도

오늘 늦저녁 안개 속 가듯 강을 건너보든가
좀 더 걷다 어두워지면
허리춤 뒤로 뒷짐 진 두 손 풀어
손 한 번 들었다 내려놓는 인사 나누고
다시 끊긴 꿈을 꾸든가
꿈꾸는 꿈속과 꿈 깬 꿈 밖 사이
귀 한참 기울여도
서로 주고받았던 말소리 하나 들리지 않았다

빈속의 느낌

1.
밤 열두 시
술 취한 젊은 프랑스어가 들리더니 지나갔다
재킷 벗어들고 나는 혼자 걷는다
이런 빈속의 마음속엔 또 무엇이 싹틀 것인가
내 키만한 꽃나무 하나 뒤따르다 멈춰 섰다

＝외로울 때 있어?
ㅡ꽃 필 때!
＝꽃 필 때?

오늘처럼 환한 봄밤
일행과 떨어져 글 쓰는 후배와 나눴던 대화 하나
문학과 시국 사이
한 아름만한 마늘주 통째 다 마셨지
유리병 속 마늘주 빈속일 때까지 퍼다 마셨지
아무리 마셔도 마음속 비워지지 않고
길 걷다 자꾸 걸음 멈출 때가 많았지

ㅡ형은 살면서 기쁠 때가 언제요 시 쓸 때 말고…
＝빈속에 한 잔할 때?

—속 비었을 때 좋지요

2.
내 마음속의 빈속을 들여다볼 때마다
그 빈속에 뭔가 싹 트는 것 느껴질 때 있지
그 느낌을 온몸으로 느낄 때 좋다
패배할 때 패배도 좋다
요샌 술 한 잔 건너뛰며 사는 재미도 좋고
길 걷다 발걸음 멈출 때도 되게 좋다

어제는 어떤 여자가 나더러 여자의 말을 믿지 말라 했고
어떤 남자는 또 사람의 말을 믿지 말라고 했다
오늘은 내 말도 믿지 않고 침묵하게 되었다
말 한 마디에 상처 받게 되면
또 당신의 말보다 더 많은 침묵을 생각하게 된다

숲속 작은 도서관 근처

1.
점심시간에 살짝 닫힌 문 앞에서
숨 한 번 들이쉬고 내쉬고
다른 것 더하지 않은 채 오직 걷기만 할 것
앞만 보고 걸어가는 맨 걸음으로
돌아볼 일도 줄일 것
생각이 아픈 것도 좀 줄이자

2.
공터를 한가운데 두고
벤치에 빙 둘러앉아 햇볕을 쬐는 사람들 틈에 끼어
텅 빈 곳이라도 바라보아야 하나
빈 나뭇가지 주워들고
저 앞의 노인의 뒤라도 쫓아가야 하나

공원 한쪽에서 캔 맥주 뜯던 술꾼들 곁에 앉아
낮술에 취해야 하나
시집은 한 번 펼쳐보지 못한 채
벤치에 앉아 망설이는
나를 두고 천천히 혼자 일어섰다

3.
쩨쩨하게 늙어가는 찐한 외로움!
이 외로움 다 외로워질 때까지 더 외롭지 않기를!
이 외로움 좀 더 이어가기
이 외로움 어디 더 기댈 데 없을 때까지
외로움이 외롭기 전의 외로움과 맞설 때까지

이 길도 들녘처럼 어두워지고 먼 산도 어두워지고
풍경이 비로소 풍경이 될 때
사물도 비로소 사물이 될 때
달은 달이 되고 별은 다시 별이 되고
호주머니에 손을 찌른 사내도 뒤돌아서 가고
밀고 당기던 일순 이 풍경도
점점 더 어두워지는 것

어둠이 비로소 어둠이 될 때
꽃도 빛도 나무도 구름도 아픔도 슬픔도 기쁨도 공터도 모래도 어
두워지는 것
눈보다 귀가 밝아지는 것!

내가 산책보다 조깅하는 이유를 아무도 모를 거야

심심해서?
아니오
퇴직 후 마땅한 소일거리가 없어서?
아니오
남들도 뛰니까?
아니오
산책보다 빠르니까?
아니오
성격이 급해서?
아니오
별다른 이유가 없어서?
아니오
한이 맺혀서?
아니오
동호회 가입하려고?
아니오
하체 근력운동 일환으로?
아니오
춘천 마라톤대회 참가하려고?
아니오
그럼 뭐여?

그냥 걷다 좀 빠르게 걷다 보니까
어디서 어디까지 갔다 오는지?
그런 것 없다
오늘은 조깅보다 산책하는 이유를 아무도 모를 거야!
아무도 모를 거야!

어렵지 않은 일 2

어디 한 번 놀러 다닐 시간도 없이 사는
선남선녀들의 삶
왜 가슴보다 머리로 살아야 하나?
재다 보면 머리는 한 번도 동의하지 않는다
동해바다는커녕
가까운 계곡에 발이라도 담가볼 수 있으랴
가자
발 적시다 보면 가슴도 머리도 젖는다
그게 그렇게 어려운 일이 아니다
어느 생이든 큰 것도 작은 것도 없다

단골처럼 드나드는 근린공원 운동장엔
모 고등학교 체육복 입은 채
마주보고 배드민턴 치는 남녀 학생이 있다
남학생은 하늘 높이 쳐주는데
여학생은 매번 땅을 향해 떨어뜨려놓지만
배드민턴 콕 줍는 쪽은 남학생이다
그게 청춘이다
그게 그렇게 어려운 일도 아니다
그게 또 남자들이 하는 일이다

어렵지 않은 일 3

근린공원 플라타너스 한아름 안아보는 일
그게 그렇게 어렵지 않은 일이다
맨날 산책하면서 흘끔 쳐다만 보았지
두 팔로 한 번 안아본 적 없었다
늦은 밤 아무도 없을 때
아무도 몰래 뒤에서 한번 안아보고 싶다
그 가슴에 닿은 내 가슴은 어떨까
조금씩 뜨거워지기라도 하는 걸까
그냥 뚝뚝 떨어져 살아야 할까
저들도 숨을 쉬고 때론 가슴 헐떡일 때가 있을까
먹먹할 때도 있을까
괜히 초저녁 선잠 든 멀쩡한 나무를 흔들어
눈살 찌푸리게 하는 거 아닐까
나무는 그냥 나무고 인간은 인간일까
오랜 세월 견디며 여기까지 왔을까
우두커니 서서 제 발 아래 내려다볼 때도 있을까
한여름 열대야에 잠 설칠 때도 있을까

어렵지 않은 일 4

하루 한번 배꼽 아래 손 모으고 집중하는 게
그렇게 어려운 일은 아닐 것
무슨 명상이니 무슨 화두니
그런 게 아니라
그냥 방바닥에 앉아 때론 노트북 앞에 앉아
호흡이나 지켜보는 일
벽면 어디 집중 한다 뭐다 할 것 없이
조용히 눈이나 반쯤 감고
들숨날숨 호흡 한번쯤 지켜보는 일
그게 그렇게 어렵지 않을 것이다

시간 정해 놓은 것도 아니고
버킷 리스트도 아니고 무슨 프로젝트도 아니다
편한 시간 마음 끌리는 대로 하는 일
하루에 한번 해보고 싶은 일이다
돌아보면 맘 편하게 한번 앉아 있지 못했고
조용히 앉아 있는 것도 쉽지 않았다
좌선이니 좌망이니
그렇게 내놓고 말할 것도 아니지만
혀끝 둥글게 말아 목구멍 쪽으로 밀어놓고
말없이 혼자 앉아 있는 것!

그런 것만 해도 어려운 일 하나 해낸 것 아닌가
회한 따윈 없다
'혼자 있음'만 견뎌낼 수 있다면
시도
시인의 삶도 견뎌낼 수 있을 거다

가지 않은 길

산책길 노선 하나 바꾸지 못하고
정치적 노선 하나 바꾸지도 않고
문학적 이념 하나 바꾸지 못하고
긍정보다 왜 부정성에 기댈 때가 많은 것일까
이렇게 갑갑하게 살아도 되는 걸까
벚꽃나무와 모과나무와 살구나무 줄지어 서 있는 길과
플라타너스 꼿꼿이 서 있는 이 길을
나는 언제쯤 바꿀 수 있는 걸까

날도둑처럼 누군가 오래된 나무만 골라 싹 베어버렸다
아무도 본 사람이 없었을까
길을 걷다 가끔 멈추어 서서 돌아볼 때가 있다
이 의미 없음과 의미 있음 사이에서
어떤 존재와 세계와 대상에 관한 고뇌와 진실과
이 불완전한 것과 미완성에 대하여
정치적 인간과 문학적 인간의 틈에 대하여
몸과 정신과 그리고 사랑에 대하여
시에 관한 끝없는 자문자답에 관하여
이 단순함과 뜨거운 것과 또 형식에 대하여

다시, 보수와 진보의 그 정체성에 대하여

자전적이며 또 사회적인 문학관에 대하여
인간적인 삶에 대한 지속적인 질문과
너와 나의 관계와 맥락과 소통과 변증법과
겸손과 부질없음과 신념과 공허함과
아웃사이더와 통찰과 인식(Erkenntnis)과
섬세함과 감수성과 분노와 동의할 수 없음과
삶보다 죽음에 대하여 또 슬픔에 대하여

아무것도 반성하지 않는 너의 반성과 하루에 두어 번 반성하는 나
의 반성에 대한 헷갈림과 엇갈림과
낯이 두꺼운 너의 낯과 낯이 두껍지 않은 나의 낯에 대한 유약함과
너의 간사함과 교활함과
끝내 반성하지 않는 너와 반성하는 나의 반성에 대한 반성과 수치
와 치욕과 버림과 버림받음과 비움과 비워냄과
동시에 지금 여기서부터 나는 혹시 네가 내 곁에 있어도 나는 너를
의식하지 않겠다고 선언한다
내가 미워했던 나의 적이여 차라리 나의 선지식이여 인내심이여 자
유여 해방이여
떠난 자는 돌아오지 않고 남은 자는 돌아보지 않는다

어렵지 않은 일 5

동네 산책하다 보면 쏜살같이 달려오는
소년의 자전거를 만날 때가 있다
소년의 속도는 바람보다 빠르고
바람보다 더 빨리 내 앞에 다가온다
나는 소년보다 먼저 길을 비켜준다
소년의 바람은 바람처럼 내 곁을 지나간다
역시 시원하고 상쾌하다
소년의 바람은 지구 끝까지 갈 것 같다

세발자전거 탄 소년이 또 지나간다
자세히 보면 어린 시절의 내 모습이었다
멀리가지도 못하고
고작 집 주위나 맴돌던 겁 많은 소년이다
조금만 더 가면 큰 바다도 있었는데
소년은 바다를 향해 가지 않았다
그렇다고 넓은 들판으로 달려간 것도 아니다
지나간 세상 일이 대개 그렇겠지만
좀 더 큰 바다로 나가보았다면
내가 좀 더 넓은 들판으로 눈을 돌렸다면
내가 겁 많은 소년이 아니었다면?

제3부 **억새 혹은 나무가 아닌 것들**

11번 마을버스

상계역 종점 몇 정거 더 남았는데
보람 사거리에서 승객들이 다 내렸다
어쩌나 운전기사도 내려버렸다
나도 내려야 하나, 턱 괴고 기다려야 하나
운전기사가 돌아올 때까지
또 시를 읽어야 하나 시를 써야 하나

내가 저 가속 페달 꾹 밟아서라도
상트페테르부르크 중앙로 사거리까지 질러 볼까
도스토예프스키 생가 들러보고
3박 4일 패키지 시베리아 벌판 유랑할까
시베리아까지 갔다가 끝까지 더 나갔던 시인은?
'마음이 녹아내리고 눈물이 쏟아졌다'*는
센나야 시장 전통 음식점에 들어가
강릉 장칼국수 한 그릇을 시켜볼까
비스바덴 카지노 도스토예프스키홀에서
딱 한 번 도박 같은 도박도 하고 싶다
─손님 종점입니다
=네

*『죄와벌』에서

겨울들판 위의 야간열차

—시

불빛 하나 없는 야간열차를 보았다
동해바다로 달리는 삼등 열차인가
아! 겨울들판 위의 고려인 강제이주 야간열차인가
1·4후퇴 때 피난민 열차인가
야반도주하던 눈물의 열차인가
마침내 시인들을 한꺼번에 추방하는 열차인가
술 마실 때 모였다 또 흩어질 텐데…
어두운 터널 뚫고 가는 아우슈비츠행 열차인가
병자호란 때 끌려가던 조선 사람인가
환향녀들의 귀국 열차인가
조선의용대 대원들이 언덕을 넘어가던 열차인가
무작정 상경하던 상행선 열차인가
젊은 날의 입영 열차인가
삼팔선 막 긋기 전의 마지막 경의선 열차인가
압록강 건너는 북중 열차인가
그대여 어디서 어디로 가고 있는가
저 열차는 어디로 가는 누구의 밤 열차란 말인가
굳이 물어보시겠다면
저 열차는 어디로 가는 누구의 열차가 아니다
—돌아올 텐가

억새의 시간

바람 부는 날 고개 한번 가로저어 보는 것
강가에서 서성이다 돌아서는 것
길고양이 울음소리에 귀 기울이는 것
얼굴 맞대고 사진 찍는 사람 앞에서
한 번 더 몸을 흔들어보는 것
내 등 뒤에서 오줌 누던 저 인간을
오줌 줄기까지 짐작하게 하던
미친!
어쩌다 남의 통화소리 엿듣다 마는 것
시 한 줄 얻으러 온 사람 지켜보는
물소리 듣고 수량 가늠하는 것
꽉 잡고 있던 오늘 저녁노을 놓아주는 것
풀 뿌리 채 쑥 뽑아 던지는 것
구두 한 짝 휙 집어던지는 저 미친 것
구두 한 짝 더 집어던지는…
평정심으로 강 건너 언덕 바라보는 것
조는 듯 잠시 고개 떨어뜨리는
흔들릴 때 한 번쯤 더 흔들리는 것
한번쯤 바닥에 드러눕고 싶을 때도 있다는 것
네 손 잡고 싶을 때도 있다는 것!

나무가 아닌 것들

나무가 아닌 것들을 무엇이라 불러야 하나
시집이라 해야 하나 책상이라 해야 하나
유물처럼 꽂혀 있는 '국어사전'은 뭐라고 해야 하나
사계절 문학계간지는 뭐라고 해야 하고
백화점의 전단지는 또 뭐라고 불러야 하나
이 볼펜을 붉은 피라고 했으면 안 될까
동네 마을버스는 또 뭐라고 말해야 하나
이 노래는 뭐라고 해야 하나 추억이라고 해야 하나

한낮의 태양을 꼭 태양이라고 불러야 하나
스마트폰을 스마트폰이라고 불러야 하나
물을 물이라고 하고 불을 불이라고 해야 하나
구두를 도넛이라고 부르면 어떻게 되는 거냐
이웃집 아저씨를 친구라고 부르면 되나
택시기사를 선생님이라고 부르면 어떻게 되나
고양이를 자네라고 부르면 어떻게 될까
대륙을 횡단하겠다는 친구를 미친놈이라 하면?
홍대 치킨집 사장을 비례대표로 추천한다면?
길에서 히잡 쓴 여자를 형제라고 한다면?
천둥, 번개, 꿈꾸는 녀석을 반군이라고 한다면?

속절없이

나무가 있던 곳에 낡은 의자를 갖다 놓았다
학교가 있던 곳엔 물류창고가 들어섰고
꽃나무 있던 곳에는 먹구름이 지나갔다
무덤이 있던 곳에 보도 블럭을 깔았고
작은 도랑물 하나 흐르던 곳엔 흙을 덮었다
배나무밭 있던 곳에 아파트가 들어섰고
분식점 있던 곳엔 4차선 도로가 뚫렸다
있던 게 없어지고 멀쩡한 것도 속절없이 또 무너졌다

산등성이를 허물어 운동장을 만들었고
짱돌을 주워서 멀쩡한 우물을 메웠다
노송을 부러뜨리고 거기다 잔디를 심었다
세탁소는 문을 닫고 커피집을 열었다
개척교회가 있던 곳엔 약국이 생겼고
문구점 있던 곳엔 편의점이 들어왔다
목욕탕 자리가 대형 마트로 싹 바뀌었다
폐사지는 속절없이 낮아지고 또 무너졌고
한국 시도 속절없이 낮아지고 무너졌다
한국 시는 낮아지고 무너지고 사라지고…

그곳에서
―잠실 새내역

그곳에서 노래 부르던 사람들은 어디로 갔을까
어느 강가에서 또 노래를 부르고 있을까
이 탁자 위에 맥주잔을 누가 툭 쳤을까
그의 뭉툭한 팔꿈치는 어디로 갔다는 걸까
그 팔꿈치로 또 저 담벼락이라도 쳤을까
〈봄비〉를 부르던 사람은 또 어디로 갔을까
오늘밤엔 어느 봄비를 더 생각해야 할까
캔맥주 마시던 사내 셋은 어디로 갔을까
이 밤에 혁명을 꿈꾸는 전사들이 있을까
편의점서 컵라면 먹던 청년은 어디로 갔을까
그의 맨가슴에 품은 게 무엇이었을까

내 시집을 앙가슴에 콱 껴안은 그녀는 누굴까
내 시는 그녀의 심장소리를 듣고 있었을까
내 시는 내 가슴이 아니라 그녀의 가슴이 되었다
그녀는 나의 이 먹먹함을 알고 있었을까
그녀도 내 시의 어느 구절처럼 가슴이 아팠을까
내가 그녀 앞에서 그 시를 낭독했을 때
그녀가 흘린 눈물을 내 시는 기억할 수 있었을까
내 시의 어느 눈물이 그녀의 눈물이 되었을까

시보다 더 먼 곳도 있다

*

돈도 없고 그림 한 장 제대로 못 팔았으면서
여기저기 쫓기듯 집을 옮겨다니면서 붓을 놓지 않았으면
친구도 이웃도 여자도 제대로 사귀지 못하고
온갖 핍박 받는 생활을 간간이 꾸려가면서도
끝에서 끝까지 자기 그림에 매달렸다면
그와 그의 그림은 어느새 높은 산이 되었거나
그보다 더 높은 산에 올라갔다는 것이리라

*

반체제라는 이유로 자기 땅에 유배 간 곳에서
손바닥이나 거친 눈보라 속에 시를 써서
이곳저곳 퍼붓던 눈보라보다 총구 같던 더 많은 눈(眼)을 피해
아내가 면회 올 때까지 손에 꽉 움켜쥐었다
아내에게 외우게 해서 그 시가 살아남았다면
그도 그의 아내도 광활한 들녘이 되었거나
그보다 더 먼 시베리아 벌판으로 돌아갔다는 것이리라

액자 속의 시 한 구절

무슨 경구처럼 무슨 잠언처럼
동네 이발소나 문구점 벽면 한쪽 구석이나
액자 속에 모셔놓던
구질구질한 삶을 닮은 조악한 서체로
'삶이 그대를 속일지라도'*
가슴 어디쯤 붙였다 떼어놓던
시 한 구절
삶의 슬픔과 기쁨 알기도 전에 입에 붙어 있던
그리운 것도 우울한 것도
노여워하는 것도
지나가는 것인지
지나가면 그리워하는 것이 무엇인지도 모르고
입에 달고 살던
시 한 구절

이 시 한 구절에
내가 속고 나를 속이는 삶을 살고 있었다는 걸까
이 시 한 구절에
내가 나의 삶을 속이는 그대가 되었다

*알렉산드르 푸시킨

230

큰 악수

몇 해 동안 저장해두었던 인증 샷 하나

문학이 죽었는가? 살았는가?
바닥을 쳤다!
동숭동 방통대 H 선생 강연 직후
혜화역 1번 출구 신호대기 중
"강연 잘 들었습니다"
"아까 얘기 했지! 기억력이 나빠졌어! 세 번은 더 만나야…"

한 번 더 만나야… 한 번 더 만나지 못하면?
나를 꽉 잡았다, 놓아주지 않던
아름다운 기억들

(1980년대 끝자락 세검정 문학과 비평 편집부, 김달진 문학상 정릉
산사(山寺) 시상식장, 서초동 예술의 전당 시 낭독회 등)

"인연 있으면 또 만납시다!"
(매우 큰 악수!)

밤잠 설친 시

오랜만에 A4 넉 장이나 머리맡에 두고
또 잠자리에 들기 전
이미 두 장은 낙서처럼 썼다 또 지웠다
오죽하면 펜을 든 채 잠이 들었고
또 한 줄이라도 쓰려고 잠을 깼다

시가 깨웠는지 아님 내가 깨웠는지
펜을 들고 썼다가 또 펜을 들고 지우다 보니
A4 한 장이 꽉 찼다
잠을 청해도 도무지 잠이 오지 않는다
시를 청해도 시가 오지 않는다

아침에 일어나서 보니 잠들기 전 A4도
새벽 세 시 이 A4도
다 던져야 할 화투패(花鬪牌)와 같았다
점심도 놓치고
오후 네 시쯤 겨우 한 연(聯)을 완성할 수 있었다

시 한 편 아니라 넉 줄짜리 한 연
사십여 년 전 '어떤 과거'였다면 누가 돌아볼까
과거가 될 수 없는 과거도 있다

과거가 없는 과거도 있다
고요한 호수 같은 잔잔한 바다도 있다

사물 하나 되지 못한 언어가 있듯이
과거가 되지 못한 과거도 있다
이런 과거는 과거가 아니다
또 하나의 불안이거나 또 하나의 억압이 된 것 아닌지
빈방처럼 비워두면 어땠을까

아는 게 없는

이름도 모르는 나무가 두어 그루 있었네
그냥 지나가면서 이 나무 저 나무
눈만 맞췄다 발걸음 뗄 뿐이었네
나무 이름 앞에서 걸음 멈출 일 없었다고
내 발걸음만 또 재촉하고 말았네
몇 발짝을 옮겨놓고 다시 돌아보니
마음 좀 빼앗길 만한 나무들이었네

이 나뭇가지 붙잡고 네 이름도 물어보고
저 나뭇가지 붙잡고 네 이름도 불러보고
이 나뭇가지 붙잡고 네 소식도 물어보고
저 나뭇가지 붙잡고 네 소식도 들어보고

나무 이름 앞에서 이렇게 마음 썼다 저렇게 마음 썼다
시 앞에서 이렇게 마음 썼다 저렇게 마음 썼다
가을엔 전주 향교 은행나무 보러 가야 하나
나무를 보려거든 어떤 나무도 마음에 두지 말고
저 나무 하나만 마음 쓸 것
그 나무도 마음에 두지 말고 돌아서야 할 것

낮도깨비

내 시를 '울컥'하면서 읽었다는 메일 받고
마트 가는 길에 나도 울컥했다

내 시를 읽고 슬펐다는 말을 들었을 때도
나는 창가 소파에 앉아 슬펐다

어쩌다 내 시가 괜찮다 하면
이 일도 괜찮고 저 일도 다 괜찮다

그럴 때마다 늘 듣던 말 하나:
'낮도깨비!'

도깨비가 왜 낮에 나타나 괜한 소릴 듣고 있는지
내가 낮도깨비처럼 살고 있는지 되묻고 싶다

시 앞에서

고깃배 저어 먼 바다로 나갈 것도 아닌데
왜 새벽 2시 53분 잠을 깼지
두어 시간밖에 안 잤는데… 노인성 불면증 징후?
방금 잠자리 들기 전에 다 탈고했는데
시를 읽어보려고 잠을 깬 것도 아닌데
시 앞에 고쳐 앉았다
어디 또 한 줄 손대려는 것도 아니다
그 시는 나보다 먼저 그 시의 길이 따로 있었다
내가 간섭할 일도 아니다
또 시를 만나려면 어제의 시를 읽지 않으면 될 텐데…
어제의 시를 쳐다보지 않으면
오늘의 시가 사는데 어제의 시를 켜놓고 있다
어제의 시 앞에서
아직도 죽고 사는 문제 때문에 헤매고 있었다

시의 귀에 속삭이듯 그 옆에서 시를 불러본다
―자나?
=왜 또?

이 시간대 시 앞에서 잠들지 못한 시인 있을까
창밖을 내다보았다 아무도 없다

그러나 새벽 2시 53분 지나면
만약 잠들지 못한 청년 있다면 시인이라고 불러야 하지 않을까 그
의 꿈속엔 꿈이 있을까
오늘은 이 청년까지만!

─노숙자, 대리 운전기사, 24시 편의점 알바생,
수면제를 먹는 노인, 불침번 사병, 도둑고양이,
'백두산 자작나무가 바람에 흔들리는 시간'*
전직 코미디언, 주문진 등대, 야간 택배 기사,
후배 시인이 진행하는 라디오 생방송 끝난 밤

이 시각 어디선가 울고 있는 중년 남자를 위해
이 시각 어디선가 웃고 있는 중년 여자를 위해
어떻게 울다가 웃을 수 있다는 것인가
웃다가 울 순 없는 것인가
어떻게 꿈 하나 없이 꿈을 꿀 수 있다는 걸까

*박정대

마라톤 타자기와 1박

한솥밥 먹던 십 수 명의 직장 동료들과
퇴근 후 돼지갈비 팔던 단골집에 모였다
몇 학기 동안 쌓였던 말들이 오가고
술잔도 오가며 더 과격한 말들이 오고 갔다
그날 밤 어떤 문건을 작성하기 위하여
나의 '마라톤 타자기'와 함께
몇몇은 삼양동 어느 여관에 투숙하였다
한 문장 한 문장
무슨 비밀문서 작성하듯 타자기를 두드렸다
타닥 타닥
좀 비장했던 그런 문건도
파릇파릇한 시절이었으니까 할 수 있었다

A4 한 장에 작성했던 직장 내부 현안은
시간이 흘러 하나씩 하나씩 해결되었다
시간이 흘러도 해결되지 않는 것은
시간이 흘러도 해결되지 않았다
시간이 흘러 A4 한 장도 마라톤 타자기도 〈픽션〉이 된 것 같다
모든 논픽션은 시간이 흘러 픽션이 된다
(반대로 말해야 되는 거 아닌가)

폭포의 고요
―시

소요산 자재암
뜰 앞의 통째 얼어붙은
폭포 빙벽
동안거
용맹정진(勇猛精進)
서늘한 저 묵언
오 날것!

어떤 설명도
어떤 관념도
어떤 공안(公案)도
어떤 철학도
어떤 수행도
어떤 침묵도
지루하고 또 지루한 어떤 것도
청산도 천하도
통째 얼어붙을 것 같은
저 빙벽의 폭포
고요의 힘

새벽 네 시의 시

노트북 끄지 못하고 잠자리에 들 때 있다
지금처럼 새벽 세 시 삼십 분쯤 일어나
다시 노트북으로 올 것 같아
노트북 끄지 못했다
시를 툭 털고 일어나 탈고 했다고 생각했는데
잠깐 눈을 붙였다가
다시 깼다

오죽하면 제목을 미완성의 시를 위하여 하고
털어버릴까 했다
그러나 털어도 또 털리지 않았다
이 세상에 시의 끝이 없다 해도
다음 시를 위해서라도
끝을 봐야 한다

새벽 네 시
노트북 끄지 못하고 또 잠자리에 들 것만 같다
벽을 향해 돌아눕고 또 돌아누울 것 같다
불면, 불면, 불면
불면의 시

누가 내 시를 읽었을까

—『시가 되는 순간』 후기

사촌 동생
동서, 처제, 처남댁
모 신문사 문화부 기자
옛 제자
사촌 제수씨
강원도 모 후배 시인
고교 선배
동해 50년 지기
편의점 친구
작가회의 문우 약간 명
옛 직장 동료
황동규 선생과 갑장인 어느 원로 여류 시인
초등학교 동창
…

신간시집 우송한 명단 중에서 일부 발췌함

사랑의 노래
—정밀아 〈오래된 골목〉 들으며

종이컵 커피 뽑아 들고 벤치에 앉아
내 얘기 들어줄 사람
그러다 제 손으로 내 손등 토닥거릴 수 있는 사람
중간에 말 끊지 않고
누굴 욕해도 혼자 듣고 말 사람
강릉 한번 다녀올까 먼저 꺼낼 수 있는
그런 말이 정확히 가슴에 와 닿는 걸
아는 사람

잠 안 오는 밤
담배라도 한 대 같이 피울 수 있는 친구 같은 사람
캔맥 하나 갖고 두어 시간 마실
가끔 오늘의 운세 같은 걸 믿고 사는
반말 섞어 한 마디 던졌다 해도 받아주는
푸른 하늘 그리고 파도소리, 허공, 물소리, 공허함
흘러간 노래, 걷기, 장미 한 송이, 칼국수 한 그릇
기차 여행, 물멍, 독서, 음악 감상, 옛 사진 다시 보기
좀 먼 데 혼자 다녀오기…
이런 것들이 영화 한 편 못지않다는 것도
아는 사람

콩닥콩닥 뛰는 가슴보다
가슴 한쪽 텅 비었을 때 통화라도 할 수 있는
마음 한 구석에 그런 거 있다는 거
아는 사람
나를 일 분 동안 꼼짝 않고 바라볼 줄 아는
썰렁해도 농담 섞을 줄 아는 사람
밥 먹는 속도 맞춰줄 것 같은
둘이 서서 얘기할 때
아무렇게 서서 혹은 뒷짐 지어도 어색하지 않는
그런 거 다 받아줄 것 같은 두어 해 선배 같은
너그러운 사람
편안한 사람 같은 그런 사랑과 노래를
아는 사람

오늘 저녁 빗줄기 헤아려보는 게 몇 번째?

귀 기울여도 빗소리 하나 들리지 않는다
창밖의 겨울비 빗금 내다보면서
아무것도 없는 아무것도 아닌
키보드 두드리며 행간 사이 왔다갔다하며
청승맞은 생각이나 하다가
이름 모를 새 앉았던 나뭇가지 끝자리에 모여 있는
예닐곱 개
봄비 같은 겨울비의 간절한 이슬방울

손에 잡히는 것도 아니고
귀에 닿는 것도 아닌
조용한 더 조용한 겨울비에 발이 묶여서
3주째 집중했던 늦저녁 산책길
오늘 하루 건너뛰어야 할 것
오늘 하루 같은 날 중랑천 물소리 누가 들어야 하나

하! 오늘 저녁 빗줄기 헤아려보는 게 몇 번째?
더 굵어지지도 않고
더 조용해지지도 않던
한 풀 꺾이지도 않던
한없이 작고 약하지만 끝내 포기하지 않던

늦저녁 겨울비와 산책길 사이
한없이 작고 약해지던 나이 먹은 시인 하나
이 키보드와 중랑천 물소리 사이
빗줄기 촉촉하게 밴
오늘의 시
이 시 위에 빗금이라도 잔뜩 그어야 할
//////////

사막 한가운데

화면 전체가 온통 모래판 천지였다
벽 하나 꽉 채운 대형 사막 사진
휙 지나치듯 지나갔다가
다시 보면 가느다랗게 줄지어 가는 낙타 다섯 마리
더 다가서면 맨 뒤 낙타 황급히 쫓아가는
다 벗어던진 낙타 뒷모습 같은
여자

낙타도 다 벗어던지고
여자도 다 벗어던지고
모래도 사막도 바람도 다 벗어던지고
미처 다 벗어던지지 못한
사막 한가운데 언덕을 향해 올라가는
낙타의 낙타

나는 길을 가다가도 돌아볼 때가 있고
모래 언덕 같은 곳을 바라볼 때도 있다
이 모래밖에 없는 모래를 바라보면
나는 벗어던지지 못한 것이 너무 많다
낙타의 뒤를 쫓아갈 수도 없다
다 벗어던진 자만 사막에 들어갈 수 있는가

더 이상 갖지 않는 자

다 벗어던지지 못한 자는 낙타 뒤꽁무니나 쳐다보는
사막 밖의 또 하나의 낙타
살아보면 외로울 때보다 메마른 가슴이 더 서러울 거야
낙타의 뒤를 쫓아가 봐!
외로움 같은 것 메마를 사이 없어
가도 가도
더 이상 모래밖에 없는 모래의 모래가 되고 말 거야
그냥 모래처럼 엎드려 살 거야
나는
다 벗어던지지 못하고 모래 밖에서 떠도는 자일까
그라운드 밖에서 몸 풀고 있는…

마오리 소포라*

밖에 나갔다가 집사람이 데리고 온 반려식물
너무 여리게 생겨 두 달여 다가가지도 못했다
선뜻 눈도 마주치기 어려워
용케 피해 다녔다 해도
어느덧 그 곁에 좀 다가갔던 것 같다

주먹만한 목련만 보다 내 눈에 와 닿은
쪼그만 알갱이 같은 연한 연두색 잎
네 잎 다섯 잎 약속한 듯 대칭적 구조 끝에
매달린 오롯한 한 잎 또 한 잎
아주 먼 사막 한가운데서 쫓겨난 듯
마치 사막 한 구역과 같이 온 듯

가느다란 철사 조형물 같은 요 낯선 녀석과
마주앉아 한 잎 한 잎 눈 마주치다
내가 잊고 살았던 〈사막〉을 생각하게 되었다
아주 작고 여린 마음 아니면
아주 작고 여린 것을 마주볼 수가 없다
그런 마음 아니면
아주 작고 여린 것들은 보이지도 않는다

작고 여린 것을 눈여겨보고 살았던 날들이 많아졌다
나는 아주 작고 여린 것이 되었을 것이다
내 시는 나보다 더 여리고 작아졌을 것이다
생각보다 더 여리고 작아져
눈에 띄지 않으면 잊힐 일만 남았을 것이다
잊힐 만하면 여리고 작아졌을 것이다
꿈도 삶도 잊힐리야

*뉴질랜드 야생화

우이암을 위하여

너도 여기저기 혼자 떠돌고 싶을 게다
새카맣고 꺼칠꺼칠한 제 살가죽을
강가에 앉아 씻어내고 싶었을 게다
강줄기 따라 가고 싶을 게다
신념이나 노선을 바꾸는 게 아니라
남의 담장 넘어보고 싶었을 게다
제 안의 담장도 무너뜨리고 싶었을 게다
손을 뻗은 적도
허리 한번 쭉 편 적도 없었을 게다
다 팽개치고 사나흘
동해쯤 가서 뒤돌아보고 싶을 게다

제 바위 밑에 무얼 묻어두고 사는지
제 가슴에 무얼 묻어놓고 있는지
멀리서 한번 뒤돌아보고 싶었을 게다
앞가슴 다 드러내놓고 싶었을 게다
이 넓고 푸르른 바다 앞에 서서
네가 아니라 내가 한번 되고 싶었을 게다
여기까지 얼마나 많이 왔다 갔을까
여기선 누가 살아야 하나

뒷담

입에 담지도 마라
가까운 것도 먼 것도 더 먼 것도
입에 담지 마라
입에 담을 것도 없고
뱉을 것도 없다
침묵조차 입에 담지 마라
입에 담아보아도
입에 담을 것도 없고
뱉어보아도
굳이 뱉어낼 것도 없다
입에 담지 않아도
입에 담을 것도 없다
입에 담을 것도 없는
입도 없는 것이
높은 파도처럼
입을 크게 벌리고 서 있다
입을 크게 벌리고 있어도
입에 담을 것도 없는
입에 담을 수도 없는

낡고 시든 것

내 옷도 내 구두도 낡고 시들었다
내가 쫓아다녔던 깃발도 낡고 시들었다
나의 신념도 이념도 낡고 시들었다
내가 공들여 쓰는 시도 낡고 시들었다
내 몸도 마음도 낡고 시들었다
내 침묵조차 낡고 또 시들었다
낡고 시든 것 언제 어떻게 갖다버릴 텐가
사물 하나 사물 하나

육십 넘으면 인도 사람들처럼 산에 들어가야 하나
아니면 나는 자연인이 되어야 하나
'평화롭고 고독하게 살기' 위하여
러시아의 어느 노(老)소설가처럼
새벽녘에 전광석화처럼 집을 나가야 하나
집을 나서지 않고 천하를 알아야 하나*

집을 잊고 한 번 더 가보자
어디로?
어디로 갈 수 없다면 어디로 갈 수 없다는 시를 써서
낡고 시든 벽에 걸어두자
다 낡고 시든 시가 될 때까지

시를 쓰지 않고도 눈 앞의 모든 것이 시가 될 때까지
시가 또 시가 아닐 때까지
시가 또 시가 되었다가 사막이 될 때까지
꿈을 깰 때까지 꿈을 꾸어야 하니까
시가 아닐 때까지 시를 써야 하니까
창밖의 소음도 소음만 남고 소음이 아닐 때까지
창밖의 소음이 덧없다는 것을 알 때까지

*노자 도덕경 47장: "不出戶 知天下, 不闚牖 見天道"

시인의 아내
　—강남 성모병원 모 시인의 상가에서

1차, 2차하고 3차로 들른 장례식장에는
경향 각지의 문인들이 모였다
연초 작가회의 총회 뒤풀이 자리 같다
영정 속의 시인도
잠시 어느 자리에 끼어 앉아
소주잔을 기울이고 또 기울일 것만 같다
작가들의 술자리가 그렇듯
이 자리도 무겁지 않고 가벼울 것만 같다
저쪽 자리는 언쟁이 붙었나 보다
이래도 되는가

소복 입은 시인의 아내 손을 잡았는지
인사만 나누었는지
"이 세상에 가장 힘든 일 중 하나가 시인의 아내라는데…"
"고생하셨고 수고 많으셨네요"
이게 시인이 할 소린가

나중에 들었지만 그때 이미 그들 부부는 갈라섰는지
갈라서는 중이었는지
지금 생각해도 오십도 안 된 남자를 보낸
미망인 앞에서 결례가 많았던 것 같다

그게 무슨 위문인지 조문인지
시인이란 무엇인가? 시인의 아내는 또 무엇인가?
다시 한번 명복을 빈다

모래 속에 시를 묻다

1.
커피 한 잔 또 한 잔 하면서 사막을 건넜다는
그는 사막을 어떻게 혼자 건너갔을까
그의 눈에도 내 눈에도 사방 모래밖에 없는데
주머니 속 뒤져봐도 모래밖에 나올 게 없는데
사막과 태양과 눈물과 바람과 외로움을 넘어
그는 어떻게 모래를 뚫고 앞으로 나아갔을까
온갖 모래를 머리 꼭대기까지 다 뒤집어쓰고
이 세상에서 또 저 모래사막 속으로 어떻게 갔다는 걸까
커피 한 잔 하고 나서 또 모래밖에 없는, 덧없는

2.
차마 되돌아설 수도 없는 막다른 골목 같은 곳
눈 더 크게 뜨지 못해 저녁노을이나 쳐다보던 곳
세상의 모든 길이 모래바람에 다 사라지듯
침묵 속에서 사막 속에서 낙타나 바라보아야 할 것
다른 길은 없고 오직 이 길밖에 더 없다는
모래 위에 볼펜으로 꾹꾹 눌러 시를 쓴다 해도
오후 두 시 모래바람 한 차례 불고 지나가면
모래 위 시 몇 줄 싹 다 휩쓸어 가버리는 것

3.
모래 속에 시를 묻고 볼펜이라도 꽂아야 하는
모래 위에 볼펜을 꽂아야 하는 이유도 없이 꽂아야 하는
시 쓰지 않으면 꽂을 일도 없다고 속삭였지만
모래밖에 없는 사막에선 모래를 다 파헤쳐서라도
누군가 시를 묻으러 볼펜을 꽂으러 사막으로 갈 것!
시는 모래바람 속으로 날아가 모래가 될 것
시를 꼭 써야 할 이유도 없이. 시를 쓰면서 살아야 할!

4.
아름답고 불쌍하고 또 먹먹한 세상의 모든 시여!
바람 불고 날 흐리면 비가 오듯이
시 쓰는 자는
시를 써서 또 살아야 할 이유를 찾을 것이다
시를 써도 아는 사람 하나 없는데
시 쓰는 자는
열댓 줄짜리 시를 또 하나 써서 살아야 하는
오늘은 어제와 다르듯이
내일은 오늘과 다르듯이

웃음은 어디서 오는가

1.
원주 시청로 28 콩나물국밥집
7,500원짜리 청국장을 먹었는지
남자 사장님의 웃음을 먹었는지
많이 늦은 저녁을 먹으며
밥 먹는 것보다 그의 웃음을 더 많이 생각하였다
오죽하면 막걸리 한잔 하고 싶었을까

7,500원짜리 이 음식이
15,000원짜리 음식 같다
계란말이라도 하나 더 시켜먹고 싶다
저 웃음은 어디서 오는가
마스크로 얼굴의 반을 가렸다 해도
몸에 밴 웃음은 어디로 가겠느냐

2.
나는 무엇을 참느라 웃음도 모르고
나는 또 무엇을 먹고 사느라
웃음을 먹지도 못하고 웃음을 살지도 못했는가
내 시에 밴 슬픔이나 분노는
어디서부터 온 것인가?

슬픔은 슬픔보다 더 슬퍼하였을 것이고
분노는 분노보다 더 분노하였을 것이다
어떻게 슬픔과 분노가 웃음이 되겠는가

내 시의 아주 가까운 독자가 있었다면
이제 슬픔과 분노의 시를 읽지 않는다
슬픔과 분노 따위를
시의 구절이나 행간이나 식당에서 읽지 않을 것이다
슬픔과 분노는 다 어디로 갔는가
청국장 한 그릇을 다 비우는데
내 시의 첫 줄은 또 왜 이렇게 무거운 걸까
아무도 어둡고 무거운 시를 읽지 않는다

자작나무 앞에서

나는 그곳에 갔었다
그도 그의 자리를 버리고 가고 싶은 곳이 있을 것이다
무슨 자리 욕심이 생겨서가 아니라
저쪽에 서서
이쪽을 한 번 뒤돌아보고 싶은 곳이 있었을 것이다
저쪽에 서서
저쪽도 한 번 쳐다보고 싶은 곳이 있었을 것이다
그가
어느 날 문득 자리를 박차고 그곳에 갈 것만 같았다

그곳에 가면 높은 산으로 올라가는 길이 하나 있었고
그곳에서 보면 깊은 산 속으로 들어가는 길도 있었다
그곳에서 높은 산으로 올라가는 걸음을 멈췄다
그곳에서 깊은 산으로 들어가는 걸음을 돌렸다
그도 걸음을 멈추고 걸음을 돌리고 싶은 곳이 있을 것이다
그도 이런 나무보다 저런 나무가 되고 싶은 마음일 것이다
침묵이라도 주고받는 나무가 되고 싶을 것이다
그도 돌아서서 마주보는 나무가 되고 싶었을 것이다
그도 돌아서서 뒤돌아보고 싶은 마음이었을 것이다

시의 힘

시의 힘이 있는가
시가 무슨 힘을 쓸 수 있겠나
힘센 시가 있다면 그 시는 망했다
시는 힘이 없다
시의 힘을 믿었던 적도 있었다
그러나 시는 힘이 없다
시의 힘은 없었다
시의 힘을 믿고 또 믿었지만
옛부터 시는 힘이 없다
시의 힘이 있으면 시가 아니다
시처럼 힘 못 쓰는 것도 없을 것이다
시인들은 온 힘을 다해
풀보다 나무보다 더 힘이 없는 시를 쓴다
시인들도 힘이 없다
시인들이 약해빠진 것도 아닌데
시인들이 힘이 빠진 것도 아닌데
시인은 힘이 없다

하루 종일 이 시어 하나 때문에
—봄비

아침에 시어(詩語) 하나가 내 앞에 왔다
평범한 어휘였는데 시가 될 것 같은
이 시어 하나 데리고 노트북 앞으로 간다
잠자리에서 몇 발짝 걸어 노트북까지
이 시어 하나 날아갈까 봐 조심스러웠다
시어 하나를 데리고 여기까지 오는데
온 힘을 다해 시어 하나만 받들어야 한다

봄비 한 줄기가 내 마음을 적셔줄 것 같다
오늘은 이 시어 하나와 살아야 할 것 같다
밥 먹을 때도 산책할 때도 손 씻을 때도
문자할 때도 책 읽을 때도 창밖을 볼 때도
이 시어와 함께 다시 잠자리에 들 때까지

이런 걸 외롭다거나 괴롭다고 할 일도 아니다
예술이니 창작이니 또 소명이니 숙명이니
그렇게 대놓고 당신 입으로 말할 것도 아니다
할 말 있으면 당신의 이마를 짚고 말해라
당신의 말을 들어줄 사람은 당신밖에 없다

천상병을 생각하다

인사동 일대를 가로막고 있던 사내
눈앞에서 놓아주지 않고
아침부터 한잔 한 미소 띤 눈빛으로
일행과 나를 사로잡았다
그러나 그의 시선은
어느새 인사동 바닥에 떨어졌다

천 원!
그가 내민 두툼한 손은 손이 아니라 시였다
돈이 시가 되었다가 돈이 되고
손이 시가 되었다가 손이 되고
술이 시가 되었다가 술이 되는
시가 술이 되었다가 시가 되는
그런 기이한 소문을 그가 다 만들고 있었다

인사동엔 〈시인학교〉도 〈평화 만들기〉도 있었고
〈귀천〉도 〈천상병〉도 있었다
시인 아니면 굳이 뒤돌아볼 일도 아니다

광야에서

광야는 아니더라도 광장에서
광장은 아니더라도 공장에서
공장은 아니더라도 공방에서
공방은 아니더라도 공공장소에서
공공장소는 아니더라도
당신의 집 소파에서
당신의 집 소파는 아니더라도
당신의 집 방바닥에서

수운의 동경대전은 아니더라도
반야심경은 아니더라도
보살십선계는 아니더라도
모세의 십계명은 아니더라도
주기도문은 아니더라도
얀테의 법칙 10가지라도
최하림 저 김수영 평전은 아니더라도
백석 전집은 아니더라도
성북동 길상사
백석의 시
'나와 나타샤와 흰 당나귀' 일독하기를

명함 한 장

급한 일로 대구 가는 열차를 타려고
서울역에 당도한 모 문학평론가
예매라는 제도도 없었고
차라리 암표가 극성이던 칠십 년대 초
암표마저 귀해
동행한 후배 시인은 발만 동동거릴 뿐

잠깐 좀 다녀오겠다는 말을 남겼던
모 문학평론가
얼마 후 기차표 두 장 흔들며 나타났다
어떻게?
역장 앞에 명함 한 장 꺼내놓으니
기차표 두 장 내놓더구먼
(표값은 냈고…)
갑질이다 불공정이다 꼰대다 씹기 전에
한 줄짜리 명함 한번 읽어보시길…
문학평론가 ○○○
문학이란 말만 들어도 다 눈감아주던
아 옛날이여

그런 거 말고!

1.

좀 이른 저녁 시간대

노원역 호프집 여자는 텔레비전 야구 시청 중

맥주잔 앞에 구부정한 노신사 한 분

살짝 목례를 건넸지만 답례는 없다

저렇게 늙어도 자존심 대단하다 생각했다

각자 술잔을 들고 눈높이에서 멈췄다

"아 혹시… 동주 소식 들은 거 있었나"

"아 네… 저 지난주에 개봉 했더군요"

"그런 거 말고!"

다시 잔 들다 말고

"아 혹시… 신경림 근황 좀 들은 것 있나?"

"아 네… 몇 해 전 서홍관 시인 큰애 혼사 때 뵙고…"

"그런 거 말고!"

오백짜리 호프 잔 탁 내려놓고 퇴장한다

(화면 천천히 어두워지면서…)

　두어 마디 주고받은 것밖에 없었지만 그 질문 자체가 기분 나쁜 일은 아니었다

2.

손등을 이마에 갖다 대던 호프집 여자 혼잣말
"시인들은 감정 기복이 너무 심해!"
"시 아니면 딱히 할 것도 없으면서 쯔쯔…"
"아 혹시… 지금 휙 나가신 분 아시는가?"
"아 네… 김관식 시인 아닌가요?"
"그런 거 말고!"
"그럼 그분의 시 전집 창비시선 다시 광야에, 말씀하는 건가요?"
"시밖에 아는 게 없는 주제에…"

시인의 술집

석계역 인근 평범하고 허름한 술집
모 시인에게 무한정 술을 제공하던
술값 한 번 제대로 받지도 않고
낮술부터 밤술까지 책임지던
이 세상 밖의 술집 같던 곳

이 한국문학사의 그림자도 될 수 없는
그러나 어디 꼭 기록해야 할 것
가끔 탁자에 볼펜과 A4 몇 장 갖다놓던
시키지 않은 과일안주도 내놓던
착한 술집
'진실'보다 술이 더 고팠던 시인에게
많은 술을 감당해준
술과 시 이외 막상 갈 곳도 없던
시인을 위해
시를 위해
시인의 이름으로
시인의 술자리 하나쯤 늘 맡아두었던
따뜻한 술집
시보다 더 간절했던 시인의 술집

말없는 의자

한강변 페인트 칠 다 벗겨진 벤치는
김수영이 방금 앉았던 것 같다
초등학교 교실서 내놓은 듯한 의자는
소월이 앉았던 의자
저 침대 같은 큰 의자는
천상병이 누웠던 의자
저 삐걱대는 등받이 의자는
임화와 박태원이 함께 앉았던 의자
플라스틱 간이의자는
백석이 앉던 의자
폐목으로 재활용한 저 의자는
신동엽과 김남주가 앉았던 의자
저 낡은 팔걸이 의자는
박인환이 앉던 의자
거기 엎어놓은 사무용 의자는 누가 앉았던가
김관식?
저기 기이한 조형물 같은 철제 의자는
김종삼 앉았던 의자

2021년 초봄 상계역 근처
―박세현 형과 함께

상계역 근처 동네 놀이터 벤치에 앉아
캔맥 뜯는 시인 1
한 방에 뜯기지 않아 다시 뜯는 시인 2
시인 1, 2 나란히 앉아 캔맥 중
동네 벚꽃은 좀 이른 것 같고
정암사 앞 생강나무는 시작했을 텐데…
"김수영 후기 시는 어디서 왔을까?"
"미국도 아니고 일본도 아니고… 한국의 전통적 정서나 관습도 아니고…"
"김종삼하고 한잔 했던 시인은 누굴까?"

오후 다섯 시 캔맥 마시던 중
"시를 얻으려면 누구의 손이라도 잡아야 하나"
"허(虛)하고 공(空)할 때까지!"
"시가 삶보다 더 시시할 때까지!"
"김수영 문학을 승계한 후배 시인은 누굴까?"
"이모, 황모"
"창비 봄호 나오면 캔맥 한 잔!"
"벚꽃 필 때 저 카페 창가에서 커피 한 잔 하자"

이 봄에 시인들은 어떻게 시를 쓰고 있을까

이 봄에 시인들은 어떻게 살고 있을까
"시집을 또 내야 하나"
"피오디 가자"
"정석교 시선집 낼까?"
"따뜻한 아이디어!"
"서울시장 보선 시작 됐나?"
"그담엔 대선 정국이야"
"무엇이 문제인가"
"헤드가 문제다"
"삶은 그 자체가 허구다"
"문학도 삶도 환상이다"

외로운 낙서

1.

주문진 버스터미널 근처 큰 다리
쪼그리고 앉아 쑥을 캐는 나이 든 여자 두엇
그 몇 발짝 곁에서
먹이 쪼으는 까치 두 마리
거기 또 신리 천변 갓길에 승용차 세워놓고
쪼그리고 앉아 담배 피우는
중년 여자 셋

2.

이것은 무엇인가 봄바람인가 바닷바람인가
큰 다리 교각에 검은색 스프레이로 뿌려놓은
한 획 한 획 외로움 물씬 밴 낙서
"아 씨발 외로워"
주먹 두 개만한 큰 외로움 뚝뚝 떨어뜨려 놓은
낙서
"씨발 나 좀 안아줘"

3.

담배 몇 대 줄담배 피운다 해도
새들을 불러 모아 저 벽면을 다 쪼아도

좀처럼 흐트러지지 않을 사랑보다 더 크고 견고한 외로움!
그대의 외로움은 사람들 눈에 보이지 않는다
그대 외로움은 누가 싹 다 지운다고 해도 지워지지 않는다
봄바람 속에서도 남아 있는
그대의 외로운 낙서
그대 외롭지 않으면 괴로울 것도 없으리라

낙서 위에 누군가 또 낙서처럼 북북 지워버린
다시 보면 눈에 띄는
누가 차마 더 지울 수 없었던 그대의 낙서
스프레이 통째 쏟아 부어도 지워지지 않는다
"헤어지지 말자"

4.
그대가 크게 소리 내어 울지 않았다 해도
그대의 주먹도 떨고 그대 낙서도 한 획 한 획 떨고
그대가 주먹을 쥐지 않았다 해도
그대 주먹 풀지 않는 그대의 주먹만한 낙서
외롭지 않은 영혼 있으면 나와 보라
차라리 외롭게 살다가
나이 좀 더 먹으면 먼 바다로 가자

5.
그대의 주먹 옆에 나도 주먹 쥐고 그대 이름을 쓴다
"이 낙서 지우지 마라"
그리고 또 그대 주먹 앞에서 나도 주먹을 쥐고 싶다
'주문진 큰 다리 낙서 보존 시민 연대'
여기다 시민 연대 공동 대표 이름으로 쓴다
그대 이름을 다시 쓴다
그대 외로움 곁에 바짝 붙여서 쓴다
"이 낙서 지우지 마라"

돌미나리의 침묵

동행자가 잠깐만! 돌미나리 사러 간 사이
나는 7번국도 위에 혼자 있었다
돌미나리는 누구의 무릎 앞에 있을까
갑자기 미나리가 7번국도 덮을 것 같다
미나리 밭에도 폭설이 쏟아졌고
봄기운도 쑥쑥 치밀어올랐을 것
엊그제 봄비도 미나리를 적시고 갔을 것
이 숲에선 아무것도 아닌 것 같아도
미나리 밭의 주인도 왔다가고, 갔다가 되돌아오곤 했다
두리번거리던 좀도둑 발자국도 있을 것이다
어디서든 잘 자란다고 하지만
산전이면 산전, 수전이면 수전도 겪었다
그도 찬바람 속 나그네처럼 살았다
들녘의 돌미나리를 한움큼 움켜쥐면
그의 침묵이 폭설이었다가 봄기운이었다가
봄비였다가 도둑의 발자국이었다가
7번국도 끝이었다가 되돌아오곤 한다
미나리 머리 위에 맴돌던 먹구름도
먼 곳까지 갔다가 되돌아오곤 하였을 것
숨 붙어 있는 한 독하게 살아야…

어제와 오늘 사이

—김태수 시인과 서성옥 소설가에게

1.

강릉 버스터미널 건너 편의점 파라솔 아래
도계 출신 k 시인과 캔맥하면서
1980년 5월 강릉과 모 재야인사의 강연과
임당동 천주교회 성모상 앞에 서 있던
내가 간만에 담배 반 갑을 없애버렸다
역사는 또 무엇을 기록했다는 것일까?
(야학 같이 했던 후배는 강릉 어디 살고 있을까?)
저기 뒷골목을 나는 혼자서 걸어다녔다
돌아보면 아무것도 없는 길이다
휴대폰에 저장해 두었던 신작시 초고를
즉석에서 낭독했다
그리고 허균과 율곡의 생애를 생각하였다

2.

광부들이 월급봉투를 들고 곧장 달려갔다는
도계 '독수리 갈보집'의 명성과 전설을
k 시인으로부터 듣고
독수리가 낚아채 간 봉투와 하늘과 헛꿈과
광부의 아내들이 쳐다보았던 더 높은 하늘도 쳐다보았다
양쪽 날개를 쫙 펼친 독수리의 하늘은

그보다 더 높은 하늘을 향하고 있었을 것이다
광부의 아내들이 쳐다보았던 하늘은
무너져 한 번 더! 무너져
광부 아내들의 맨가슴이 되었을 것이다
새카만 연탄이 되었을 것이다

3.
나는 작고한 어느 시인의 시선집 출간에 대해
그와 고교 동창인 소설가 s와 의논하였고
그가 생전에 남긴 시집 일곱 권을 받았다
그는 또 내게 소맥을 권했고
나는 소맥을 피하지 않고 다 받아 마셨다
소맥 무려 열두어 컵
작년 이맘때쯤 작고한 시인은 저 시집을 돌아보고 또 돌아보았을까
그는 어디쯤에서 또 잠시 돌아보았을 것
이제 누가 또 시인처럼
그의 시 앞에 고개를 떨어뜨리고 앉아 있을 것인가

뻑뻑한 하루

최악의 황사 때문인지 눈앞이 뻑뻑하다
도로 방지 턱에 차를 긁고 나서
결국 뻑뻑한 하루가 해결되었다
시를 읽어도
노랠 불러도
좀 뻑뻑했던 짜장면을 먹고 나서
늦은 밤 꽃잎 차 두 잔 마셔도
시 몇 줄 써놓고 머리맡에 던져 놓아도
요가하듯이
손 쭉 뻗고 발끝까지 쭉 뻗어 보아도
뻑뻑했던 하루는 지나가지 않았다
식구들 몰래 담배 피웠고
식구들 몰래 담배를 한 대 더 피워도
뻑뻑했던 하루는 뻑뻑한 하루였다
밤 11시 넘어서 12시쯤 되어
뻑뻑했던 오늘 하루가 다 정리되었다
황사를 탓하는 것도 아니다
아직도 나를 탓하는 중이었다
'시 한 줄 더 써야겠어요!'
'시 한 줄 지워야겠어요!'

문자 한 줄

어젯밤에는 눈앞에 고깃배 한 척이 있었다
방금 앞바다라도 다녀왔다는 듯
고깃배의 뱃머리는 포구를 향하고 있다
이 고깃배의 과거가 궁금하다
바다는 어제보다 진지했던 표정이 아니었고
포구엔 이 고깃배 한 척만 남았다
고깃배들이 바다를 향해 다 떠났는데
이 고깃배만 독거노인처럼
하루 종일 포구에 남아 있었다
그 배는 내일도 뱃머리 돌려놓고 있을 게다
제 그림자만 밧줄처럼 끌어당길 것이다
바다를 등진 고깃배 무얼 끌어당길 텐가
그에게 남은 것은 더 남은 것이 없다는 걸까
문자 한 줄 주고받든가!
문자 한 줄?
높고 큰 파도가 혼자서 일어섰다 앉는다
맥 놓고 있는 사이
무슨 의식 치르듯 다시 일어섰다 앉는다
입을 왜 굳게 다물었는지 알 수 없다

낮술 한 잔

방금 도착한 계간지의 시를 읽다가 졸았다
시 몇 줄 버티다 깜빡 졸고 말았다
또 시를 반쯤 읽다 덮었다
이번엔 시 한 편 다 읽을 만큼 지체하다
시는 읽지도 않고 넘긴다
그럴 때마다 시가 불편한 것이 아니라
내가 불편하다
그럴 때마다 시가 불안한 것이 아니라
내가 불안하다
젊었을 땐 시를 읽으면 안심이 되었다
요즘은 불안하고 불편하다
시의 속성이 안심이나 안정이 아닐 것이다
시의 속성이 불안이나 불편도 아닐 것이다
다시, 불안이나 불편이 시의 속성이 되었나

그러나 그런 것보다
삶에서든 시에서든 힘을 빼놓곤 한다
하고 싶은 말을 속으로 삼킬 때도 많다
시 앞이 아니면 그럴 일이 없다
무얼 잊고 사는 것 같다
시는 묻는 말에 답하기 위한 장르가 아니다

삶이든 시든 모르고 덤비는 영역이다
도박판에 앉아 있는 게 맞다
시는 아무리 작은 것이라 해도 장담할 수 있는 게 아니다
낮술 한잔 어때?
시를 무엇 때문에 쓰는지 묻고 답할 차례가 되었다
시 앞이 아니면 그럴 이유가 없다
어떤 생각을 버리고 그냥 가라!
여기서 저기까지 한번 가보자!

안 보이는 과거

내가 걸었던 저 과거의 길을 걷는다
우리들이 함께 걸었던 그 길을 걷는다
내가 읽었던 시를 다시 읽는다
우리들이 함께 읽었던 시를 읽는다
내가 불렀던 노래를 다시 부른다
우리들이 함께 불렀던 노래를 부른다

내가 걸었던 그 길은 다 없어졌다
우리들이 함께 걸었던 길도 다 없어졌다
내가 읽었던 시도 없어졌다
우리들이 함께 읽었던 시가 없어졌다
내가 불렀던 노래가 없어졌다
우리들이 함께 불렀던 노래도 없어졌다
돌아볼 사이도 없이 사라졌다
여기 있던 나무들도 사라졌다

과거는 돌아볼 수 없는 과거가 되었다
우리들의 과거도 과거가 되었다
나의 과거는 이제 과거가 없어졌다
우리들의 과거도 이제 과거가 없어졌다
과거가 아니면 돌아볼 것도 없다

돌아볼 과거도 없다

과거는
과거가 되어 다시 돌아오지 않을 것이다
과거는
결코 무엇을 깨닫게 하는 것이 아니다
과거는
과거 때문에 홀로 방황하는 자의 몫이다
과거가
우리보다 나의 것이 되었기 때문이리라
과거는
과거보다 더 과거가 되어 돌아보지 않는
것처럼

제4부 **일장춘몽**

일장춘몽

꿈결에 동해시 친구들을 만났다
일 년 만에 친구들과 웃고 떠들다
바람에 내 모자가 휙 날아갔다
모자가 날아간 방향을 바라보았다
바람의 끝에는 적벽이 있었다
적벽엔 황금색으로 시를 새겨놓았다
크게 도드라진 돋을새김 서체였다
나는 또 수많은 인파 속에서도
재빨리 황금빛 시를 폰에 담았다
몽중 적벽 시 앞에선 혼자였다
시가 아니라 『도덕경』 10장, 13장이었나
적벽 시를 지나 길을 나서는데
이번엔 다른 친구들과 함께 다녔다
지난 해 세상 뜬 친구도 있었다
무릉계곡서 불렀던 노래도 생각났다
노래방에서 불렀던 노래도 생각났다
길을 좀 걷다가 친구들과 헤어졌고
꿈은 더 이어지지 않고 뚝 끊겼다
꿈밖이었다 해도 어느 것이 꿈이었던가

오늘 만났던 당신 1

예컨대 서울로 되돌아오는 버스였다
목적지는 같아도 옆 사람과
말 놓거나 수인사 할 처지도 아니었다
어색한 행간을 사이에 두고
격식도 차리는 시간이었다
아침에 출발지였던 터미널에 다다를 즈음
행사 주관자가 마이크를 잡았다
마이크에 대고 입을 벌렸다 오므렸다
분명 무슨 말을 쏟아내고 있는데
그의 말은 순간, 무음이었다
왜 마이크 잡았는지 이해할 수 없었다
저 따위 인사말이 어디 있는가
마이크도 알아듣지 못할 것만 같았다
중얼거리던 말을 삼켜버렸나
마침내 그가 큰소리로 외쳤다
아 감사합니다!
그게 끝이다
그가 요 앞에서 했던 말들이 무엇인지
지금도 궁금하다
내가 이상한가? 아님 그가 이상한가?

오늘 만났던 당신 2

도봉산 ㄷ 절집으로 들어가던 롱 패딩 여자
낯익은 얼굴?
다시는 돌아올 것 같지 않은 단호한 걸음
저 단호한 얼굴 어디서 본 적 있다
어디서 봤지?
그는 이미 등을 졌는데도 나는 등을 지지 못하고 있다
어떻게 미련 없이 등지는 걸까
미련 따위 등지지 못하는
이 미련퉁이!
아 이 절집 종무소 직원이었을까
등지지 못할 짐을 등에 지고
나도 다시는 돌아오지 않을 단호한 걸음으로 가자
가자!

이제 이런 미련 따위 없이 다 등진 것!
―한국 교육, 국민 혈세, 부동산정책, 노벨문학상, 국회 인사청문회
70년 된 독일 연방정부식 연 2회 총리 기자회견 등등
등졌다 해도 등에 또 남은 것도 있다
―22대 총선 및 차차기 대선

7호선 전동차

2020년 12월 12일 밤 10시
장암행 7호선 전동차는 동쪽을 향해 가고 있었다
마치 야반도주하기 위해
(튀어!)
곧 야반도주할 듯
그의 불빛은 밤하늘의 별보다 의연하고 비장하다
그의 인생사엔 퇴각이란 없다
오직 전진할 뿐! 그것도 아주 직진만 할 뿐!
그것 또한 그의 일이고 운명이다

오늘밤 두만강 건너 북간도 지나
어느 노작가가 운명했다는 간이역에 도착할 수 있을까
가만, 불야성 같던 전동차 객실이 보였지만
승객 하나 뵈지 않던 텅 빈 전동차
아니다 아 시인 김남주의 웃는 얼굴이 보였다
그 옆엔 박영근 시인의 얼굴도 보였다
커다란 빵을 가슴에 안고 선
소설가 박완서 선생의 미소 띤 얼굴도 보였다
나는 급하게 양손을 번쩍 들어보았다
(파이팅!!)

대전역 블루스

부산에서 서울역을 향해 달리던 밤 기차였다
달리던 기차를 멈춰야 할
정말 기차를 멈추게 할 일이 생겼다
승객 중 1인이 악동으로 막 변하는 중이었다
(혈중 알코올 농도 면허 취소 상태)

같은 호차 승객들의 항의가 등 뒤에 쏟아졌고
그들 곁에 여객 전무가 다가왔다
"곧 대전역에 도착합니다"
"대전역에서 모두 하차 하십시오"
"잠깐, 이 분은 시인입니다"
(그 말 떨어지자마자 시집 한 권이 승무원 손에 쥐어졌다)

일행은 무사히 서울역에 도착했다
"별 일 없었지?", "그럼…"
술 취한 시인 곁에서
이 모든 실황을 지켜준 내 초등학교 동창생
홍아!
어떻게 지내는지 궁금하다

시는 깊은 밤에 쓰자
−2020년 12월 14일 오후 서울 동북부 영하권

하루 종일 겨우 커피 석 잔 테이크아웃!
이게 전부예요!
오후 여섯 시
어느 골목 카페 주인 백

하루 종일 붕어빵 세 봉지 팔았어요!
오늘 따라 붕어빵의 옆구리가 자꾸 터지네요!
오후 다섯 시
수락산로 농협 바로 옆 난전

하루 종일 칠천 원짜리 동태탕 딱 한 그릇!
오후 다섯 시
어느 먹자골목 식당

빈속에 탁 털어 넣는 얼음장 같은
찬 소주 같은
커피 석 잔과 붕어빵과 동태탕 한 그릇
어디 가서 시 쓴다고 말하지 말자
시는 아무도 없는, 깊은 밤에 쓰자

떠돌이의 노래

—한대수

그가 마지막 앨범—15집—을 냈다고
너털웃음을 터뜨렸다
그는 뉴요커도 아니고 서울시민도 아니다
그렇다고 부산시민도 아니다
〈멀고 먼 길〉
서울에선 뉴욕을 생각하고
뉴욕에선 서울을 생각하고
〈물 좀 주소〉
1970년대 이 땅에 누구도 있었고
누구도 있었지만 스무 몇 살쯤 그가 있었다
그러나 그가 있어야 누구도 있고
이 땅에 70년대가 있었다
〈장막을 걷어라〉
그가 서울 어느 비좁은 원룸 같은 데서
기거하고 있었다
기타도 있고 식탁도 있고
아내도 있고 딸도 있었다
"아주 양호하죠!"
"설퍼요!"

무서운 나이

1.
무서움을 모르는 무서운 나이가 있을까요
왜냐면 스물다섯 살 땐
이별하는 게 무서워 이별할 수가 없었어요
당신은 스물다섯 살 때 어떻게 살아냈죠
나이 더 먹고
이별도 몇 번 하고 무서움도 잘 견뎌냈지만

서른하고 다섯 살 땐
직장을 더 못 다닐까 봐 정말 또 무서웠어요
지각할까 봐 한 번도 늦게 잠든 적 없었어요
밤마다 대출금 머리맡에 두고 잤어요
(당신도 머리맡에 대출금 쌓아놓고 자는가요?)

2.
산다는 게
내 마음이 아니라 몸이란 걸 그때 알았어요
그 나이에 그걸 아는 것도 무지 무서웠어요
당신은 그 서른다섯 살을 어떻게 살아냈죠
또 나이 더 먹고 나니

어떻게 살다 보니 이별도 모르는 직장도 모르는 나이가 된 것 같아요
슬픔도 모르는 슬픈 나이가 된 것 같아요
다시 또 무서운 나이가 된 것 같아요
무서움도 모르는 무서운 나이를 먹을 만큼 먹은 것 같아요

3.
어느 나이든 나이 먹기 전엔 무서워도
막상 그 나이 먹으면
무서운 것도 없어지는 거예요
나이 먹어 보면 어느 나이도 무서운 나이는 없어요
아닌가요?

한 살 한 살 먹은 내 나이 무서워할 것 없어요~
한 살 더 먹어도 마찬가지예요
내가 먹은 나이는 누구보다 내가 제일 잘 알잖아요
내 나이는 결코 무서운 나이가 아니에요

*1. 에프엠 라디오에서 들었던 사연 중

귀를 만지작거리다

학창시절 때부터 귀만 만지작거리던 녀석이 있었다
귀를 잡아 뜯을 때도 있었다
녀석의 귀가 붙어 있는지 걱정할 때도 많았다
녀석의 귀를 걱정하던 친구들도
어느 날부터 귀를 만지작거리기 시작했다
귀 만지작거리다 잡아 뜯는 일은
그 녀석이 아니라 친구들의 일상이 되었다
휴대폰 하거나 버스 기다릴 때도
귀 만지작거리는 것은 하나의 일이 되었다

세월이 몇 번 바뀌고
어떤 녀석은 뾰족한 칼로 제 귀를 그었고
어떤 녀석은
세상을 바꾸겠다고 남의 귀를 물어뜯었다
어떤 녀석은
빈 화폭에다 아주 큰 귀를 그려 넣었다
어떤 녀석은
지폐를 돌돌 말아서 제 귓구멍에 쏘옥 끼워 넣었다

녀석은 귀를 만지작거리던 양손으로
귀를 감싸듯 절규*하며 귀를 움켜쥐었다

녀석의 머리 위에 누군가 한 획 한 획 그어 놓은
핏빛 같은 하늘과 구름이 쭉 뻗어 있었다
이번엔 쭉 뻗은 핏빛 같은 하늘과 구름이
녀석의 귓바퀴를 한 바퀴 도는 것이었다
그리곤 녀석의 귓바퀴를 붉은 빛으로 바꾸어놓곤 했다
세상은 또 붉은 빛이 되었다
녀석의 귓구멍으론 붉은 빛이 드나들곤 하였다
녀석의 어깨도 붉은 빛으로 변하곤 하였다
붉은 빛이 다 떨어질 때까지!
붉은 빛이 핏빛으로 변할 때까지!
붉은 빛이 어둡지도 빛나지도 않을 때까지!

*에드바르 뭉크

이마의 잔주름

이마의 잔주름은 세월이나 나잇살이 아니라
저 주름은 술 먹고 맨땅에 긁힌 금이고
부당한 것에 대해 찌푸렸던 이맛살이다
남을 용서하지 못했던 속 좁은 이마자국이다
눈가 잔주름은 남들이 보지 않는 것 보느라
애썼던 주름살이며 그 시선이 남긴 자국이다
이 손바닥만한 이마의 주름과 금들도
손에 움켜쥔 손바닥의 손금과 다르지 않을 것
내 이마가 시원하다고 말한 적 있었으나
그가 내 손금까지 들여다본 건 아닐 것이다

손금을 손 안에 움켜쥐고만 살 수 없듯이
손바닥 펴놓고 손금 보는 법을 옆에 놓고
내 손금 들여다보며 하나하나 금을 긋는다 해도
손금 따라 내가 따라갈 것 아니지 않은가
주름살이든 이맛살이든 이마 자국이든
내 손바닥 금조차 다 움켜쥐고 살 수밖에 없다
손금 밴 손바닥으로 내 이마에 밴 금을
저녁 내내 쓰윽 쓱 쓰다듬는 게 어떻겠는가
내 이마가 시원하고 또 밝아지지 않겠는가

훤한 이마에 탱탱한 빗방울 하나 툭 떨어지면 그 또한 시원하지 않
을라나
이런 것도 이마에 얽힌 잡념이거나 감정 아닐까
집 콕 하다 보면 쓸 데 없는 생각에 빠질 때가 많다
가끔 이맛살이나 손금이 나를 받아들 때도 있다
삶이
모처럼 요 뜰 앞의 모과나무처럼 단순할 때가 있다

엔터키 탁 치는 재미

흰 눈 몇 점 날리던 오후 흰 눈 몇 점 옆에 두고
문우들이 보내준 시집을 읽고 있다
고개 돌리면
창밖의 흰 눈 몇 점이 눈에 더 들어올 텐데
고개 돌리지 않고 시집에서 눈을 떼지 않는다
저녁 먹을 때 빼곤 입도 떼지 않는다

남의 시 앞에서든 내 시 앞에서든
두어 시간 정도… 밥 먹고 또 두어 시간 정도 집중할 수 있을 것 같다
또 내 시 앞에선 두어 시간을 더 무릎 맞대고 앉아 있다
그런 날도 있다는 것

이를 테면 의정부역 두 번째 층계참에서
손뜨개질한 수세미 등을 제 무릎 앞에 내놓고
오전에 두어 시간 또 오후 두어 시간
뜨개질하던 아주머니의 일과 다르지 않다는 것
모든 일이 그러하듯
거룩하지 않더라도 그게 싱거운 일도 아니듯

누가 봐도 괜찮다 할 것 같은
또 창밖의 눈발이 밤새 쌓여 앞집 여자의 발목이 빠질 정도가 될 거

라 해도
그게 또 싱겁다 할 일이 아니듯

이 세상에 발 딛고 살면서
시 쓰는 일 땡기고 또 땡기는 걸 마다할 수 없듯이
시 쓰는 맛 떼놓지 않기를
시를 등지고 어디 가서 등을 쭉 펴고 살겠는가?
―등진 것 풀려면 어떻게 하지?
―내 등부터 돌려놓으면 풀려!

아! 또 이 엔터키 탁 치는 재미, 쉽게 끊을 수 없지!
탁!
탁!

착한 c 편의점
—발안산업공단

1.
알바생이 보이스 피싱으로
순식간에 기프트 카드 130만원을 털렸다
알바생이 출근하기 전
편의점 안팎 청소도 미리해 놓던 주인은
이 일을 덮었다

경찰서에 조사 받으러 다닐 일도 덮었다
첫발을 잘 디뎌야 할 청년이
이런 일로 경찰서부터 다니면 되겠느냐고
주인은 이 일도 덮었다
"다 자식 같은데 뭘…"

겨울철 심야 대리기사분들 위해
편의점 테이블 의자를 권하고
커피도 한 잔 갖다 주던
주인은 이 작은 선행도 다 덮어버렸다

2.
그가 오래 전 사업하다 큰 난관에 맞닥뜨렸을 때
옛 친구로부터 받은 신세를 다 덮지 못하고

나한테 털어놓은 적이 있었다
그가 털어놓은 것을 나는 시를 써서 털어놓았다
내 시는 그 일을 덮을 수 없었다

이번엔 그가 덮은 것을 나는 시를 써서 다시 털어놓는다
시는
선행을 기록하는 것도 아니고 사료(史料)도 아니고 미담 사례 코너
도 아니다
그러나 나는 이 시를 써놓고
왜 이 시를 덮지도 못하고 있는 것일까

3.
시는 언제 어떤 일을 덮어야 하는가?
옆 테이블의 소주 한 병 값을 우리 테이블 소주값에 올려놓은 불독
같은 주인과 옥신각신하다가
꾹 참고 나온 일?

어느 마라토너의 근황

−이봉주

2001년 제105회 보스턴 마라톤 대회 우승자
국민 마라토너 이봉주 선수
2000년 도쿄 마라톤 2시간 7분 20초
한국 최고 기록 보유자

고정으로 출연하던 예능에서 보이지 않아
예능도 마라톤도 다 은퇴했나 싶었다
그러나 바로 그 예능 녹화 때
무슨 폐타이어를 심하게 끌어당기다
일 년째 근육긴장 이상증으로 투병 중
"운이 없었던 것 같다"*

그가 42.195km 거저 달린 게 아니었다
그가 징징대지 않고
이렇게 말하는 게 어느 철학의 높이와 같다
마라톤 같은 인생을 터득한 것 같고
그의 인생도 마라톤처럼 완주한 것 같다
고작 폐타이어 끌어당기다 다친 후
우환 중 속상하듯 살짝 뱉었겠지만
그 어느 사자후(獅子吼)보다 더 크고 높다
평생 마라톤 했던 국가대표 선수답다

"방송국 탓도 아니고 마라톤 후유증도 아니다"
"운이 없었다"*

그러나 당신의 마라톤은 결코 운이 아니었을 것!
당신의 마라톤은 운이 따른 것도 아니었던 것!
당신의 병고도 싹 다 물리치고 완주하기를~
가슴에 태극 마크 달았던 선수답게!

*스포츠서울(2021. 3. 15.)

탁발

어느 마트 식당가에서 태국 볶음밥으로
아침 끼니 해결하던 중이었다
입에 맞지 않던 낯선 기름기와 향신료
입에서 성글기만 하던 설익은 밥 같던
두어 번 씹다 삼켰다

몇 숟가락 들다 불현듯 '탁발 공양'이 생각났다
뭇 사람들이 주는 대로 받았을 것이고
어느 인연 같은 음식 앞에서든
좋다, 나쁘다 생각하지 않았을 것
아무것도 원하지 않는 도량(度量)이 곧 도량(道場)이 되었던 것 아니
었을까

일행과 식사를 마치고 일어날 때쯤
아침 끼니만 해결한 것 같지 않았다
입맛이 개운한 것도 아니었지만
이런 생각조차 단박에 탁 탁 쳐내는 것!
탁발 공양보다 더 탁발 같던
탁발!
합장!

적막

읍내에서 초상이 났다 하면
술 한 병하고 비단 한 장 들고 그를 찾아왔다
만장 전담?
동네 부고(訃告)는 그가 훤히 꿰고 있었을 터
그의 서체가 또 궁금하다
음복(飮福)부터 한 잔 하고 쓴 만장도 있었을까?

그가 남긴 것은 큰애한테 보냈던 편지 몇 통
그의 서체 기억하는 이도
만장 전담했다는 것도
이제 구순의 미망인 말곤 기억하는 이가 없다
논픽션도 픽션 되는 것

내가 기억하는 그의 또 다른 서체의 한 단어
그들의 약혼사진 뒷면에 팬으로 써 놓았던
적막(寂寞)!
젊었을 때부터 만장 많이 썼던 탓인가
육이오 때
가리방만 긁은 탓이었던가?

역린

영내 가족들도 동참한 모 군부대 춘계 체육대회
부대장은 응원 열기가 시원찮다고
위관 장교들을 줄 세워 놓고 정강이를 걷어찼다
하아
그들의 가족들이 보는 앞에서…
어떤 농부도 제 밭을 탓하지 않는다고 하던데…

그 부대장은 체육대회를 다 엎어버리고
부리나케 제 방으로 들어가 버렸다
그때 그 줄 맨 끝에서 앞만 뚫어지게 보고 있던
젊은 장교 한 명이
부대장 뒤를 조용히 따르고 있었다
그는 허리춤께 두 주먹 다시 한 번 움켜쥐었다

(…중략…)

그 위관 장교는 군복을 벗고
개척교회 목회자가 되었다
내 오랜 친구의 동생인
그를 태릉입구역에서 한 번 만난 적이 있었다
그 앞에서 술만 마셨다

그는 저것을 버리고 이것을 취했다*
이 술도 취하고
이 시도 버리지 못하는 나의 이 욕(欲)은 무슨 욕이더냐
쌍욕?

나는 이것도 취했고 저것도 취했다는 거 아니냐?
이거 취하고 저걸 버릴 텐가
저거 버리고 이걸 취할 텐가
용서하라
여기선 이것을 취하고 저기선 저것을 취하겠노라
속물 든 자의 끝없는 욕이여

*노자

그들을 한번씩 방문하리니*

산책길 나서기 전 이 골목 끝 ㅅ 베이커리
그 가게 주인이 나를 볼 때가 있다
내 발자국소리에 그가 돌아볼 때도 있었다
ㅈ 순댓국집
내 발걸음 늦추며 가게 안 엿보곤 하지만
가겟집 여자도 나를 바라볼 때가 있다
순댓국 8,000원
지나가는 것도 차마 조심스러운 마카롱 가게
아예 광폭으로 지나갈 때가 더 많았다
앳된 창업자가 나를 바라볼 때도 있었지만
스마트폰만 들여다보던
그를 내가 바라볼 때가 훨씬 더 많았을 게다
'쫌만 더 버텨보자'
'하루하루 버티지만 하루하루 낯설기만 해요'
힘내자!
말하려다 주먹으로 입을 틀어막는다
아주 힘든 자 앞에선 힘 자(字)도 꺼내지 마라
이 골목 끝의 김밥 집 앞에 선 긴 줄 앞에서
오늘의 한숨을 겨우 돌려놓다

*김종삼

제발 울지 말아요

제발 울지 말아요
네 울지 않을 거예요
차라리 웃으세요
네 차라리 웃어 볼래요
한번 뛰어보세요
네 뛰고 나면 좀 낫겠조
날아보세요
네 날고 싶어요
한잠 주무세요
네 한잠 자고 나면 괜찮아지겠지요
웃음이든 울음이든 참지 마세요
네!

"근데 인생이 고달픈 사람들이 왜 울지 않고 살아가는지 아세요?"
"그것은… 그들이 한 번 울면 멈출 수 없을 것 같아서예요."*

*어느 댓글 중에서

나는 당신을 잘 모르고

풍수원성당 근처 농장에서 소먹이를 주고 있었다
농장주인은 아니었다
플라타너스 낙엽을 마대자루에 담고 있었다
플라타너스 낙엽이 얼굴을 가려 눈에 띄지 않았다
어떤 여자가 다가와 자기를 아느냐고 물었다
모른다고 하였더니
그럼, 왜 쳐다보느냐고 언성을 높였다
내가 미쳤다고 당신을 쳐다보겠느냐고 말하진 않았다
언성을 높이고 싶지 않았다

나는 당신과 함께 급하게 지하철을 탈 때가 있다
그때 나는 당신을 잘 모시고 다녀야 한다
내가 당신을 모르기 때문이다
내 옆에 앉은 당신을 미처 알아보지 못하기 땜에
말을 놓지 못할 때도 있다
때론 술 취한 사내가 내 어깨에 기댈 때도 있다
나는 기댈 데 하나 없어
내 어깨 하나만 붙들고 살았던 때가 많았다

강릉행 밤기차를 타고

오래 전 아버님 모시고 밤기차를 탔다
아버님과 나는 여행 같은 여행을
생전에 왜 한 번도 제대로 못했을까?
이것도 죄다 내 탓으로 돌렸다가
다시, 아버님 탓으로 돌렸다가
그날 차창을 배경으로 찍은 사진 두어 장밖에 없는
그 밤기차는 강릉역에 도착했다
저 히말라야 설산을 다녀온 것도 아니고
규슈나 도쿄를 다녀온 것도 아니고
청량리역에서 강릉까지 하룻밤
창밖을 내다봐도 어둠밖에 뵈지 않던
아버님은
어둠의 깊이를 헤아려보았던 것 아닐까
손주 둘이서 접이식 장기판 펴놓고
장기 두던 모습을 지켜보며 빙그레 웃으시던
그 표정은
왜 그토록 오래 남아 있는 걸까

마들역 지하상가 수선집

마들역 몇 발짝 전 지하상가 수선집
바짓단 1인치 줄이는 수선비 선불 3천원
만원짜리 한 장 건네면
천원, 오천원 권 빼곡한
오만원 권도 눈에 띄던
낡은 지갑에서 거스름돈을 꺼내던 사장님
두툼한 지갑 보면 덩달아 우쭐했던 수선집

가끔 그의 아내가 실밥 뜯는 일을 거들다
1인치면 많이 줄이는 거 아냐 하면
단박에 쏘아붙이며
당신의 작업을 간섭하지 못하도록
끝이 휘어진 재단 작업 자(尺)로 영역을 그어놓곤 했다
양복 재단하던 과거가 빛나는 순간

브라더 미싱 한 대, 다림판과 실밥 뜯던 작업대
손님 한 명 들어서도 꽉 차던 가게지만
작업할 바짓단 매만지는 손놀림만 보면
브라더 미싱도 옆에서 큰 감탄을 터뜨릴 것만 같았다
나보다 대여섯 살 위 같은
그의 가게가 생활의 터전이기보다 귀한 수행처 같다

일감이 줄어 토요일도 쉬어야겠다던
앗싸 주 5일제
세상물정도 모른다고 욕 얻어먹을 말이 되었는지
그리고…

*추신: 수선집이 한 두어 주 지나도 문을 열지 않았다. 일감이 줄어든 게 아니라 무슨 변고가 생긴 게 분명하다. 가게 안을 들여다보면 어느 날엔 두꺼운 커튼이 가려져 있었고 어느 날엔 창고처럼 이상한 박스를 쌓아두었다.

새벽 두 시의 전화

두어 해 전 사는 게 뜬구름 같다던
후배의 새벽 두 시 전화
"형님! 삶이 뭐요?"

전화 끊고 나서 끊긴 잠이 더 이어지지 않아
턱을 괴고 엎드려 생각하였다
삶이란 무엇인가?
먼 나라 어느 늙은 소설가의 어법으로 말하면
참을 수 없는 존재의 가벼움?
또 삶이란
살아야 하니까 살고, 살면 또 살아지는 것!

이것저것 따지지 말고 살아보자
차라리 뜬구름 잡으러 다니자
타인의 생각이나 말에 휘둘리지 말고 살아가자
계획도 없이 살아보자
쥐 죽은 듯이 살자
삶도 일종의 동어반복과 같은 것 아닌가
대리기사처럼 살자
다시는 속지 말고 살아가자
되는 대로 살아도 된다 될 대로 되어라 던져놓아라

하루 벌어 하루 먹고 살자
그럭저럭 살아보자
무명배우처럼 살자
배고프면 밥 먹고 잠 오면 눈 잠깐 붙이면 된다
법이 없다 내 식으로 살아가자
징징대지 말자

가급적 복잡하게 생각하지 말고 씩씩하게 살자~
정답 따윈 없다 포기 할 것은 포기하고 가자
하루 한 번 멍 때리고 살자
무위도식하자 자기만족하자
각자도생하자
어제의 난감한 일보다 오늘을 현금(現今) 즉시하자~
지금 당장! 익숙한 것으로부터 떠나자 (떠나자)
틀을 깨자 (깨자)
산티에고 순례길 한번 걷자 가자
큰 그림만 하나 그려놓고 가자
가자

중국 고사를 읽다가

그는 황야에 큰 나라를 세웠다
그러나 그는 그 나라와 함께 무너졌고
그 나라는 황야에 묻혔다
그도 황야에 묻혔다
그 나라는 이 세상에서 사라졌다

그를 쏙 빼닮은 위인이 나타났다
다시 황야의 한가운데 나라를 세웠다
그 나라와 함께 그 위인도 황야에서 일어섰다
그 나라를 위해 사람들은 힘을 모았다
많은 사람들이 힘을 모은 나라도 무너졌다
큰 나라는 당신을 모른다

그 나라가 황야에 또 묻혔다 해도
많은 사람을 황야에 다 묻을 순 없는 노릇이다
황야에 묻기엔 너무 많은 사람들이었다
사람의 힘이란 그런 것이었다
사람들은 그 나라를 다시 황야에 묻었다
그 나라는 황야에서 또 사라졌다

울음이 있던 곳

초등학교 일학년쯤 남자아이가 울고 있다
일요일 아침 아파트가 울렁거릴 정도였다
아이의 울음은 서너 발짝 떨어진
주차장 쪽 아이의 아빠를 향하고 있었지만
아이의 아빠는 휴대폰만 들여다보고 있다
(저 집요한 어긋남)

1분… 3분 지났는데도 울음은 그치지 않고
아이의 아빠도 아무런 변화가 없었다
아이는 다 울었는지 울음소리가 낮아졌고
아이의 울음은 뚝 그쳤다
그 자리엔 아이의 그림자처럼 울음만 남았다
그 아이는 어떻게 울음을 뚝 그쳤을까

나이 먹으면 울 일도 없고 울음도 말라붙은 것 같다
울음도 삶의 형식인가
우는 자는 울고 웃는 자는 웃는 것인가

생태학적 문제

나는 바닷가에서 주로 살았기 때문에
동해 바다의 생선을 먹고 자랐다
—명태, 양미리, 도루묵, 임연수, 꽁치
심퉁이, 오징어, 가자미, 문어, 열기…
아주 어렸을 땐 '고래 고기'도 먹었다

그곳을 떠나 어느 외딴 내륙 지방에서는
'간고등어'를 먹었고
서울에 올라와선 어느 회식 자리에서
'향어회'를 난생처음으로 먹었다
그 비릿한 흙냄새 땜에 많이 힘들었다

동해 바다 생선을 그리워해도 먹을 수 없다
참치회도 먹어보고 장어도 구워보고
제주산 은갈치도 먹어봤지만
동해바다 내 입맛을 사로잡을 순 없었다
입맛이 까다로운 것도 아니고
성깔이 까다로운 것도 아니다
이것은 그저 생태학적 문제일 뿐이다

동해바다와 먼, 뼈 감자탕도 먹고 갈비탕도 먹고

순댓국도 먹고 추어탕도 먹고 산다
꽁치 통조림과 참치 통조림도 사다 먹는다
내 입맛이 바다를 떠난 것도 같고
내 성깔도 어느새 좀 변한 것 같다

그리움과 입맛의 거리는 더 멀어질 것만 같다
가끔 어쩌다 저녁 자리에서
뼈 감자탕의 감자에 유독 꽂힐 때가 있다
어 감자바위!

불화를 극복하는 방법

집사람의 말꼬리 하나 때문에 다퉜다
어떻게든 다음 식사 전까지 화해해야 한다
도량이 넓어서도 꼭 잘못해서도 아니다
식탁에 마주앉아 밥 먹는 게 힘들기 때문이다
식사 땐, 딱히 할 얘기도 별로 없는데
이런 침묵 속에 식사하는 것도 만만치 않다
각자 밖에서 한 끼 해결할 수 있으면
이렇게 서둘러 화해하지 않아도 될 텐데…

늦은 밤에 다툰다면 나을 것 같다
다음 식사 때까지 시간도 많고 잠들면 그만이니까
한 잠 자고 나면 괜찮아지는 것도 같고
그렇다고 잠들기 전에 다툴 수도 없고
불화를 견디지 못하고 화해를 서두르다 보면
나도 모르는 사이 대역 배우가 된다
그것도 풀죽은 한 줄짜리 대사 "미안해!"

그러다 보면 자꾸만 나도 모르는 사이에
조금씩 타협하게 되고 화해를 앞세우게 되고
창밖을 내다보거나 늙었나! 되뇌게 된다
아니다 부자연하고 불편한 것을 두려워하는 것이다

아니다 그런 게 늙었다는 것이다
아니다 화해와 불화를 동시에 다 두려워하는 것이다
아니다 불화를 더 두려워하는 것이다
아니다 화해를 더 두려워하는 것이다
아니다 아니다 아니다

혼잣말을 속으로 더 속으로 말할 때가 있다
집사람은 내가 어떻게 불화를 겪는지도 알고 있고
또 어떻게 극복하는지 알고 있는 것 같다
내가 불이고 집사람이 흙이기 때문에 그런 것인가
(이것도 다 바뀐 것 아닐까)
아니다 아니다 아니다
그게 아니다

노란색 넥타이
　-7호선 지하철에서

열 받아도 미처 열이 오르지 않을 듯
칠십 넘은 나이에 무슨 노란 넥타이를!
지하철에서 졸거나 고개 떨군
칠십 넘어 넥타이 맨다고 매봤자
누가 쳐다보겠느냐 누가 돌아보겠느냐
노란색이든 노란색 줄무늬든
칠십 넘은 눈에 노란색 줄무늬라 해도
다 거기서 거기 아닌가

이 넥타이 맸다 저 넥타이 맸다 하지 마시라
칠십 넘은 남자의 남은 열정과 고뇌를
넥타이에 갖다 쏟지 마시라
쓸데없는 데 시간 뺏기지 말자고!
넥타이 고르는 맛에 산다고?

어떤 환상을 깨뜨리는 게 아니라
다 같이 이렇게 늙어가는 처지에
더 속을 일도 없는 나이에
주워 담지 못할 말을 타닥타닥 자판기에 두드리는
이 나이에
무슨 기준이 있고 무슨 색깔을 고르고 하겠느냐?

노랑이면 노랑, 빨강이면 빨강, 보라면 보라를 갖다 댄다고 그게 그
렇게 또 어울리는 나이도 아니다
이참에 모든 색을 싹 다 갖다버리자
쿨 하게!
아 멋멋한 무색(無色)주의자 어떨까
무당 층?
어느 줄에 끼지 못하고 그냥 제 줄에 혼자 서 있어야 하는 당신처럼
내가 오래된 나무처럼 당신처럼 서 있을 때가 있다
나도 당신처럼 외로울 때가 있다

마지막 한 걸음까지*

죽은 자도 산 자도 방금 헤어진 자도
아무 대가도 없이 도와준 자도 잊어먹고
단 한 번도 뒤돌아보지 말아야 한다
아주 먼 길을 가는 걸음이라면!
강제노역 4년 후 생사를 뛰어넘은 탈출
또 한 4년 걸어야 하는 걸음이라면!

동시베리아 굴라그 탄광 포로수용소도 설원도
중앙아시아도 물개도 늑대도 사냥꾼도
유목민 여자와의 하룻밤 사랑과 충견 한 마리도
트럭도 뗏목도 횡단열차도 국경 철교도
유대인 조력자도 조국도 적국도 연인도
하 장장 일만 일천사백구십 킬로미터도
배고픔도 추위도 두려움도 숨 가쁨도 길 없음도…
저 시베리아 들녘처럼 칼바람처럼
어디서든 단 한 번도 뒤돌아보지 말아야 한다
마지막 한 걸음까지 다 걸어야 살아남는다

*영화 〈마지막 한 걸음까지〉

허공에 피는 꽃

큰바람에 꽃잎이 내 앞에 폭우처럼 확 쏟아졌다
아! 이 걸음을 멈춰야 하나
누군가 나뭇가지를 쥐고 흔들어대는 것만 같다
꽃잎을 꾹꾹 밟으며 또 꽃잎을 뒤로 하고
힘차게 앞으로 걸어가는 사람들이 눈앞에 보였다
나도 보였다
이 꽃잎 좀 밟았다고 걸음을 멈출 일은 아니다

내 앞에 선 사람들의 등 뒤로 꽃잎이 또 떨어졌다
그러나 등 뒤의 꽃잎을 돌아보는 사람은 없었다
이 길을 다 걸었다 해도
등 뒤의 꽃잎들이 눈앞에 또 나타나지 않을 것이다
걸음을 멈춘 사람도 뒤를 돌아보는 사람도 없다
저 나뭇가지를 쥐고 흔들어 대는 사람도 없다
호주머니에서 또 볼펜 꺼내는 사내는 있었다

찐 인사

동네 평범한 과일가게 앞을 지나던
중학교 2학년쯤 여자아이 셋이서
가게 안의 주인을 향해
아주 공손히 목례하고 지나간다
사과라도 하나 얻어먹었나
방금 따온 복숭아 하나 덤으로 받아먹었나
아니면 절친의 아빠인가
급히 가던 걸음 동시에 멈추어 서서
저렇게 반듯한 목례가 도저히 나올 수 없다
아무한테 하는 인사가 아니다

돌아보면 (돌아보지도 않겠지만)
나도 인사 하나 하나에 꽤 예민했었다
몇 해 전 별다른 인사도 못하고
서랍에 남아 있던 볼펜 하나 들고
몸 담았던 직장을 돌아서던 때가 생각났다
운동장 주차장 쪽 모과나무처럼
돌아서서 또 돌아보던 때가 있었다

차마 잊고 살 수 없던 것

무려 이십오 년 전 큰딸한테 빌린 돈
친정엄마가 이십오 년 만에 갚았다
그 돈이 얼마나 무거웠을까
친정엄마는
또 얼마나 무거운 짐을 지고 있었을까
딸은
또 얼마나 무거운 짐을 깊은 곳에 찔러두었을까

딸은
그 돈을 고스란히 통장에 묻어두었다
또 얼마나 깊은 곳에다 묻어두었을까

백금보다 천금보다 더 무겁고 힘겨운
일금 오백만 원

*2021년 4월 29일 cbs〈배미향의 저녁스케치〉에서

먼 길

동남아 어느 소수 민족의 젊은 엄마는
돈을 빌리러 옆집을 찾아갔다
큰아들 결혼 지참금이었다
옆집 아주머니의 말이 미처 끝나기도 전에
젊은 엄마는 그 집을 나왔다
이번엔 친정에 전화를 넣었다
친정엄마는 딸의 말이 떨어지기도 전에
전화를 툭 끊어버렸다
함께 따라간 작은딸은 엄마를 위로하였다
젊은 엄마는 길가에 풀썩 주저앉아
풀포기 하나 툭 꺾어 던졌다
그 풀도 고작 발끝에 떨어지고 말았다
더 멀리 던질 힘도 없었다

젊은 엄마의 길은 걸어온 길도 멀고
또 걸어가야 할 길은 더 멀다
아무나 걷고 아무나 걸어갈 수 있는 길이 아니다
아무나 돌아볼 수 있는 것도 아니다
먼 길은 아무나 가는 게 아니다

문상
-남문동

1928년 생 남자가 돌아가셨다
방역 시국 탓에
문상도 어렵게 되었다
문병도 갔어야 했는데
문병도 문상도 다 물 건너갔다
타계 소식을 듣고
벽에 기대어 앉았다
슬픈 거냐? 문상 못 가서 그런 거냐?
문상 못 해서…

밤에 꿈을 꾸었다
그의 빈소에 가서 문상을 하고 있었다
방명록을 펼쳐보다
어느 빈자리에 서명도 남겼다
위패를 보니
고인의 직함이 또렷하게 보였다
꿈에서라도 문상을 하고 나니
마음이 좀 놓였다
상향(尙饗)

이 세상에서 가장 낮은 곳

파리 근교에 살고 있는 유명한 산악인은
젊은 날부터
이 세상에서 가장 높은 산만 골라 다녔다
이 세상의 높은 산을 오른 만큼
동네 주민들은 줄지어 그의 집을 방문하였다
그를 만나면 높은 산에 오른 듯
주말마다 그 집에선 각종 행사도 열렸다
그 집 지하창고는 세 개나 있었다

산을 오를 때마다 들고 온 기념품이었다
부적 같은 형형색색의 깃발도 있고
기묘한 종과 다양한 악기도 있었다
국가로부터 받은 큰 훈장도 두 개나 있었다
어느 방엔 코끼리 형상의 석상도 있고
갖가지 모양의 돌들도 가득하였다
돌을 쌓아놓으면 곧 돌탑이 될 것도 같고
내일이라도 낙성식해야 할 것 같았다

사람들은 높은 산을 바라보듯 그를 보았다
그는 어느 덧 높은 산이 되었고
동네 주민 중엔 그 집을 방문하지 않은 사람이 없었다

그러나 단 한 번도 방문하지 않은 사람이 있었다
이미 한 물 갔다고 하지만
가까운 곳에 살고 있던 늙은 시인이 있었다
그는 가끔 혼자 생각하였다

많은 시간을 들여 높은 곳에 올라갔다 왔으면
제 가진 것들을 좀 두고 올 순 없었을까
뭔가 더 들고 오기 위해 그곳에 올라갔다는 걸까
높은 곳은 더 높아지기 위한 걸까
이 세상에 한없이 낮아지는 곳은 어디 없을까
모래 위에 켜켜이 쌓았던 꿈이었을까
생각보다 높은 자는 높은 곳에 있지 않고
가진 자는 또 가진 게 없다

오이도

1.
4호선 노원역에서 오이도까지 가자
생선 엎어놓던 좌판을 뒤집어놓은 끝에
한 번 더 뒤집어놓은 끝에서
인증 샷 하나 남긴 등대 등 뒤에서
저 끝에서 저 끝까지 가즈아
여기서 대부도 너머 제부도까지 가자

2021년 5월 12일 오후 5시에서 8시 사이
마스크도 벗고 소맥도 하고
간재미와 밴댕이 씹고 오백 한잔 더 하고
아무도 없는 아 이 끝에서 끝까지
이 방파제 끝에서 조주록(趙州錄) 읽고 있을 때
중년여자가 내 앞에 한 발짝 다가왔다
아메리카노 한 잔 마시며 조주의 차 한 잔을 생각한다

2.
조주는 어디서 왔고 어디로 갔는가
끝에서 왔다가 끝으로 갔다
그게 선(禪)인가 이게 혁명인가 평상심인가
저 끝에서 끝이라도 봐야 하지 않겠는가

끝을 봤다고 그게 또 끝인가
당신은 어디서 왔는가 4호선 끝에서 끝까지 왔음
오늘 석양을 보았는가
나는 돌아앉아 석양을 보지 않겠다고 하였다
돌아앉은 곳에 무엇이 있었는가

조주는 자리를 떴고 당신과 당신의 친구가 있었다
석양은 끝인가 시작인가
조주는
시작과 끝을 말하지 않겠다고 할 것 같다

3.
이 지상의 끝에서 빅토르 위고의 역사적 사실 하나쯤 말하고 싶다
그가 떠나던 날 파리 시민들의 의례를 아는가
나는 잘 모르겠다
나는 알고 있다
그날 파리 시민들의 산 역사를 어디서 알 수 있을까
그날 파리 뒷골목이 발칵 뒤집어졌다
마침내 파리 시내도 뒤집어졌다
그 나라의 그런 역사는 어디서부터 시작되었을까?

외출 전 기쁨

오십 년 지기들을 만나러 가기 전
한 달여 만의 외출
친구들한테 줄 신간시집 두어 권 챙기고
멋지게 서명할 붓펜도 점퍼 주머니에 넣어두고
주머니 속 한 번 더 확인하고
왜 이런 걸 꼭 한 번 더 확인하는지
나도 모르겠다

멍 때리지 말고 지하철에서 읽을 책도 챙겨야 하고
그냥 아무 거나 떠오르는 대로!
안 떠오르면 안 떠오르는 대로!
무슨 관념장이처럼
어떤 생각을 쭈욱 정해놓지 말고 그 생각을 다 버려라
한 곳에 고정되어 있는 뜬구름은 없다
이 약속도 깨고 동쪽으로 핸들을 꺾어 버릴까
그 마음으로부터 출가하라! 출가하라!

약속 시간이든 지하철 노선이든 친구든 붓펜이든
죄다 버리고 한 번 찢어 보라
그 모든 것으로부터 즉각 파기하라! 파기하라!
염두에 두었던 그 모든 낯익음으로부터

낯설던 곳으로 튀자!
모든 계율과 규율과 도덕을 파기하라! 파기하라!

식구들 모르게 친구들 모르게 조용히! 조용히!
지금 당장 내 마음부터
늦으면 또 늦는 대로!
빠르면 또 빠른 대로!
늙으면 또 늙은 대로!
틀리면 또 틀린 대로!
약속도 없고 약속 장소도 없고 약속 시간도 없는 곳으로!
아주 새롭고 서먹서먹한 곳으로!
튀어!
튀어?

당신이라는 환상

—시

문청 땐 당신도 나도 뜨거웠던 것 같다
정치적 망명이나 밀항은 어렵더라도
당신과 함께 이민이라도 갈까 했었던 것 같다
남산 산책 중에도 안동 하회마을에서도 반포에서도
동해바다에서도 생각했던 것 같다

기억은 나무처럼 더 자라지도 않겠지만
기억은 나무처럼 더 사라지지도 않을 것 같다
세상에 잊을 수 있는 기억은 없는 것 같다
그땐 당신한테 기댈 수밖에 없었는데
이제는 기억에 기댈 수밖에 없는 것 같다
당신에 관한 기억은 언제나 조심스럽다
당신에 관한 기억은 언제나 조그맣고 조용하다

그땐 밖으로 눈을 돌리면 혹독한 난세였고
시만 바라보곤 살 수도 없었던 것 같다
지금은 밖으로 눈 돌릴 데도 없지만
시만 또 바라보고 살 수밖에 없는 것 같다
김수영도 읽었고 김종삼도 다 읽었지만
먼 곳에 있는 하이네도 읽었던 것 같다
당신은 그곳에서 무얼 하고 사는지 궁금하다

당신 사는 곳이 어딘지 헤아려보곤 한다
이종사촌 좋아했다던
시인 하이네는 무엇을 먼저 사랑하였을까

당신이라는 환상 땜에 정신 나갈 때도 있다
당신이라는 환상은 더 늙지도 않을 것 같다
어쩜 하루 종일 내리는 비 때문인 것 같다
당신의 환상이 아무리 먼 곳에 있는 나무라 해도
나는 그 나무를 끌어당길 수 있을 것만 같다
이제는 한 발짝도 더 다가갈 수 없다 해도
가슴 언저리에서 해결할 수 있는 게 없다
가슴 언저리에 또 쌓아놓고 살 수밖에 없다

시를 쓰다 보면
문청 때처럼 가슴 언저리를 비워두어야 할 때가 있다
잘 안 보이던 것도
가슴 언저리 끝에서 종종 마주칠 때가 있다
가끔 당신 때문에 복잡할 때도 있다

먼 바다 끝에서

도둑처럼 등대에서 하룻밤을 묵었다
꿈에 도둑처럼 그가 나타났다
그는 먼 바다와 앞 바다 사이
등댓불 같은 오징어 배에 타고 있었다
그는 먼 바다 끝까지 갔었다
끝까지 갔다는 그 끝은 어디였을까
어느 먼 바다 한가운데서
큰 낚싯대 끌어당겼다 놓았을 것이다

그러나 그는 오징어 배가 아니라
한평생 커다란 범선 같은 원양어선을 타고
오대양 육대주 끝까지 돌아다녔다
그도 커다란 바다가 되고 싶었을 것이다
그도 범선 하나 움직이고 싶었을 것이다
어느 날 그가 내게 물어보았다
"인생이 뭐냐?"
과거 어느 한순간도 다시 살아볼 수 없는 것?
아! 돌이킬 수 없는 것!

어쩌다 나는

동네 마트에 가면 마트 직원이 된다
우체국에 들르면 우체국 직원이 되고
동네 칼국수집에 앉으면
칼국수집 알바생이 된다
노원정보도서관에 들르면
정보도서관 자원봉사자가 되고
행인을 보면 행인이 된다
집 앞의 마을버스를 타면 마을버스 기사가 되고
독거노인을 보면 독거노인이 된다
취업준비생을 만나면
나도 어김없이 취업준비생이 되고
리어카에 폐지를 잔뜩 쌓아놓은 노인을 만나면
폐지 주워 담는 노인이 되어
나는 리어카를 밀고 간다
내 나이보다 훨씬 더 아래인 아픈 사람을 보면
나도 금세 어딘가 아프다
각 정당 대선 경선 후보의 유세 연설을 듣다 보면
나는 또 대선 경선 후보가 된다

족구 구경

1.
근린공원에서 족구 구경하고 있었다
누군가 내 곁에 다가와 속삭이듯
"족구한 적 없지?"
이번엔 내 앞에서 말을 뱉어내듯이
"축구한 적 없지?"
그리고 신상이라도 털겠다는 듯이
"야구한 적 없지?"
"농구한 적 없지?"
"골프한 적 없지?"
"스키한 적 없지?"
"헬스한 적 없지?"

2.
내가 조그맣게 중얼거리듯 뱉은 말
나는 또 어떤 놈일까
하루 종일 노트북 앞에 앉아서
한국 시에 매진하며 미완성 시 앞에선 넋 놓을 때도 있고
혼자 북 치고 장구 치고 뒷북도 치는
아무리 마음 굳게 먹어도 오후 세 시쯤 되면 시 앞에서 잠깐 졸릴
때도 있고

또 설거지도 하고 세탁기도 돌리는
현실 순응형 한국 남자
다만 술은 좀 멀리 해야 할 것 같은
술에 혼난 자!

3.
일 년 내내 안거 중인 수행자처럼 살아야 할 것 같은
한 눈 팔 데도 없지만 한 눈 팔지 말아야 할 것 같은
이 단순한 삶을 반복해야 할 것 같은
어느 망국민처럼 살아야 할 것 같은
뒤돌아보지 말고
침묵과 과거와 슬픔과 어떤 흔들림과 기다림과 모욕과 서운함을
그렇게 또 조용히 살아내야만 할 것 같은

작별 인사를 겸한 어느 기도문

—2021년 6월 3일 수지 쉴낙원 장례식장에서

그곳에 가서
당신의 친정집 첫째, 둘째, 셋째 오빠도 만나시길~
막내 동생 내외도 만나고
친정 조카도 만나고
사촌 형제도 만나기를

(사나흘 주문진 친정나들이 하면서 두루 뵙기를)

그곳에 가서
담배 농사 하지 말고 꼭 하더라도 아주 조금만 하고
밭농사는 텃밭 정도 하고
논농사도 제 식구 먹을 만큼만 하고
집 마당가 각종 유실수는 관상용으로 싹 다 바꾸고
퇴곡리 부녀회는
일손 거드는 품앗이 아니라 제주도쯤 놀러다니고
친목계도 한 두어 개 하기를

(무얼 하든 얄미울 정도로 조금씩 대충 대충 하기를)

그곳에 가서
당신 십 년 병 수발하면서 사남매 우애 금 하나 가지 않았으니

강릉 최씨 지아비 만나 맘 놓고 회포도 풀어야 하고
둘째 딸이
당신 생전에 입던 옷가지며 이불을 아직도 버리지 못하고 있다는데
꿈에 나타나서 그만 하면 됐다고
고맙다고
이제 다 갖다버리라고 한 말씀만 해주오

그곳에 가서
그리고 무엇보다 그곳에서는 다시는 오랜 세월 누워 있지 않기를
뒤돌아보지 않기를
그곳에서 가끔 이곳을 지켜보시길~

(시간되면 맛집도 다니고 춤도 배우고 노래도 맘껏 부르기를~)

수목장

―큰댁 문환 형님을 추모하며

묘비명도 무슨 표식도 봉분도 없다
어느 큰 나무 그늘 아래 뿌렸다는
이제는 어디서도 잘 보이지 않는다
그를 기억하는 손아래 착한 동생만
기일을 잊지 않고 찾아간다
그 동생 따라 나도 한 번 그를 찾았다
진고개 막 넘어가는 굽잇길인데
나 혼자선 도저히 찾을 수도 없는 곳
울창한 노송이 한곳에 모여 있고
좌우엔 꽤 듬직한 산마루도 있어
좌청룡 우백호 연상할 만한 곳이었다
조그만 계곡물도 생기 있게 흘러
풍수에도 얼추 앞뒤가 맞는 곳

그는 장손이었고 장조카였고 맏이였고
큰댁 큰 형님이었고 독신이었고
종갓집 제일 큰 오빠였다
그 많은 집안 제사와 벌초와 성묘를 챙겼지만
그게 또 맘에 걸려 돌아보았을 것이다

삽질

"뭘 하시려고?"
"집에 있는 오죽(烏竹) 갖다 심으려고… 강릉 오죽!"
"네"
"이젠 힘도 들고… 여럿이 보면 좋잖아"
"네"
"제주 비자도 데려다 놓을 거야"
"네"
"힘이 들어 집에서 더 기르지 못 하겠어"

내일은 강릉 오죽 옆에
족보는 없지만 무수골 생강나무라도 옮겨 심어 볼까
한 뼘 더 내려가면
어떤 어둠의 뿌리라도 만날 것 같아
한 삽 한 삽 더 내려가면
그 한 삽 깊이 어둠의 자리에 생강나무 묻어야 할까
생강이야 생강!
한 삽 어둠의 깊이를 퍼내어야 알 거 아녀!
한 삽 어둠의 깊이라도

페르시아 왕자*

그 사람은 가고 노래만 남았는가?
그는 예전에 삼대가 총출동한 제주도 일가친척 여행 중
〈페르시아 왕자〉를 불렀다
그런 노래가 노래방에 있는 줄도 몰랐다
제주 시내 모 노래방에서
그로부터 직접 들은 노래였다
앙코르는 없었지만
시간이 엄청 흘러도 노래를 잊지 않고 있다
노래 가사에 끌린 것도 아니고
그저 그가 라이브로 불렀기 때문에
그 노래는 그의 노래가 되어
나한테 곧장 다가와 머물게 되었다
이제 그도 그 노래도 아주 먼 곳에 있지만
그 노래는 그의 노래는 내 곁에 있다
노래 한 곡이 어떻게 남는지
노래 한 곡이 어떻게 한 사람의 마음이 되는지
어떤 노래를 부를 것인지
당신의 마음엔 또 어떤 노래가 남아 있는지
십팔 번은 그런 것이다

*허민(1929~1974)

348

아버지의 길

그는 일찍이 실패한 사업가였다
한국전쟁 전 강릉 8사단 경리 하사관으로
군대 생활을 시작했고
전쟁 통엔 정훈부로 보직 변경되었다
휴전 직후 군복을 벗었고
그 후 목재와 관련된 길을 걸었다
나는 그가 건넛방 책상 위에 주판을 놓고
펜을 들고 잉크 찍어가며
현금출납부에
깨알 같은 숫자를 기록하는 걸 보고 자랐다
비좁은 칸에 숫자를 기입할 때
그는 종종 다른 사람처럼 보이곤 했었다
그는 목재 사업을 접고
먼 바다에 배를 띄우는 일을 했다
그는 바다와 거리가 멀었다
나는 그의 생이 쓸쓸했다는 것은 다 잊고
실패했다는 것만 기록하고자 한다

나의 시선을 사로잡던

2021년 6월 14일 오후 3시 50분
서울 아산병원 서관 1층
담도 췌장 외과 복도를 걸어가던
반백의 의사
하얀 가운 입은 진지하고
경건하고
엄격하게
시선을 약간 발끝에 내려놓은
단 한 치의 흐트러짐도 없이
긴 복도를 걸어가던 수행자 뒷모습 같던
깊은 생각은 바로 저런 것!

뭘 물어보면 천천히 대답해 줄 것 같은
불안한 마음을 다독거려 줄 것 같은
복도 끝에서 복도 끝까지
나의 시선을 사로잡았던
고통을 앓는 자는 수행자일 것이오!
고통을 아는 자도 수행자일 것이오!

우울증 진단 키트

아프리카 중부지역 오리건 부족은 우울증에 걸리면
꼭 물어본다는 네 가지

첫째, 마지막으로 노래 부른 적이 언제인가?
(지난주)
둘째, 마지막으로 춤을 추었던 적은 언제인가?
(묵묵부답)
셋째, 마지막으로 자신의 이야기한 적 언제?
(오늘…)
넷째, 마지막으로 고요히 앉아 있었던 적은 언제인가?
(어제…)

부족의 처방은 하루라도 빨리 내일부터 당장 하라는 것
노래를 부르고
춤을 추고
자신의 이야기를 털어놓고
눈 반쯤 감고 고요히 앉아 있으라는 것!

노원역 3번 출구

노원역 3번 출구 앞에서 목소리 높이는 중년이 있었다
핸드마이크 들고 저 높은 빌딩을 향해
"뭘 치료 할는지 먼저 꼭 물어 보세요!"
"미리 꼭 물어보고 하세요!"
아 그는 저 말을 큰 소리로 외치고 싶었구나
막 지나던 행인의 또렷한 목소리가 들렸다
"과잉 진료했다는 거야! 뭐야!"

그의 곁에 서서 그의 목소리가 향하는 곳을 쳐다보니
어느 곳을 향하는지 알 것 같다
그는 어제도 내일도 이곳에 서서 똑같은 자세로 또 목소리를 높일
것이다
그러나 그의 목소리가 저 높은 곳에 닿을 수 없다는 것을 그는 알
고 있는 것 같다
그보다 더 높은 곳에 있던 플라타너스도 아는 것만 같다
이곳의 많은 행인들도 다 알고 있는 것 같다
그 순간
그가 왜 만주벌판의 초인의 후예 같다는 환영이 떠올랐을까
그가 어느 산맥을 넘었다는 걸까

사랑의 뿌리 2

나이 든 엄마와 중학생 남자아이가 짝이 되어
늦은 오후 배드민턴을 하고 있다
나이 든 엄마는 힘이 빠진 것 같다
그래도 그들은 결코 쉬지 않는다
엄마는 그 아이를 위해
이미 두 팔을 다 걷어 부치고 나선 것이다
그런 게 또 사랑의 뿌리라는 것!

그 사랑의 뿌리로 도봉산도 오를 것이고
한 달이면 히말라야도 넘을 것 같다
미국 대륙도 아프리카도 횡단할 것이고
꽉 막힌 남북 교류도 뚫을 것만 같다
정치판도 기득권도 뒤흔들 수 있고
세대 간의 갈등도 계층 간의 갈등도 풀 것 같다
한국엔 케이 드라마만 있는 게 아니다
한국엔 케이 푸드만 있는 게 아니다
한국엔 케이 팝만 있는 게 아니다

따뜻한 쪽지 한 장

1.

메일 밤 10시 30분 막차 타고 귀가하던
중국 산시성(陝西城) 고3 수험생
버스기사 앞으로 쪽지 한 장을 남겼다
오늘 고3 야간 자율학습도 끝나고
막차 타는 것도 마지막일 것 같아서
감사했다는 손 글씨 쪽지*
버스 막차 탈 때나 내릴 때
고개 숙여 인사하던 그 여학생이었다
버스 경력 30년 만에
가장 큰 '선물'을 받았다는 버스기사
버스 뒷자리에서 노트 반 장 꽉 채웠다는
볼펜 손 글씨가 정겹고 또 아름답다

2.

몇 해 전만 해도 나도 이런저런 손 글씨 포스트잇 받았다
자기소개서 초고 읽어줘서 고맙다
수시 상담해줘서 고마웠다
고3 야간 자율학습 감독하느라 수고했다
졸지 않게 쩌렁쩌렁 수업해서 좋았다고

*sbs 〈오! 클릭〉(2021. 6. 9.)

그는

그는 하숙집에서 만난 친구와 같이
돌을 들고 있다가 잡혀갔고
그날 이후 그는 다른 사람이 되었다

그는 얼떨결에 노래를 불렀는데
그 노래 덕분에 그 길로 들어서서
한평생 그 길을 걷게 되었다

그는 따뜻한 손 편지 한 장 때문에
그를 만나게 되었고 하루도 빠짐없이 그를 만나게 되었다
그리고 그와 헤어졌다

그는 길에서 주운 시집 덕분에
시인으로 살게 되었다
그도 길가에 시집을 떨어뜨린 적이 있다

그는 젊은 날 그녀의 옆자리에 앉게 되었고
그리고 그녀를 다시 만났고
그녀와 같이 살게 되었다

기억에 없는 과거도 있다

—k 선생에게

새파란 교사일 때
학습지도안을 미리 작성하여 관리자한테 결재 받던 시절
결재권자는 어느 구석이 마음에 들지 않았는지
자기 책상 앞으로 불러놓고
약간 두꺼운 학습지도안을 바닥에 팽개쳐버렸다
앞에 불려갔던 교사는 주섬주섬 주워들었다

다음 주까지 지도안 다시 작성해서 결재 받으라!
새파란 교사 1인은
다음 주까지 지도안 다시 작성하여 결재를 받았고
또 다른 1인은
다음 주 다음 주 그 다음 주… 한 학기 끝날 때까지
그 학습지도안을 다 써 먹을 때까지
그 학습지도안을 들고 끝까지 수업하러 다녔다

까맣게 잊은 것도 아니고 기억에 남은 것도 없는데
한 두어 해 전
그때 같이 불려갔던 k 선생이 키득키득 웃으며 말해줬다
기억에 없는 푸르른 나무 같은 것도 있다

이름 떠오르지 않을 때

사람의 이름 떠오르지 않을 때가 있다
한 번도 만난 적은 없지만 책을 통해
기억해둔 이름이 떠오르지 않을 때
책은 눈앞에서 계속 어른 어른거리는데
눈앞에 미처 이름이 떠오르지 않아
어제 밤처럼 잠을 뒤척거리고 또 뒤척거렸다
안 되겠다 싶어 반쯤 일어나려는 순간
가까스로 기억해낸 이름도 있었다
기억나지 않는 그 시간대가 괴로움이더군!
그 괴로움이 더 심하면 외로움 되더군!
그 외로움이 좀 심하면 잠 없는 밤이더군!

외로움과 괴로움을 친구 삼아 밤거리를 돌아다녔다
외로움과 괴로움은 술이 잘 어울렸다
한번은 월급봉투 속주머니에 꽂은 채
차례차례 몇 군데 술집을 탐방했었지
"그날 동행자 이름 떠오르시나요?", "그럼!"
노래방 가면 나보다 먼저 내 노래를 쿡쿡 찍어주던…

소년 전사들을 위하여

—거진 1968년 겨울

그때 소년들은 비를 만나면 비를 맞았고
폭설을 만나면 폭설을 뚫고 나갔다
소년들은 어디서 그런 걸 배웠는지
눈이면 눈, 또 비라면 비와 맞섰다
소년들은 눈과 비를 만나면서 성장했다
바람 불면 더 거친 바람이 되었다
학교에선 파월부대의 군가를 배웠고
소년들은 주먹 쥐고 군가를 불렀다
소년들의 군가는 파월부대 군가보다 더 용감했다
빗속에서 눈 속에서도 두려움이 없었다
소년들은 강철부대의 전사가 되었다
소년들은 눈앞의 적이 두렵지 않았다
소년들이 두려운 것은 주린 배뿐이었다
소년들은 배를 움켜쥐고 군가를 더 크게 불렀다
소년들의 군가는 주린 배를 물리쳤다
소년들은 눈앞의 적이 무엇인지 알았다
소년들의 적은 먼 곳에 있지 않았다
또 전사들 중에는 소녀들도 끼어 있었다
소녀들도 소년들과 함께 전사가 되었다

피 끓던 젊은 혼백이여

—고(故) 신호선 외숙을 위하여

강릉사범학교 졸업반 때 육이오가 터졌다
하교하던 중 강릉 이명고개에서
군용트럭에 실려가 몇 주 훈련 받고 중부전선에 배치되었다
많은 피를 흘려 대구 야전병원에서 큰 수술하고 나서
다시 적군을 무찔러야 한다며 전선으로 달려갔다
그러나 그는 끝내 전선에서 돌아오지 못했다

해마다 추석 때 고향 선영 등지 성묘 다니다 보면
외가든 친가든
두 번 절하고 다시 두 번 절하는 분에 관해선
생전의 기억 한 두어 개쯤 떠오르곤 했다
그의 묘소 앞에선 기억할 수 있는 게 하나도 없어
바로 아래 누이동생인 어머니께 묻곤 했다

"매사 똑 부러졌지…"

이름밖에 남은 게 없는 젊은 넋 같은 비장한 비문이여
태극기 한 장으로 곱게 동여 맨 젊은 육신이여
오 새파랗던 혼이여 당신의 영혼이여!

열무김치 참관기

장마 오기 전 열무김치 해야 한다고
그가 열무 한 단, 배추 한 단을 사들고 왔다
육쪽마늘 까라고 하여
주방보조처럼 식탁에 앉아 육쪽마늘을 깠다
쪼그만 육쪽마늘 하나 까는 것도
온갖 성의를 다 기울여야 한다는 것

시를 쓰다 열무김치 담그는 거 돌아보면
내 시는 무엇 하는 물건인지 되묻곤 한다
열무김치의 육쪽마늘 한줌 정도나 될까
육쪽마늘 아니고 육쪽마늘 까는 정도 될까
까나리 액젓 꺼내서 여기 넣으라고 하여
까나리 액젓이나 쏟아 붓는 정도나 될까
약속 있다면서 뒷정리 다 하라고 하기에
열무김치 하나 담그기 위해 무얼 했는지
열무와 열무김치의 관계를 하나 알게 되었다

나는 또 시를 쓰기 위해 무얼 했는지 되묻곤 한다
그는 또 얼마나 많은 시간에 쫓겼으면
결국 식탁에 있던 제 휴대폰도 두고 외출했다
그가 열무김치 담그면서 무얼 했는지 알 것 같다

그는 매일 전쟁을 치르는 것 같다
과거에 비하면 전시는 아닌 것 같지만
그는 약속 장소에서도 전쟁을 치르는지 모르겠다
그가 누구랑 다투는 걸 한 번도 본 적 없다
나하고 부딪쳐도 나 혼자 부딪칠 때가 더 많다

이봐, 시인 동지~
시가 무엇이길래 생을 걸고 또 다 걸겠다는 것인가?
이봐, 나의 동지~
시는 이제 그 무엇이 아니라 그냥 시가 된 것 같고
생을 걸지 않아도
시가 오고 시가 가고 또 오는 걸 낸들 어떻게 하겠나
시가 무슨 사물처럼
내 앞에 서 있는 무슨 나무 같은 걸!

텅 빈 무대에서

1.

아 스물 몇 살 무렵 지방 소도시에서
난생처음 연극 연출을 했다
남자 넷, 여자 둘, 조명, 소품 등 스태프 약간 명
동네 후배들과 서로 배우면서
쪽대본 외우고 리허설하면서
다른 배역들의 몸짓과 동선도 토론하면서
텅 빈 회관 강당도 빌려 연습했다
두어 달 강행군하다 보니
호흡도 맞춰가고 점차 연극이 되어 갔다

연극은 삶이 그렇듯이 연극도 그렇듯이
어디다 힘을 주고 할 일이 아니었다
있는 힘 다 빼야 할 일이 더 많았다
맡은 배역이 배우들보다 나이가 좀 많은 것하고
시대가 먼 과거라는 것만 빼곤
그 또한 사람들이 모여 사는 얘기였다
그때그때 누구나 배역에 따라 무대를 오르내리며
제 배역 대사하고 연기하면서 살아가는 것!

2.

대사 한 줄 없는 독거노인으로 무대에 오를 때도 있고

주방에선 퇴직한 남자 역할도 해야 하고

어머니 모시고 병원 다녀오는 맏아들 역도 하고

보수 쪽 인사를 만나면 진보 쪽 발언을 하고

진보 쪽 인사를 만나면 도덕성과 분노와 일관성의 변모를 가늠하
게 되고

지하철 타면 경로우대 좌석에 앉은 배역도 해야 하고

아파트 경비원 앞에선 주민 역할도 하면서

아 술 마시는 배역 건너뛰고

3.

그리고 젊은이들 틈에 끼어 졸고 있는 경로 1인을 바라볼 때도 있고
후배 가수들과 함께 앉아 있는 전직 유명 가수를 볼 때도 있다 또 전
직 공공기관 수장(首長)들끼리 얼굴 내놓고 사진 찍어 올리는 전직 기
관장들의 숏(shot)을 지켜봐야 할 때도 있고 외출할 생각도 없이 하루
종일 집 콕 하는 퇴직자의 하루를 생각할 때도 있다 공금이나 혈세로
사적 용품을 구입하고 입 닦아버리는 자를 볼 때도 있고 또 꼬리 자
르기 급급한 저 많은 몸통들도 볼 수밖에 없다 수락산역 근처 난전에
서 푸성귀 파는 아주머니 옆에서 대여섯 발짝 떨어져 서성이는 저 남
자를 바라볼 때도 있다

다시 서호에서

오래 전 직장 동료들과 중국 항저우 여행 중
룸메이트였던 김 선생은 선한 사람이다
나는 하루도 빠짐없이 중국 이도주(李渡酒) 마시고
잠자리에 들고
다음 날 겨우 몸만 빠져나왔다
나뭇잎 털어낸 나무와 같았다
김 선생은 본인의 침대와 내 침대와 방 정리까지 하고
내 침대와 김 선생 침대 끝자락에
아침마다 각 1달러씩 두고 나왔다
나는 한번도 1달러 둔 적도 없고
내 침대도 김 선생의 침대도 정리한 적이 없었다
김 선생은 갑장이라 해도 한 살 위 형 같았다

나는 서호 탐방 이후 술을 더 마신 것 같고
새벽녘까지 밤잠을 설칠 때도 있었다
잠자리가 바뀌었다고 그런 것 아니고
서호는 백거이*가 한잔하면서 낮술에 취해
대나무 잎새 하나 툭 꺾어 띄웠던 곳
나는 서호 대나무 잎을 구할 수 없어
내 술잔과 그대의 술잔을 서호에 툭 던졌을 뿐!
아 가볍고 또 무거운 나의 술잔이여!

다시 서호에 빠지려거든
그대 술잔도 그대의 선한 갑장도 5박 6일 일정도 잊고
서호 긴 댓잎 하나 툭 꺾어 던져놓고 보라
어디로 가는지 그대 마음속 헤아리듯

그러나 이제 그대도 모르고 나도 모르는 일이 되어 버렸다
길을 아는 자도 없고 길을 묻는 자도 없다
길 아는 자는 우리를 속였고, 길 묻는 자는 나를 속였다
이제 길을 묻거나 길을 아는 자는 없다
시의 길도 인생의 길도 역사의 길도 철학의 길도…
길은 없다

*중국 당대(唐代) 시인

폭우 쏟아지던 밤

앞이 뵈지 않던 폭우 쏟아지던 밤
사설 독서실 총무 알바 할 때였다
열두 시 야간 통행금지 있던 시절
폭우보다 더 크게 문 두드리던 다급한 소리
폭우 뒤집어쓴 생쥐 같은 여학생
"하룻밤만 재워주세요!"
"인천 I여고 3학년 학생이에요. 경포 해수욕장 놀러왔다가 돈 다 떨
어졌어요!"

내 체육복과 총무실 간이침대도 내주었다
다음날 눈 뜨기 전
여학생은 머리맡에 쪽지 한 장 남겨놓고 갔다
나는 눈이라도 붙였겠지만
그 여학생은 한잠도 못 잔 것 같다
사십오륙 년 전
영화 속 한 장면 같은 일이 되고 말았지만
다음 날
폭우는 물러가고 하늘은 푸르기만 했었다
1막 2장의 막간(幕間) 같았던 밤

먼 나라 이야기

큰 자동차 공장 다니던 그는
다 그만두고 낙향을 했다
그가 하는 일이란
하루 종일 동네 전통 대장간에 붙어 서서
호미, 낫, 괭이, 삽 등 농기구와
벽에 옷을 걸어놓을 대못…
수익성도 없고
대량 생산하는 공장의 물량에 치여서
몇 해나 버틸까 싶었는데
햇수로 벌써 삼십 년을 견뎠다
그는 천직이라고 했다
작업 장갑도 없이
맨손으로 무거운 쇠망치를 들고
뜨거운 무쇠를 두드리고 있다
대못 하나라도 그냥 생기는 게 아니다
손에 익어야 되는 것이다
마을은 텅 비어도 그곳은 관광명소가 되었다
핀란드 어느 시골 대장간 얘기다

먼 곳
—고(故) 파우스토 기억하며

네 누운 자리 앞에 보이는 저 불곡산
강원도 산세와 달라 너도 좀 낯설었을 것 같다
양주 다볼산 천주교 묘원 c 1-299
이 낯선 번호도
이제 너보다 우리가 더 기억해야 하고
네가 꼭 먼 곳에 있는 것도 아니고

네가 없는 앞에서 친구 김부영은 너의 기억력을 칭송하면서
네가 음대를 갔어야 했다고 말했지만
동해역 앞 포장마차에서 정의철이랑
〈떠나가는 배〉 부르다 쫓겨났던 거 기억하나?
스무 몇 살 때 '제1회 북평 예술제'도
다시 한 번 하자던 약속은 없었던 일이 되었지!
너도 없는
텅 빈 무대를 무엇으로 메울 수 있으랴
추억이라 해도 먼 곳에 있는 게 아니다

네가 주선해서 최동식, 이영복과 두어 번 들렀던
서문여고 근처 강원도 막걸리집인들
무슨 술로 네 빈자리를 메울 수 있으랴
'너 그새 술 끊은 거 아니겠지?'

그날 우린 의정부 부대찌개 집에서 싱거운 소주를 마셨어!
싱겁지만
네가 옆에 있는 것 같아 몇 번이나 권했는데

네가 먼 곳에 있다 해도 먼 곳이 아닌 것 같다
스무 몇 살도 막걸리집도 그보다 더 먼 곳도…
돌아보면 우리도 어느 먼 곳에 있는 거 아닌가
너랑 주고받았던 문자는 어떻게 해야 하나?
네가 준 『매핑 도스토예프스키』 반쯤 읽다 말았는데
노래방이라도 한 번 더 갈 걸…
이것저것 다 먼 곳이 됐다 가까운 곳이 됐다
막 그러더라
이게 다 무슨 마음인지 무슨 마음이 그렇더라
다 그렇더라
"준관아!"

제5부 **변산 시편**

소금 창고 앞에서

—곰소

방금 다 치워버린 듯 팽팽하고 고요한
밑바닥까지 드러낸 맨바닥의 삶
굳게 닫힌 소금 창고엔 아무것도 없었다
낡고 버려진 오래된 작업 도구들
누군가의 삶의 밑바닥을 봤다는 건
밑바닥을 빡빡 긁었다는 것
소금이 나오든 맨바닥이 나오든

소금 가게 들어가 이십 킬로그램 하나 사놓고
가게 주인으로부터 소금 현황을 듣는다
소금 값도 금값 될 날 왔지유!
소금은 플라스틱 바께쓰에 구멍 뚫어놓고 보관해야…
일본 오염수 땜에 소금 다 거둬들인다는 판국에
요 뒤쪽 염전 근황은 더 묻지도 못했다
이거 소금 사재기?

안개 속 선유(仙遊)

―2021년 7월 7일 고군산군도 동행했던 경, 석, 희에게

선유도

무한 안개 바닷가 거닐다 안개 속의 선유를 만났다
안개 속에서 다시 안개 떠난 선유를 만났다
눈에 보이는 것은 온통 눈에 보이는 환한 안개뿐이라고
안 보이는 것은
안 보이는 것은 차라리 아무것도 없는 것
―안개 속 이 빛 무슨 빛? 안개 빛!

안개 속에서 안개 같은 희뿌연 섬 하나 보이다 말았다
―무슨 섬? 무명 섬?
섬 위에 마치 안개 위에 나무 한 그루 또 한 그루…
안개 속의 나무는 침묵만 하고 있었을까
침묵하지 않는 침묵도 있는가

완전 안개 속에서
과거 여기 무의촌의 청년 의사였던 S 시인에게 사진과 함께 문자 한
줄 넣었다
"보이는 것은 안개뿐인 선유도에서…"
"아 선유도…"
섬과 섬 사이에 문자 한 줄 있었고 침묵도 있었다

시인과 시인 사이, 안개도 있었고 문자 한 줄도 있었다
이 안개 속의 모든 것은 안개 속에만 있었다
소라도 고동도 세상도 섬도 시인도
보이지 않는 것을 죄다 보지 않으려고 안개 속에 묻어 두었다
안 보이는 것은 또 안 보이는 것이라고

몽돌

안개 속에서 나는 무엇을 보았다는 걸까 그게 뭘까?
안개 속에서 물가의 연초록 몽돌을 보았다
무슨 생물처럼 조금씩 달그락거리는 쪼그만 연초록 몽돌
천천히 눈에 보이는 섬 하나 또 보았다
안개였다
안개 속에서 드디어 나도 당신도 안개가 되었나
아 안개 속에서도 떠나가는 배가 있었다
여기서도 떠나가는 것을 어떻게 할 수 없는가보다
안개도 떠나가는 것을 어떻게 붙잡을 수 없담?

어느새 연초록 몽돌도 물에 다 잠겼다
돌아보니 내가 섰던 자리도 물에 잠겼고 당신도 안개도 물에 다 잠

졌다

조개껍데기 끝에 나도 모르게 손끝을 베었다

나는 붉은 피를 흘렸다

붉은 피가 안개 속의 물속에 묻혔다

피 하나 흘리지 않고 시를 썼던 문학청년이 있었을까?

피 흘리지 않고

혁명 꿈꾸었던, 모반 꿈꾸었던 풍운아 있었을까?

대장봉

안개에 끌려 대장봉에 이끌려 펜션 앞 수국(水菊) 길에서부터 한 발짝 한 발짝 '구불길' 올랐다

안개 속의 구불구불 오르막길 안개 속에서 내 속을 덜어내고 있었다

밀림 같던 어느 구간에선 망연히 나를 잊어버릴 뻔 했었다

무진(無盡) 안개

발아래도 저 봉우리도 저 바다도 하늘도 허공도 갈매기도

안개 속

기어코 등산로 폐쇄 금줄 넘어 야관문* 핀 능선 바위 끝에서

야생 나리꽃 옆에서 훤한 등을 다 드러낸 어느 여자 같은 바다를 살짝 훔쳐보았다

"안개 속 구불길 죽여주더군!"

안개가 일시적으로 훅 걷히면 바다 안개라도 더 끌어당겨?

어느새 안개만 꽉 채운 안개의 길…

안 보이는 것은 안 보이는 것일 뿐 또 보이는 것은 보이는 것일 뿐이라고!

하산 끝에 저기 한국의 하롱베이?

저 멀리 맞은편 큰 바위산이 강렬한 광선처럼 가슴에 꽂혔다

내 눈앞을 한 번 더 활짝 열어놓는다

"저 섬에 가고 싶다"

그곳은 다시 또 선유였다

적벽

선유도 리조트에 차를 세워놓고 망주만 보고 걸었다

개장 앞둔 선유도 해수욕장에서 조개만한 붉은 몽돌에 빠져 잠시 망주를 잊었다

옹기종기 모여 사는 적색 몽돌 땜에 가다 서다

앗! 망주는 거대한 적벽 그 자체였다

저 거대한 적벽도 한순간의 적색 몽돌 같은 적벽이었을까

거기 노을빛보다 더 노을빛 같던

나는 오늘 여기서 그대를 '노을빛 적벽'이라고 부르겠노라

적벽 망주는 내가 보았던 적벽 중 가장 의연한 적벽이었다

대장도 안개 속에서
"아 저것이 도대체 무엇이란 말인가"
망주 적벽 앞에 도착했을 땐 모든 안개는 떠나고 적벽만 남았다
안개는 떠나고 허심탄회하게 적벽과 마주앉아
면(面) 적벽!
이 섬과 저 섬 사이에 큰 적벽이 있었다

문자 주고받던 시인 앞으로 문자 한 줄 또 넣었다
참을 수 없는 이 적벽의 가벼움을… 선유야! 선유야! 나는 어쩌면
좋으냐?
"해 질 녘 안개 떠난 선유에서 망주 적벽 만났소 ㅎㅎ"
"형은 망주봉 오르면 안 되고요 ㅎㅎ"
이번엔 어디서 베었는지 날카로운 것에 손등이 까였다
아리고 쓰렸다
피를 움켜쥐었다
그대는 아리고 쓰린 적벽이 되었고 나도 아리고 쓰린 적벽이 되고
말았다

망주

일행의 차를 타고 적벽 궤도 달리듯 망주 한 바퀴 돌았다
심정적으로 다시 망주 한 바퀴 더 돌았다
망주 쌍봉 앞에서 옆에서 또 저 위에서?
선명한 망주 폭포 자국을 보고 또 보았다
선유 떠나 망주 떠나
한참 가다 유턴하여 차를 세워놓고 또 한 번 망주를 바라보았다
크고 작은 섬들도 눈에 보이는 것은
눈에 보이는 것일 뿐이고
크고 작은 산봉우리도 안 보이는 것은 더 이상 보이지 않을 뿐!
섬과 섬 사이 이 적벽 느낌만 남아 있어도…

다시 안개처럼 길을 떠나고 망주 적벽은 또 혼자 남아 있을 것이다
헤어진 자는 결코 돌아보지 않는다
안개도 떠나고 망주 적벽만 다시 무슨 섬처럼 남는다
적벽 망주!
그대는 다시 무슨 운명처럼 섬처럼 살아야 하나
나도 어느 섬처럼 살아야 하나

*비수리: 장미목 콩과에 속하는 여러 해살이 들풀

채석강
-변산

반질반질한 바닷가 바윗길 걸었네 미친 듯이!
더 미치고 싶어 맨발로 걸었네
낮술 취한 낭인처럼
한 번은 공룡처럼 두 손 번쩍 들고 상체 일으켜 껑충껑충 걷다가
다시 상체 숙여 거북처럼 엉금엉금 기어서 도착했네
비 오는 바윗길은 호락호락한 길이 아니었네

드디어 인생 샷?
동굴 속에서 바다를 향해
다시 동굴 밖에서 마스크 벗고 사진 한 장 더 찍고
채석강의 병풍 적벽에 기대 또 한 방
뻥대 끝에 매달려 있던 소나무 향해 또 한 방
물 때 놓치기 전에!

우산을 하나씩 받쳐 들고 방파제 끝까지 빗속을 걸었네
한 번 접고 또 한 번 접은
A4 한 장을 손바닥 위에 올려놓고 빗속에서 시를 썼네
내 시가 빗물을 다 뒤집어쓰도록
내 시가 '비에 젖은 시' 되었네
등대 난간엔 사색에 젖은 갈매기 4인 가족도 있었네
비에 흠뻑 젖은 갈매기족(族)

너는 어디서 왔는가
나는 어디서 왔는가

일행보다 몇 발짝 앞서서 '닭이봉' 둘레 길을 걸었네
그때 뒤쪽 일행 속에서 들리던
"인생은 아는 길을 걷는 게 아니었네"
나는 뒤돌아보지 않았네
저 바다 끝에 섬과 섬 사이 또 하나의 섬이 있었네
누군가 갈매기 울음소리를 끼룩~ 길게 흉내 냈네
갈매기의 꿈? 혹은 갈매기의 삶?

낙숫물 혹은 내소사의 고요

—s에게

우연히 빗속의 산사에 들렀다가
산사 마루턱에 앉아 낙숫물 소리를 듣는다
이 비 좀 잦아들 때까지
이 낙숫물 소리를 만난 인연은 어떤 인연일까
한 천년 살아온 저 나무와 백장미 한 송이와
잘 가꾼 산수유나무와 연꽃과 알맞은 운무와
뭇 사람의 키보다 조금 더 큰 삼층 석탑과
결가부좌하고 있던 수행자 뒷모습 같은, 딱 그만한 법당 앞의 평범
한 바윗돌 하나와
저기 속세로 나가는 일주문을 물끄러미 쳐다보면서
그냥 낙숫물 소리만 듣고 또 듣고 있었다
뭔가 안에서부터 환해지고 투명해지는 것 같은
이 고요

낙숫물 소리만 듣고 있었다
옆에 앉아 있는 일행도 다 잊을 뻔!
"여기 빗소리 너무 좋다"
"여기 누워 한잠 자고 싶다"
한잠 자면 꿈속일까? 한잠 자고 나면 꿈밖일까?

템플 스테이 티셔츠 입은 청년 둘이서 지나갔다

나이 든 출가자는 우산을 받쳐 들고
책 세 권만한 택배 상자를 들고 지나갔다
'꿈밖은 순간순간 지나가는 것이여!'
대웅보전에선 이미 저녁 예불을 시작하고 있었다
색즉시공 공즉시색
낙숫물 곁에서 세상일 잊으면 곧 출가 아닌가
'그대는 어느 생에 출가할 것인가?'*

*면벽 44

낯선 서해 파도소리

모항 해모루 숙소에서 밤새 들었던 빗소리
그거 파도소리였어?
장마 때라 간간이 빗소리 섞이긴 했겠지만
빗소리보다 오롯이 파도소리였어
밤새껏 잔잔한 빗소리처럼 들으며 잠들었던
너무 생소한 저 파도소리
동해 파도소리와 전혀 다른 이 파도소리
아침에도 마냥 빗소리 같던
숙소 바로 아래 갯바위 옆을 찰싹찰싹 때리던
낯설고 고즈넉한 파도소리
그러고 보니 서해엔 아예 파도가 없었다
내 식으로 한 번 더 말한다면
큰 책장을 한 장 한 장 넘기는 소리 같았던

잠들 때나 잠 깰 때나 안개에 가려 있던 수평선 위 짙은 눈썹만한
머리맡의 저 섬 하나
대죽도 그 옆의 더 작고 더 희미한 눈썹 같던 섬
쌍여도, 대소형제도…
잠깐 비 갠 사이 높고 낮은 꿈같은 섬들…

어렵지 않은 일 6

한 번도 가본 적 없는 서해 쪽으로 떠났다
2박 3일 일정으로 떠났는데
예정에 없던 하루를 더 묵기로 했다
첨 대면하는 낯선 바다도 만났지만
처음 대면하는 섬들이 많았다
만난 것보다 금세 헤어진 게 더 많았다

아담한 포구도 만났다 또 헤어졌다
동해 쪽 낯익은 포구와 달라 낯설었지만
하루 더 묵는 바람에 더 가까워졌다
동해와 서해는 왜 그렇게 색깔이 다른가
그렇게 다르다는 게 또 무엇일까

일종의 낯가림? 혹은 문득문득 이 낯섦?
지역 색? 혹은 텃세
편견? 혹은 그냥 뭔가 좀 다르다는 것!

모항에서

신발 벗어 들고 낯선 안개 속 한 번 더 걸어본다
한번은 섬을 향해 걷고
한번은 너를 향해
한번은 바닷물 뒤집어쓰고 양쪽 무릎이라도 적셔보았나
갯바위에 앉아
일정도 잊고 낚싯대나 휙 던져볼까
정치적 노선도 신념도 다 잊어먹고
새벽바다 떠나는 고깃배 얻어 타고
먼 바다 향해 노를 저어 볼까
배 멀미 하면
선창 바닥에 두 손 모아 힘껏 뻗으면
이왕 엎드린 끝에
고해성사하듯 얼굴 처박고 지은 죄 낱낱이 고하리라

운이 좋아
다 큰 여자만한 고래라도 옆에 있으면
그의 등 두드리며
나 같은 놈도 있으니 걱정하지 말라고
괜찮아 질 거라고
새빨간 거짓말이라 해도 한번 마음 놓게 하고 싶다

안개의 색

누가 이런 안개의 색을 화폭에 옮겨다 놓았을까
더 진하지도 않고 흐리지도 않고
딱 오늘 아침 안개만한,
화폭 전체에 꼬물꼬물 살아 움직이는 안개의 색
손이라도 내밀면 손에 묻을 것만 같은
선명한 안개의 색

반 고흐도 박수근도 이중섭도 이 화폭의 주인도
안개 속에선
몽글몽글한 안개의 색만 모였다 흩어질 뿐일 게다
"저 산허리 돌아가는 안개 좀 보아요!"
더 어둡지도 않고 더 환한 것도 아니고
가벼운 것도 아니고 힘든 것도 아니고
슬픔을 조심스럽게 한 겹 한 겹 벗어놓은 것 같은 색
나 혼자 안개의 풍경 앞에 털썩 주저앉아
안개의 색에 한 발짝만 더 들어가 보면
나 입었던 옷을 한 겹 한 겹 벗어놓은 듯
갑자기 화폭 속의 수많은 안개의 색이 내 앞에 폭포처럼 확 쏟아졌다
앗!
화폭 속 안개의 색이 한 절반쯤 몽땅 사라졌다

안개의 끝

눈앞에 떠 있던 안개도 갈매기도 간 데 없고
조용한 바다와 하늘만 남았다
방금 대형 파라솔 아래서 한국 정치를 논하던
일단의 여행객들도 다 떠났다
대선 예비 후보들의 이름이 툭툭 튀어나왔다
대선의 계절이 다가왔고 다시 불이 붙을 것이다
더 이상 희미한 안개 정국도 없을 것이다
안개는 결국 또 안개를 떠날 것이다

안개는 끝이 없다
저 안개의 끝이 있다는 걸 아무도 믿지 않는다
안개는 또 생기고 무장한 병력처럼 나타날 것이다
안개의 힘을 결코 과소평가하지 마라
안개는 물러난 것도 아니고 패배한 것도 아니다
기억하라 안개는 또 패배할 줄 모른다
아마도 안개는 두려워할 적(敵)도 없을 것이다
안개는 두려움도 없고 서러움조차 없다

안개의 안개도 결코 끝이 없다
안개는 인간의 마음 같은 것을 염려하지 않는다
안개는 모든 것을 한꺼번에 굴복시킬 뿐이다

안개는 또 시시비비를 가리지도 않는다
안개는 누구와도 또 손을 맞잡을 수 있고
안개는 누구의 손도 다 뿌리칠 수 있다
안개는 또 악마와 천사를 구별하지 않는다
보라 안개는 슬픔도 아픔도 기쁨도 없다

안개의 안개가 끝났다 해도 안개는 끝이 없다
저 안개의 끝을 믿는 인간은 없다
저 안개의 끝을 믿는 역사도 없다
이 안개의 끝을 믿는 꽃이나 나무도 없다
저 안개의 끝을 믿는 바다도 없다
이 안개의 끝을 믿는 섬도 바위도 없다
오직 이 안개를 부정하는 자만 안개를 볼 수 있다
그런 게 또 안개의 끝이 될 뿐이다

안개의 꿈

3박 4일 줄곧 안개와 함께 놀다 보니
나도 모르게 안개가 되었나 보다
안개의 옷을 입고 안개의 옷을 벗고
안개와 커피를 마시며 안개와 산책도 하고
'안개 부인'을 옆에 눕혀놓고
안개와 함께 안개의 꿈을 꾼 것 같다
돌아보면 아무것도 없는 안개의 꿈!
안개에 가려 못 본 것 없지?
그런 게 안개의 힘이야? 안개의 유혹이야?
하룻밤 꿈같은 것, 안개의 꿈이라 부르면?
인간의 꿈도
뒤돌아보면 아무것도 아닌 인간의 꿈?

안개의 꿈을 만나면 안개의 꿈이 되고
인간의 꿈을 만나면 인간의 꿈이 되고
시인의 꿈을 만나면 시인의 꿈이 되고
여자의 꿈을 만나면 여자의 꿈이 되고
알바생의 꿈을 만나면 알바생의 꿈이 되고
죄인의 꿈을 만나면 죄인의 꿈이 되고
구름의 꿈을 만나면 구름의 꿈이 되어
안개 떠난 뒤엔 남아 있는 것이 하나도 없더라

안개의 삶이란 무엇 하나 남기지 않는 것이더라
안개는 안개마저 싹 다 거두어 간다더라
호랑가시나무 군락지에 모여 살던 낯선 것도
직소폭포 끝에 간신히 매달려 있던 것도
바위 끝에 어떤 물체처럼 매달려 있던 것도
3박 4일 동안 손등과 발등에 묻어 있던 것도
안개의 꿈은 안개의 삶을 죄다 지우고 마는 것
인간의 꿈도
인간의 삶과 꿈을 죄다 싹 지워놓고 마는 것

안개의 꿈은 안개의 끝이 되고
인간의 꿈도 인간의 끝이 되고
그렇다면 안개의 꿈은 안개의 꿈을 버리고 인간의 꿈이 되어라
또 인간의 꿈은 인간의 꿈 버리고 안개의 꿈이나 되어라
아 이 무(無)목적적인 안개의 꿈,
안개의 끝!

안개의 삶

1.

안개 속 거닐다
안개도 거대한 동굴과 같은 세상이다
동굴 속에서 동굴 밖으로 나갈 일도 없고
동굴 속에 사는 게 편할 때가 있다
나도 동굴 속에 처박혀 글 쓸 때가 있었지
이름 떨친다고 이름 떨치는 것도 아니고
이름 감춘다고 이름 감추는 것도 아니다
짙은 때론 환한 이 안개 덕분에
빗소리나 빗줄기나 낙숫물이나 구름의 이동 방향 따위를
이 안개의 반경을 더 바라볼 수 있었다
안개는 안개의 삶을 알고 있을까

동굴 속에서 사나흘 이 동굴 속에 갇혀 있다면?
동굴 속에서 육감적으로 어떤 쾌감을 느꼈다면?
그거 민망하고 불미스러운 일?
이 동굴 속에 어떤 미확인 자극제 들어 있었나?
누군가 동굴 밖에서 동굴 속을 조이는 것 같다
동굴 속에서 발이 묶인, 뜻밖의 황홀함?
이 육감은 또 무슨 육감?
이 동굴을 A4 접고 또 한 번 접듯 가슴에 넣고 다녀?

잡생각 버리고 빈 생각만 가슴에 넣고 다녀?
안개도 여기저기 헤매다 길 놓칠 때 있어?

2.
헤매고 떠돌아다닌다고 헤매고 떠도는 것도 아니고
이 길 놓쳤다 해도 이 길 잃은 것도 아니다
동굴 속에서 보면 동굴 밖은 힘들 것 같지만
밝고 씩씩한 새소리처럼 동굴 밖은 동굴 밖의 삶을 살아내고
안개는 또 안개의 삶을 살아내고 있었어!
또 하나, 안개도 안개의 언덕을 넘어간다는 것
길 한 번 더 놓치고 나면 길 하나 더 만날 것 같고
안개의 삶도 안개의 꿈도 끝이 있는 거 아냐!
끝은 없어!
끝이 없어!

물밀 듯이

어찌어찌하다 금강 기슭에 닿았다
많은 비 탓에 금강도 어두웠지만
강둑에 서서
물밀 듯이 물밀 듯이 흘러가는 세상을 보았다
이 세상은 저렇게 물밀 듯이 가는 것!
황급히 돌아서서 동네 빠져나오는데
빨래 널어놓은 평화로운 뒷마당도 있고
저 집 앞에 차 세워둔 곳 돌아보니
마당도 잘 가꾸어놓은 ○○○미술관

한가해 보였지만 맘 편하던 우체국도 있고
골목 끝에서 한 번 더 꺾어 나오는데
빈집 같은 옛 농가도 눈에 또 띄었다
개인택시도 천천히 들어오다 멈추던
도로명 주소 하나 챙기지 못했지만
마을사람들과 말 한 마디 나눈 적 없어도
눈앞에 선한 아주 선하고 조용한 동네
길 잘못 들어 뜻밖의 고생도 했지만
길 한 번 더 잘못 들어
이집 저집 기웃대다 욕이라도 얻어먹고 싶다

한물 간 물건

막 스치듯 지나쳤지만 마음속에 닿은 것
어둠 속의 빈 배 한 척
아 폐선!
왼쪽 어깨 많이 기울어 뻘 속에 박혀
몸도 마음도 다 놓은 듯
얼마나 오랫동안 바다를 떠돌았을까
사람이 살았던 곳은
집이든 배든 심지어 깊은 동굴이라 하더라도
사람의 때가 촘촘히 묻어 있으리라
그거 집이다 배다 동굴이다
하나의 사물이고 한갓 물건 하나라 해도
그거 헛된 집착이라 해도
빈 배의 등을 다독여서 배를 띄울 것이다
저 엉덩이를 철썩철썩 때려야 하나
옆구리에 파도소리라도 구겨넣어야 하나
그도 나도 한물 간, 물 건너간 물건인가
자기 시대를 다 살아낸 퇴물들인가
그냥 찌그러져 있어야 하나

서울로 가는 길

1.

공주 방향 '부여 백제 휴게소'에 말을 세워두고
옛적 어느 군졸처럼
두 팔을 벌려 활 쏘는 시늉이라도 하고 싶었다
적을 향해 똑바로 날아가지 못해도
적을 향해 시위를 마음껏 당기고 싶었다
당겨!
마지막 한 발은 하늘을 향해 꼭 날리고 싶었다
결코 되돌아오지 않을 것!

자판기 커피 한 잔 뽑아들고 마셔라!
부어라!!
부여라는 곳에서부터 다시 백제라는 곳에서부터
오직 서울을 향해 일로 전진해야 할 것이다
결코 되돌아오지 않을 것!

2.

여기서 저기서 상경한 자들의 함성이 들린다
거친 들녘 건너 태산 넘어
그들의 함성은 태산을 무너뜨리고 들녘을 가로질러
결코 되돌아오지 않을 것!

태산이 돌아앉아 있어도 들녘을 다 파헤쳐서라도
봉준(琫準)이처럼 가자

차라리 태산이여 들녘이여 그들의 함성을 들으라
빗방울 같고 물방울 같은 그들의 소리를 들으라
그들의 소리를 한번만 들어보라
오죽하면 빗방울이 모여 함성 같은 폭우가 되어 태산을 무너뜨리겠
느냐
오죽하면 물방울이 모여 함성 같은 큰물이 되어 들녘을 파헤치겠
느냐
되돌아오지 않을 것!
되돌아가지 않을 것!

애 쓰는 나무

—폐선

저 갯벌에 무슨 나무처럼 폐선 하나 있었다
폐선은 어깨가 아픈지 약간 기울어진 채
머리는 들지 못하고
발 빼지 못하고 그 자리서 나무가 되었나
더 이상 돌아다닐 데 없는 나무가 되어 버린 걸까
더 이상 뿌리칠 손도 없나
폐선처럼 한 자리서 오래되면 나무가 되는가

누가 또 나무가 되었나
주는 대로 받고 돌아와
어제도 내일도 오늘도 자기 자리에 앉아 있는
저 남쪽 나라
탁발에 나선 새벽길 수행자들도 눈 밝은 나무가 되었나
한 자리서 오래되면 나무도 되고 폐선도 되는가
눈 밝은 자 되는가
그렇게 사는가

나도 꼼짝없이 무슨 나무가 되었나 폐선이 되었나
눈도 귀도 더 밝아질 순 없고
탁발은 어렵고 광장에 또 나갈 일은 없고
산책길 나설 때

한 손에 무슨 깃발을 들 것도 아니고
그저 한 자리에 처박혀
이 노트북 모니터와 평행선이나 긋고 살아간다

졸릴 땐 균형이 무너지기도 하지만
술 마시면 잊고 살 때도 있지만
나도 어떤 나무가 되려고 애 쓰는 것 같다
애 쓰는 나무?
시 쓰는 나무?
애 쓰지 않아도 시 쓰지 않아도 나무는 나무가 된다
폐선도 폐선이 된다
외로움도 외로움이 된다

해변의 술집에서

벽면을 바라보며 술잔 들고 있는 늙은 사내가 있다
오죽하면 등을 돌린 채 벽과 마주앉았을까
비가 오는 것도 눈이 오는 것도 아닌데
눈발도 빗방울도 기웃거릴 것만 같다
아니면 사내의 등 뒤에서 빗방울이라도 던져야 하나
눈발이라도 흩날려줘야 하나

나이 먹은 사내들은 혼자 앉아 벽이라도 바라보아야 하는지
벽과 마주앉은 등이 꼿꼿하고 당당하다
그러나 이 세상 늙은 사내들의 등은 다 쓸쓸하고 외롭다
사내는 손바닥으로 벽을 쓰다듬는지
벽을 향해 또 한 잔 권하는 게 아닌가
"자! 어서 목이라도 축이라고!"

나이 먹은 사내들은 앞에 있는 것들을 조금만 끌어당기면 다 친구
가 된다고 생각하는지
벽도 산도 꽃도 지나가는 사람도 젊어서 죽은 시인도
꽃 다 떨어뜨린 벽 같은 황량한 나무도
새빨간 거짓말 같은 뒤숭숭한 꿈자리도 도망간 사람도
앞의 빈 술잔도 먼 데 있는 별도 풀벌레소리도
전우들과 함께 먹었던 밀가루 수제비 한 그릇도

공원에서 만나 자판기 종이컵 커피 같이 마시던 노병도
한평생 쫓아다녔던 돌고래 떼도 저 망망대해도
밤의 해변도…

벽과 저 늙은 사내 사이에 끼어들 수도 없고
한 잔 더 하자고 나설 것도 아니고
사내의 등 뒤에서 사내의 등에 닿을락 말락 하던 파도소리처럼
어떨 땐 몹시 흐느끼던 파도처럼
늦은 밤까지
또 다른 벽 앞에 앉아 있던 k 시인에게

해변도 옛 사람도 술집도 적벽강도 벽에 붙여놓으면
벽이 되고
저 벽 끌어당기면 친구가 되는가 적이 되는가
시 앞에선 적도 친구도 없으리라
크고 작은 잡념에 빠지면 또 잡념이 될 것인가
시는 잡념과 내연 관계일 것!
중생이 그대로 부처가 되네*

*卽衆生自佛, 혜능 해탈 송에서

섬에 대한 어떤 궁금증

어떤 수묵화 같고 흑백사진 같다고 말하려다
저 섬에 사람들이 모여 살고 있다면
수묵화니 사진이니 하면 결례가 아닐까
외딴 섬이라 말하려다
개도 키우고 닭도 키우고 돼지도 키운다면
굳이 외딴 섬?
무슨 섬일까
이 세상에 아무리 많은 섬이 있다 해도 무슨 섬은 없다
관광안내 책자 또 펼쳐보아라
그러나 또 모든 섬은 거기서 섬이 되었다

내가 보았던 많은 섬들은 다 이름이 있었다
무녀도 장자도 앞섬 주삼섬 무능도…
어떤 섬은 나를 몇 번이나 돌아서게 했다
그 섬도 나를 돌아보았을까
어떤 섬은 얼굴만 드러낸 채
어떤 섬은 아무것도 없는 무인도(無人島)?
어떤 섬은 정말 무인도였을까
무슨 경전이나 무슨 종교를 연상케 하던 섬도 있었다
말도 명도 방축도 횡경도…

안개 속 회색인

손닿을 만한 곳에 저 거대한 안개의 나라
아랫도리는 젖었고
마음은 갔고
이거 뭐 안개 속 회색인이라도 된 겨?
이 안개 더듬던 손도 회색
아주 싱싱한 이 길 밖의 세상
이 세상에 이렇게 딴 세상 있었나

마음 다 뺏긴 내 마음도 혹시 나의 딴 마음?
내 마음에도 이렇게 딴 마음 있었나
근데 딴 마음을 안 먹으려고 여기까지 왔다
여기서 딴 마음을 안 먹으려고 조이던 마음
한 번 더 조이던 이게 딴 마음?

안개 속 회색인 이후

마치 커다랗고 오래된 휘장 확 찢고 나서 보니
안개 밖
첫째 뒤돌아보지 말 것!
세상에 내보낸 시집을 좀처럼 다시 펼쳐보지 않듯
일로 전진할 것!
용맹정진할 것!
간혹 한번쯤 뒤돌아보아도 눈 마주칠 것도 없다
다 마음 밖의 일
내 마음 밖의 일에 더 마음을 뺏기고 싶지 않다
안개여 빠이~

추억이 되었고 과거가 되어 버린 이 안개의 세상
안개 속 고개 떨군 사내 하나
그 사내도 추억이 되고 과거가 되었다
추억이 되지 못하고 과거가 되지 못한 것들은
안개 속?

저들은 아직도 안개 속에서 웃고 떠들고 모여 산다
그들과 어울려 술잔을 나누고 말을 섞고
아무리 오래되어도 과거가 되지 못하는 과거들과
추억이 되지 못한 추억을 다시 살아갈 순 없다

안개가 다시 안개를 터뜨리고 회색인이 다시 회색인을 무너뜨린다
안개를 터뜨리고 한 번 더 회색인을 무너뜨리고
빛처럼 오는 광선이여
치욕이여 투쟁이여 망설임이여 자유여 해방이여
정의여 공정이여 평등이여 균형이여 반성이여
돌아보지 마라
돌아보지 마라

달빛과 함께 춤을
—군산 근교

저기 어디쯤에서 동료들과 춤을 추었다
달빛과 함께 달을 향해 춤을!
술에 취했는지
달빛에 취했는지
저 들판에서 차를 세워놓고 춤을 추었다
춤추다 보니 들판도 하늘도 춤을 추기 시작하였다
춤은 그런 것이다
춤을 추면 동료들도 언덕도 춤을 추는 것
막춤이라도 춤을 추어 보라
그대 곁에 있는 모든 것들이 춤을 출 것이다
탱고든 캉캉이든 살풀이든 춤을 추어라
홍대 앞 클럽까지 가지 못해도
제 흥에 겨워 춤을 추어 보라
미친 미(美)친…
달빛이 그대보다 먼저 취할 것이고
그대보다 달빛이 먼저 흐트러질 것이다
달빛보다 먼저 흐트러지는 것은?
달빛보다 먼저 취한 내 마음?
어르신들 전용 콜라텍에 들러 한 번 더 질러 볼까
늦바람 춤이라도 질러? 질러!

적요(寂寥)

선유도 해수욕장은 어둑했지만 고요에 더 가까운 곳
그 고요보다 더 낮은 적요에 가까운 듯
평사낙안 쪽
바다 안개 뭉게뭉게 늘어나던 선녀탕 같은

저녁노을 만나진 못했다 해도
바다의 고요마저 품은 고요보다 더 큰 적요
그 적요보다
더 적요하게 납작 엎드리고 있던 폐선
폐선 옆의 또 폐선

폐선이든 평사낙안이든 안개든 어둠이든 저녁노을이든
고요보다 더 낮게 납작하게 웅크리고 있던 적요!
이 세상의 모든 외롭고 쓸쓸한 것들은 다 어디 있는가
여기다 다 털어놓고 깊숙이 더 깊숙이 묻어놓고
그대는 홀로 떠나라 그리고 그대 홀로 떠나리라
그대 떠난 뒤 여기 남아 있는 것은 큰 고요가 되고
이 세상에서 고요보다 더 큰 적요가 되어
적요의 적요가 되리라

삶의 한가운데
―서해

속이 확 뚫린 마루방에 앉아
앞뒤 감출 것도 없이 다 드러난 바다 한가운데를
삶의 한가운데에 끌어다놓고 싶다
그렇게 생의 한가운데를 살고 싶다
끌어당겼다 놓으면 그도 잡았던 밧줄 놓아 줄라나?
이쪽 돌아보아도 뒤쪽을 돌아보아도
앞뒤 양쪽 다 돌아보아도
마루턱 한가운데
망망대해 있으면 한바탕 어울려 놀아보고 싶은 곳
생의 한가운데 뻥 뚫릴 것 같은

뻥 뚫릴 것 같은 생의 한가운데 좀 남아 있는가
모든 생은 다 지금 생의 한가운데를 지나가는 것!
이 의자에 앉아
누군가의 발자국 소리 같은 얕은 파도 소리 만날 때
파도처럼 혹은 입 크게 벌린 앞바다의 생선처럼
생의 한가운데를 조금 더! 흔들어본다
그리고 밤 낚싯대 던져놓고 밤도 낚싯대도 잊을 것!
뒤끝 없는 망망대해와 찬술 한잔도 주고받을 것
생의 한가운데 아니면 변방에서 또 어때?

섬

길 잘못 들어 차 돌리지 못하던 일차선 길
계속 가다가다 도착한 섬의 끝
남악리 마을
아무 말 없이 바다만 바라보던 이 섬의 노인한테
길 물어도 바다만 바라볼 것 같은 저 눈빛!
바다 빛 닮은 눈빛!
겨우 차 돌려놓고 길도 돌려놓고?
쩔쩔매던 길 되돌아간다

차 돌려 돌아오다 차창 밖에 보이던 또 하나의 섬
또 하나의 섬
솔섬, 가마우지섬, 닭섬…
선유도 들기 전 바라보기만 했던 흐릿한 쥐똥섬, 똥섬?
이 세상엔 이름 없는 섬은 없다 그죠!
아날로거답게 관광안내지도 또 꺼내놓고
섬 하나 바라보며 관광안내도 섬 하나 찾는다
섬을 찾는지 관광안내도 찾아보는지
눈 잠시 감는다 해도 눈 다시 떠도
섬 하나 내려놓고 나면 또 섬 하나 또 하나…

내 발바닥은 기억할까?

―기도 등대 가는 길

내 발바닥엔 물만 묻은 게 아니다
발바닥엔 모래도 묻어 있고
조개무늬도 새겨져 있었다
좀 전에 보았던 수국(水菊)까지 묻어 있다
눈으로 보았지만
발바닥도 눈여겨보았다는 것이다
모든 감각이 열렸다는 것
모든 것에 즉각 마음 열어두는 것
마음 뺏길 준비하라고!

맨발로 걸었다
바닷물에 발목까지 무릎까지 적셨다가 나왔다
발밑에 뭔가 서걱대는 게 있다
이 바다 끝에서 반년만 유배 살이 하고 싶다
어떤 내용이나 사연도 갖다 붙이지 말고
저 바위가 똑똑히 보이는 곳에서
아님 한 달 살이라도
콜?
그냥 쓸쓸하게
그물 매만지는 뱃사람들 곁에서…

적벽의 시

이렇게 길 더듬으며 떠난 길 몇 해 만인가
명절 때마다 가던 강원도 길 말고
십여 년 전 경주 여행길 말고
손수 네비 찍고 아침부터 분주하게 나선 길
서하남 휴게소에서 한번 쉬고
장마전선 피해
빗방울 더, 더 굵어지기 전에
드디어 변산반도 길은 안개와의 밀착 동행 중
더 밟지도 못하고
라디오 다 끄고 차창 밖 내다보지도 못하고
앞만 보고 가자고 다짐한다

강원도 대관령 안개도 많이 만났겠지만
변산 안개는 좀처럼 물러서지 않는다
겨우 길 하나만 보고 바다가 뵈는지 하늘이 뵈는지
듣기만 해도 감이 좋던 적벽강 볼 수 있는지
안개 속 이 적벽 이미 맛본 느낌이랄까
시보다 한 발 먼저 감 잡은 이 느낌은 뭘까
적벽 대면 직전
적벽의 시

씨감자만한 몽돌

한 주먹 쥐면 손안에 쏙 들어오는 돌
변산 적벽강 막 도착했을 때
눈 마주친 평범한 몽돌 하나
뒷주머니에 넣고 온 겨울밤 같은 검은 빛을 잔뜩 머금은 돌
'같이 가자!'
노트북 옆에 두고 하루 몇 번 대면하면서
모나지 않게 살고 싶어 그런 거 아냐!
세상에 둥글둥글하게 사는 시인 어디 있을까
시인은 선방에 앉아 도를 닦는 자가 아니다

뭐라도 하나 쥐고 살아야 할 것 같아서 그런 것도 아냐
손에 쥐었다 바로 내려놓긴 하겠지만
손에 쥐지 않고 그저 멀거니 바라보기만 할 것!
강원도 씨감자만한
아냐 마트 감자들의 반의 반 정도

애완 돌처럼 물이라도 주고 햇볕도 바람도 좀 쏘여줘야 하는지
옆에 둘 거면 성의라도 보여야 하나
서랍에 집어넣지 말고
들어가면 나오기 어렵고 굳이 찾지도 않고
서로 얼굴 잊어먹지 않을 만큼 가까이 두고 지내자

마음 놓지 말고…
옆에 두고 마음 닿으면 마음 고쳐먹고 한 번 더 고쳐먹자
'같이 살자!'
같이 살면서 눈여겨보던 기쁨은 또 무슨 기쁨일까
보는 기쁨?
오 조그맣게 마음으로 받아들이면 마음의 기쁨일까

오후 내내 아무 말도 없이 침묵만 주고받으면?
어렵게 주고받은 침묵은 무겁고
차마 주고받지 못한 침묵은 도로 다 삼켜 버릴까
용서 받은 것도 다 삼켜 버릴 수 있나
헉! 용서 받을 수 없는 것 있으면
용서 받지 못한
그런 마음과 침묵과 입 꾹 다물고 살아야 할 것!

선유도 기도등대에서

중년 사내는 그물을 만지고 있었다
우리 일행이 지나가도 그물에서 눈을 떼지 않는다
등대 가는 길이 어느 쪽이오?
걸음 멈추고 말을 붙이려다
대충 가자!

방파제가 다가오고 그 다음엔 등대가 다가왔다
방파제 위에 올라서보니
이번엔 내 앞에 먼 바다가 다가왔다
또 무엇이 다가올 것인가
이렇게 다가올 것은 이렇게 다가오는구나!

방파제 끝에도 그물을 매만지고 있는 사내들이 있었다
얼굴색 분명히 다른 이주민도 끼어 있었다
막 시동 거는 통통배도 있었다
그물을 옮기는 이도 얼굴색이 달랐다

얼굴색이 다른 얼굴이 다가오고 이번엔 수평선이 다가왔다
등대 앞에서 인증 샷 한 장 남기고
반듯한 5층 석탑 같은 등대와 대면하고
그의 허리 안아보고 등도 살짝 두드려보았다

이 끄트머리에서는 무엇이 또 다가올까
이 끄트머리에서 보면 무엇이 오고 가는지 알 수 있다
이 끝으로 다가오다 되돌아서던 삶도 알 수 있었다

바다 끝에도 나무가 있었다
끝을 보았다는 삶이란 어떤 것일까
이 끝까지 간 시인은 누굴까
시의 끝이 있을라나
모든 버스는 일제히 다 떠났다는 거 아닐까
버스는 결코 돌아오지 않는다
시의 끝은 그런 거 아닐까

안개 시편

여행 다녀온 지 한 달 다 되어 가는 데도
눈앞에 삼삼한 선유도 안개와 많은 섬들…
잘 있겠지?
아직도 안개 속 헤매고 있다면 초보 티 아닌가
선유에서 돌아오자마자 간만에 꽤 긴 시가 흘러나오더군!
가슴에서 손끝에서 줄지어 터졌어!
또 터졌어!

다 사라졌다 해도 내 눈앞에 아직도 머물고 있는
안개와의 희한한 인연
짧은 여정이었지만 불쑥불쑥 시가 되었던 뭇 인연들
그 인연으로 한동안 잘 살았다우!
그대와 함께 추억과 인연과 안개의 시편들과
오라 안개여!
가라 안개여!
내 삶을 툭툭 터지게 하던 온갖 감각적인 안개여!
안개와 침묵과 고요와 바다와 섬과 당신과 함께
밑 빠진 독 같던
밑 빠진 시 같던
밑 빠진 것들, 누락된 것들, 불안한 것들, 없음의 것들

당신과 당신 사이

대장도 방파제 끝에서 만났던 섬
섬 하나 또 섬 하나
그 사이 딱 고만한 뭔가 안심되던 거리
또 섬 하나
더 놓아두지 않아도 될 만한
마음 편안한 사이
그저 갈매기 떼 모여 드나들 만한
넉넉한 거리
손 내밀면 손 마주잡을 만한
만만한 사이
누군가 다가가다 멈춘 것 같은
더 하고 뺄 것도 없는
저 섬과 저 섬, 딱 그 사이만큼
각자 거리 두고 살면
서로 헤어질 것도 없고
서로 미워할 것도 없는
무엇이 더 남아 있는 것도 아닌
섬과 섬 사이
고만고만한 사이 같은 것

선유도 선녀탕

안개 사라지기 전
안개 속에 비친 모습 그대 속마음 아니었을까
안개 걷히면 그대 속 모습도 걷힐까
남는 게 뭘까?

저 안개 군단(軍團)이 싸고도는 게 또 뭘까
안개 군단 떠나면 그대 속 모습이 드러날까
그대 속 모습도 떠나면?

"저기 선녀탕!"
"옹기종기 모여 앉은 저 선녀들 좀 보아요!"
"돌아서 봐요!"

"선녀 볼 수 있는 눈은 선녀의 눈과 같아야…"
"선녀의 눈?"
"세상에 그런 눈이 어디 있어!"
선녀의 눈 없으면 인간의 눈으로 보라

서해 밤바다

숨죽인 밤바다보다 이 끝없는 호수 같은 바다
바다 너머 또 바다
마치 전학 온 학생처럼 어색하고 당황하였음
개펄 물빛 모래 파도 파도소리 바다 내음새…
저 막대한 존재감 갖춘 안개까지
서해에 오면 서해바다를 따르리라

동해의 추억과 기억과 사랑과 낯익음은
있는 그대로 동해바다 어디에 두고
서해는 서해에서 서해까지
서해의 추억과 기억과 우정과 남도의 낯섦과
집요함과 이 빗소리와 이 풍경과 심경과
이 텅 빔과
겨울바다 헤매고 다닐 때처럼 떠돌지 말고
물 빠질 때 들어가고 나오고
물 들어올 때 나가고 들어가는 것

제6부 없음 혹은 글 쓰는 자의 일상

어떤 유언

체코의 어느 작가는 죽기 몇 해 전
절친에게 자신의 모든 원고를
죄다 불 태워버리라고 했다
그러나 그는 친구를 잘 못 만났다
작가의 친구는 작가가 죽자마자
미발표 소설 원고 〈심판〉과
생전에 주고받았던 많은 사적인 편지와
〈아버지에게 보내는 편지〉와
오래된 은밀한 일기까지
싹 다 긁어모아 책을 출간하였다
그의 유언은 지켜지지 않았고
그의 원고는 출간되고 말았다

그는 소설가 프란츠 카프카였고
그의 친구는 그의 유언 집행자로 지명된
막스 브로트였다

완도 해변을 생각하며

완도 해변에서 돌 하나 만났다
우연히 내가 잃어버린 돌을 만났다
내가 잃어버린 돌 하나
나는 돌 하나와 헤어지지 못하고
그 자리에서 돌과 눈을 맞추었다

우리는 언제 헤어졌을까 우리는 언제 만났을까
이십여 년 전?
우리가 만난 다음에 어떻게 헤어졌다는 말일까
어디서부터 조금씩 멀어진 걸까
우리 만났을 땐 서로 주먹 쥔 채 인사했는데
나는 주먹을 잊고 살았던 것일까

주먹만한 돌 하나가 거대한 신전의 주춧돌 같고
머리맡에 돌 하나 갖다놓았다 생각했지만
너를 까맣게 잊고 살았다
너는 오랜 시간 부딪치며 스스로 갈고 다듬고
너는 네 것을 갖다버렸는데
나는 내 것도 네 것도 버리지 못했다

너의 또 정교한 수행과 수련과 단련에 대해

이제 내가 마침내 경의를 표할 시간이 되었다
너는 단지 둥글고 뭉툭한 것뿐이겠지만
나는 이제 또 멀리서 너를 생각만 해도
너는 오히려 날카롭고 부드럽고 경이롭고 심오하고
나보다 더 많이 부딪친 것도 같고
어느 한 군데 모난 구석도 없고 또 따뜻하다
너도 가슴에 빗금 하나 긋고 산 것 같다

버스킹 시

1.

작자 미상의 단편소설 속 작중인물처럼 걷는다
왼쪽 겨드랑이에 무슨 책을 끼고 있었고
좀 두껍고 무거웠지만 제목은 보이지도 않았다
상계역 1번 출구에서 누군가 기다리고 있다
그 사이 나직이 혼자 중얼거린 말:
여기서 이 시 한 편 펼쳐놓고 낭독하고 싶다
버스킹?

누군가 만나 정암사 방향을 걷는 뒷모습도 보였다
벚꽃 크게 흩날리는 중이었고 서울시장 보궐선거 날이었다
방금 투표하고 누군가 문자 한 줄 남겼다
'자기 시대 상실한 남자 한 명 추가요'
상계역에서 시를 낭독하고 싶다는 생각은
상계역 주민을 위한 게 아니고 낭독할 사람 위한 것!
저기요! 투표하지 않은 자는 제도를 부정한 것인가
아님 현실을 부정한 것인가

2.

커피 마시며 문학과 인생 논하고 일행과 헤어진 후
시는 무엇인가, 삶은 무엇인가 하면서

다시 단편소설 속 작중인물처럼 들녘을 걷는다
횡단보도 앞에서 옆에 끼고 있던 책을 펴본다
책 제목이 선명하게 보였다
짙은 청록색 하드커버 김종삼 전집(권명옥 엮음)

오후 내내 나는 반건달처럼 걷기만 했고
누군가가 뒤에서 나를 필사하고 있었다
오늘 행보 또한 큰 의미를 두지 않는다
아! 이 무의미한 삶의 행보와 행로(行路)
내가 걸었던 길은 멕시코시티 뒷골목 아니었을까
랭보가 걸었던 아프리카의 사막이었을까
어느 거리를 걸어도 사막이었을까
덫이었을까

3.
이가 미처 맞지 않는 날도 있다
아랫니 윗니 딱딱 부딪칠 때도 있다
일면식 하나 없는 늙은 여자가 내 앞에서 욕 한 바가지 쏟아 붓고
휙 돌아선 날도 있다
이거 혹시 의미와 무의미의 변증법이라고 해야 할까?
조심할 거 또 하나 생겼다

봄비 내리는 호프집에서

―정석교 시인을 생각함

술 한 잔 나눈 적도 없는 시인의 시선집 내겠다고
그가 남기고 간
일곱 권의 시집을 쇼핑백에 넣고 간다
봄비 오시는 날 오후
출판사에서 까다롭게 대하면 어쩌나
시집 든 쇼핑백을 책장 속에 집어넣으면 어쩌나
문자 대여섯 번 주고받은 게 전부인데…

서울 쪽보다 지역에서 활동한 시인이라고
내 말을 중간에서 또 끊으면 어쩌나
자비 출판 아니라
당당하게 인세 받고 시선집을 내고 싶다면
출판사 편집부의 얼굴빛 금세 달라지면 어떡하나
술자리서 그의 절친이 부탁한 것도 아닌데
왜 그의 시선집 얘기를 먼저 꺼냈을까

강원도 동해, 삼척과 연고 있는 후배 시인이라고
부음도 한 달여 지나 알게 되었다고
소설 쓰는 그의 고교 동창한테 작품 고르라 하고
나머진 알아서 한다고 왜 큰소리 쳤을까
내 큰소리를 그곳에서도 어떻게 들었을까

내 큰소리를 조그맣고 나직이 들렸을라나
봄비 오는 길을 천천히 걸어가면서
이 길을 또 어떻게 되돌아올까 하고 되뇌어본다

"비도 오는데… 생맥 한 잔 하고 가시죠!"
"네?"
오백짜리 한 잔을 몇 번이나 끊어 마셨던가
예닐곱 번?
그의 첫 기일이 한 사나흘 정도 남았을라나
비 오는데 술 땡기지 않는 건 또 뭘까?

문학잡지에서 만났던 시인

문학잡지에서 몸이 아픈 걸 알았다
혼자서 참 많이도 앓았던 것 같다
검사 받으러 가기 위해
휠체어 타라고 한 간호사의 말끝에
걸을 수 있다고 확 쏟아놓은 말도 생각났다
나도 엊저녁 갈비탕 먹으러 갔다가
식당 문 앞에서 턱 제지하며 대기하라는
직원의 말 듣고 확 돌아서버렸다
시도 가끔 확 열 받을 때 오는 것처럼

휠체어에 앉자마자 급격히 낮아진 시선을
몸으로 느꼈다는 네 눈높이가 나를 아프게 한다
나도 의자에 앉아 시선을 낮춰보았다
눈을 높이긴 쉬워도
눈을 낮추긴 어렵다
그때 휠체어에 앉아 바라보았던 세상은
네가 보지 못한 세상이었을까
내가 보지 못한 세상이었을까
우리가 한 번도 보지 못한 세상 아니었을까
우리들의 눈은 언제부터 높아졌다는 걸까
그렇다면 눈도 몸도 마음도 좀 낮춰야 할 것!

매일 매일 아침 먹는 중간에 들렸다는
오른쪽 병실 기침소리와 왼쪽 병실 토하는 소리
창틀에서 곡예하던 '하루살이 한 분'…
편집 없는 다큐 한 컷 보는 것 같았다
그러다 또 무거운 커튼을 확 펼쳐놓고
대관령을 한 번 더 넘어보았을 것이다
저 영(嶺) 넘어가던 과거를 생각하였다
대관령 눈높이도 많이 달라졌는지
젊은 날 영 너머 뭐가 있길래 우리는 왜 영을 넘었을까?
우리 식으로 문자 한 줄 남기고 싶다
건필하기를!

노트북 앞에서

어버이날 시골 어머니와 통화했다
이런저런 얘기 끝에
강릉여고 출신 93세 옆집 할머니가 등장했다
그 댁은 정년퇴직한 아들이 마당에 벌통도 갖다 놓고
제 집 텃밭엔 푸성귀도 심었다 하더라

빈 텃밭도 없고 마당도 없고
강릉쯤 살지도 않으니 자주 왕래도 못하고
뒤란 텃밭에 푸성귀 기르듯
나는 시를 쓰고 살면서
이럴 땐 푸성귀 한 움큼보다 못한
노트북 시를 빤히 바라보면
시도 나를 또 흘끔 바라보는 것만 같다
괜찮아!
이젠 내가 더 할 말이 없다
픽션이 아니라 바로 논픽션의 삶이다

예전처럼 마당이 있고 텃밭을 갖다놓았다 해도
벌통이나 푸성귀 심었다 해도
거들떠보지 않을 걸 어머니는 잘 아실 것 같다

몇 해 전
어머니보다 시를 더 가까이 할 수밖에 없다고
왜 어머니 앞에 털어놓았을까?
시한테 더 가까이 다가가지도 못하고
노트북 앞에만 앉아 있으면서…
옆에 있던 신작시도 한 마디 뱉었을 것 같다

"에잇! 요 못돼먹은 글쟁이 같으니라고!"
"무명시인 주제에!"

이 말을 전하기 위해

이 말을 전하기 위해* 이 시를 썼다
문단 선배의 혼사 뒤풀이 또 섞어 마신 술에 취해
앞니 한 대를 절반쯤 부러뜨렸다
보도블록 방지 턱에 걸려 넘어졌다
순간 무너진 땅을 짚고 겨우 일어섰지만
땅에 무릎을 꿇고 난 뒤였다

길 건너편 술자리 일행들한테 들키긴 싫고
아무렇지도 않게 툭툭 털고 일어나
나는 그 자리를 피하고 말았다
무사히 나는 뒤돌아섰다고 생각하였다
입 꾹 다물고 술자리도 떴지만
내 입만 겨우 가린 꼴이 되고 말았다

결국 또 다음날 오후쯤 알 수밖에 없었지만
그때 누군가 나를 지켜보고 있었다
시인들은 결코 시만 쓰지 않는다는 것!
문우 박철 시인의 걱정스러운 전화가 왔고
"당분간 술 덜 마셔야…"
술은 좀 멀리 한다 해도 그가 성큼 다가왔다
그날 늦은 저녁엔 시인 이상국 선생의 전화도 도착했다

"나도 앞니 다친 적 있는데…"
그때 나는 네! 선생님! 어쩌고저쩌고 하다가
"네! 형님!"이라고 했던 것 같다
이 말 한 마디 전하기 위해 이 시를 썼다

*이상국 「누비옷을 입은 시인」에서

마음의 상처

술 마시고 귀가하다 돌부리에 마음을 다쳤다
2센티미터 정도 찰과상이지만 종기 부스럼 같다
잘 됐다
술 먹고 다친 상처자국인데
약 바르지 않고 그냥 지내기로 했다
마음고생하게 내버려두자

하루에도 틈나면 몇 번씩 쳐다보았다
연고라도 바르고 얼른 나을까 했지만
마음고생을 멈추고 싶지 않았다
술로 인한 상처에 더 이상 상처받고 싶지 않다
눈에 뵈지 않는 마음의 상처까지도

빈속에 마셨던 탓일까
마음 놓고 마신 술 또 얼마나 될까
마음의 상처는 놓지 않으려고
손등의 상처만 꾹꾹 누르며 지냈다
손등의 상처는 그냥 두고 마음의 상처는 놓지 않으려고
마음 놓지 않으려고
심호흡 한 번 더!

시 읽는 사내

길 위에서 시를 읽는 사내가 있었다
이 봄날에 그렇게 할 일 없는지
지나가는 사람들이 다 쳐다보았다
지나던 개도 쳐다보았고
옆에 있던 제비꽃도 복수초도 괭이밥 꽃도
건장한 나무들도 쳐다보았다
뭘 하는 분이지?
지나갔다가 되돌아와 쳐다보는 사람도 있었다
시 읽는 사내만 모르고 있었다
이 길에서 그 시집을 다 읽을 것만 같다
반쯤이나 읽었나
잠시 걷다가 다시 시집을 펼쳤다
작은 도서관 앞에서 걸음 멈췄다
지금까지 이 길에서 시 읽는 사람은 없었다
저 사내가 처음이었다
이 길은 시를 읽는 곳이 아니기 때문이다
이 길도 길이 아닐 때만 길이 된다

강으로 갔다

강기슭의 낡은 배 등이라도 밀어주려고
강으로 갔다
이상하다
그 작은 배는 낮잠이라도 조으는지
천천히 흔들리고 있었다
강물에 비친 중생대 공룡 같은 산도 흔들리고 있었다
강 건너 산은 높고 깊은 산이었다
깊고 높은 게 어떤 것인지
아무리 크게 불러도 대답조차 없었다
이상한 산이었다
마침 산에서 바람처럼 내려오던 구름 떼들이
한꺼번에 배 앞으로 몰려왔다
이상한 구름이었다

그때 어디서 나타났는지
눈썹 하얗게 센 노인이 노를 젓고 있었다
큰 산 아래 그림자 속으로 들어갔다
그림자 속에 들어간 노인은 보이지 않고
강 한가운데 폭우가 쏟아졌다
이상한 폭우였다
누군가 폭우를 쏟아 붓고 길을 끊어놓은 것 같았다

폭우가 그치자 배가 나타났다
강 건너 노인을 향해 한 번 더 소리쳐 불러도
대답은 없고
어디론가 배는 천천히 떠나고 있었다
이상한 배였다
누가 노를 젓는다는 걸까
강 건너 산으로 올라간 노인처럼 배를 버려야 하나
나를 버려야 하나
누군가 나를 향해 크게 소리쳐 불러도 대답 않는다
나도 배를 버렸다

어둠의 집
　　―k에게

좌우로 시커먼 뭇 짐승들이 웅크린 것 같은
산등성이에 외딴 집 하나 짓고 산다
나는 사내의 집을 향해 걸었다
사내는 무슨 짐승처럼 웅크리고 앉아
뭔가 파헤치다 다시 마당가에 묻었다
그게 뭔가, 어둠이었다
마당가에 있던 그도 결국 어둠이 되었다
사내는 기다리는 것도 없고
그리워하는 것도 없다
"나는 말이야 그놈의 술 때문에 다 무너졌어!"

어둠 속에서도 막막한 적막함 속에서도
사내는 그물을 매만지듯 뭔가 얽매어 있는 걸 풀고 있었다
"어둠보다 더 무서운 것도 있나요?"
"짐승이 저 앞을 지나갈 때도 있어!"
"멧돼지?"
"고라니도 왔다 갔어!"

나이 든 사내는 탁자 위에 시를 꺼내놓았다
사내의 시를 조심히 읽었다
사내의 시 뒤에는 사내의 어둠이 있었다

사내의 집 앞에는 측백나무가 두 그루 서 있었다
측백나무에는 측백나무의 어둠이 있었다
그런 어둠 너머
아름답지만 허연 종잇장 같은 구름이 떴다
늙은 사내도 나도 뜬구름을 마주보았다
사내가
왜 멀리 떨어져 혼자 사는지 알 것도 같았다
사람들은 세상이 그를 버렸다고 말을 맞췄지만
그가 마침내 세상을 버린 것이었다

계단을 오르내리며

어머니 채혈하고 나서
시티 검사 기다리는 한 시간여
복도 끝의 비상계단을 내려갔다 올라왔다
처음엔 시간 보낼 요량이었는데
두 번째부터는
이런 것도 시인의 일인지 되묻곤 했다

시가 뭐냐?
시는 위안도 아니고 소일거리도 아니다
계단 오르내리는 트레이너도 아니다
올라갈 때 있으면 내려갈 때도 있다는
삶의 지혜나 경륜도 아니다

방금 어두운 계단 아래 내려갈 때
나를 먼저 본 여자 둘이서 휙 돌아서는 것
그때 나도 휙 돌아서는 것
그 순간, 시가 할 수 있는 일은 없다
시인이 할 수 있는 일도 없다

월간 문학사상

1972년 10월호 문학사상 창간호 표지화 인물
이상(李箱)
문학사상 표지화를 뚫어지게 바라보았다
선배 문인들의 초상화는
때때로 그의 작품이나 문장보다 더 크게 다가왔다
동해바다 파도가 내 앞에 다가오듯이
강원도의 어떤 산이 일어서듯이

문학사상 우연히 다시 만났다
표지 얼굴은 현대식으로 다 바뀌었고
옛날 얼굴은 찾아볼 수 없었다
표지 초상화 만나던 그 표지가 아니었다
화가 친구가 그린 파이프 담배 물고 있는
어둡고 시커먼 초상이 아니었다
문학만 사라진 게 아니었다
꿈만 사라진 게 아니다
세상엔 1도 설명할 수 없는 게 있다

흘러간 노래

내 노래는 굳이 노래가 아니어도 좋았다
내가 부르다 그만두면 노래는 거기서 끝이었다
내 노래는 좀처럼 나를 떠나지도 않았다
내 노래를 나무 아래서 부른 적도 있었다
그럴 땐 나무 뒤에 숨은 사슴이 되었다가
바람이 되었다가 다시 노래가 되었던 것 같다
노래가 자기 얘기 같을 때가 있다 (대박!)
내 노래가 남의 가슴에 닿지 않아도 좋았다
내 노래는 내 가슴을 한 번 더 맴돌 뿐!
내 노래가 작은 언덕 위에 걸터앉은 적도 있다
그럴 땐 먼 산을 떠도는 구름이 되었다가
누군가 부르다 만 옛 노래가 된 것도 같다
노래가 남의 가슴 적실 때가 있다 (대박!)
내 노래가 나를 향한 노래가 아닌 것 같다
노래 부른다고 노래를 다 아는 것도 아니다
노래 부른다고 세상의 노래를 다 부른 것도 아니다
내가 흘러간 노래 부르면서 깨달은 것이다
무얼 깨달았다고 노래 부르는 게 아니다
내가 울고 싶다고 노래 부르는 것도 아니다
그냥 뭔가 가슴에서 툭 툭 터지는 게 있다

어둠의 시
—중랑천 세월교에서

그녀는 앉아 있었고 나는 서 있었다
세 시간
누군가 그 시간이면 마라톤 풀코스 뛰었을 것
잔치국수 열 그릇 끓였을 것
누군가 또 시 한 편 썼을 것
도봉산 원통사 다녀왔을 것
그 시간이면 닭 열 마리 잡았을 것

그녀는 손바닥만한 종이 한 장을 꺼내놓았다
나는 그 종이를 빌려 시 몇 줄 썼다
제목 대신 번호를 붙였다
6-14-2021
그녀는 그 종이를 가방에 집어넣었다
어둠이 곧 내 시를 받아들일 것 같다
그녀에게는 단지 종이 한 장이었지만
나에게는 생(生) 초고였다
시의 가장자리에 어둠이 모여 있을 것
그녀는 나보다 속이 더 깊은 것 같다

깊은 밤 시를 읽으며
—L형

깊은 밤에 시를 읽어야 한다고 생각하지만
몸도 마음도 불처럼 급하기만 하다
날이 무겁고 또 어두워진다 해도
내가 사는 동네엔 눈이 올 것 같아도 빗자루 들고 서성거릴 마당도
없거니와
눈이 올 것 같아도 마당에 쓸어놓을 저녁 해거름 같은 것도 도통
없다

강원도 후배 시인 한 두 명 꼬드겨
별을 달았다고 현수막 갖다 붙이던 L형 살고 있는 그 동네 전봇대
에다
L형의 별 같은 신작 시집 제목을 큼직하게 쓴 플래카드 두어 달 걸
어놓고 싶다
그 전봇대 아래 서서 지나가는 동네 사람들한테
L형의 시집도 한 권 주고 그의 명함도 시집 갈피에 슬쩍 끼워 넣고
싶다

아야진이나 공현진이나 원산이나 함흥이나 청진이나
블라디보스토크 아니면
물치나 외옹치나 속초 전통시장 지하 횟집에서
삶은 문어에 소맥 한잔 하고 싶다

그래도 슬픔이나 외로움 같은 것은 쉽게 사라지지 않을 것이다
어둠이나 시는 멀리 있는 게 아니다
여기서 좀 더 올라가면 북간도도 고구려도 발해 땅도 되찾을 수 있
을 것만 같다

20여 년 전 어느 문학상 시상식
마치 결혼식 혼주 석에 아내와 나란히 앉아 있던 L형을 떠올리면
시라는 것도 시인과 같이 늙어가는 아내와 같다면 그게 또 그럴 듯
하다고 생각한다
깊은 밤 혼자 많은 생각을 한 것 같다
새벽 세 시 가리키는 벽시계를 보면
고개 꺾어 더 먼 곳을 바라볼 때도 아닌 것 같고
무거운 것도 어두운 것도 가벼워진다는 것

취중 담소

어떤 줄에 서지 않고
마치 독립부대 같은 시인들은 누구였을까
김종삼 김영태 이승훈 박정만…

테마가 있는 〈3인 시집〉 하나 묶어보자
왕산, 주문진, 사천 그리고 강릉
신작시 말고 다들 기(旣) 시집에서 뽑아오자
이왕이면 편집부터 표지부터 좀 다르게…

각자 열 권씩 손에 넣고 싹 절판해 버리자
진보의 길은 오직 진일보하는 것!
그것이 곧 패배의 길이라 하더라도!
나라를 팔아먹지 않는 한
선배 시인 씹지 않고 후배 시인 씹지 않는다
(나라를 팔아먹었으면?)

앞뒤로 안개가 꽉 막혔다 해도
어떤 경우라도 남 탓하지 않고 살아간다
남의 근황 따위 묻지 말고
술 끊지 말고

시인은 본래 허무주의자가 아니었던가
시인은 진보주의자가 아니었던가
나의 결핍은 또 무엇이 있었을까
시인의 생물학적 나이는 무슨 의미가 있을까
가짜 시인과 진짜 시인 식별법도 있을까
나이 더 먹어도 시인인 척 하지 않는 자
가짜 시인인 척 하는 자
(……)

나를 버릴 줄 알아야

후배는 나보다 오백 두 개 더 하고 술값도 냈다
후배는 나보다 말도 더 많이 하고
나는 그가 말하는 것을 조용히 듣고 있었다
나는 그가 말하는 동안 나를 버리고 있었다
나는 그가 말하는 것보다
나를 버리느라고 나를 쭈욱 지켜보고 있었다
나는 나를 버리고 있었고
그는 그를 말하고 있었다
삶은 어느 한 구석이라도 만만한 게 없다
시가 삶을 외면할 수 없는 부분이다

나는 나를 버리면서 나를 또 돌아보았다
내가 말하지 않는 것도 버리는 것이라고
남의 말 듣는 것도 버리는 것이라고
혼자 천변 거닐던 것도 버리는 것이라고
후배의 시를 읽는 것도
공치사 하지 않는 것도 버리는 것이라고
나를 버릴 때 느끼는 느낌도 버리는 것
이 느낌 확 느끼는 것도 버리는 것
이 느낌도 버려야 다 버리는 것

시의 끝

동네 식당 앞을 지날 때면
탁자 두어 개 놓고 주방 쪽에 서 있는 식당 주인을 한 번 더 돌아보
게 된다
시를 읽고 시인을 한번쯤 돌아보던 시대는 지나갔다
그런 시대는 다시 돌아오지 않을 것이 분명하다
시가 끝났다는 말은
시의 끝이 저기쯤 있었다는 말이 결코 아니다
밤하늘의 별을 보고 길을 찾던 시대가 아니다

밤 산책길에 오래된 은행나무 아래 우두커니 서서
시와 산책길 이외 더 할 수 있는 게 없다 해도
시와 산책을 다 할 수 있다는 게 다행이다
거기 기댈 수만 있으면 또 견딜 수 있을 것 같다
시를 잡으려는 것인가 나를 잡으려는 것인가
나를 따르자는 것인가 시를 따르자는 것인가
언어를 따를 텐가 언어의 그림자를 따를 텐가
밤하늘의 별도 시가 사라진 시대라는 걸 알고 있을까

북아메리카 인디언의 어록

그가 집 밖으로 나간 후 나는 다시 자리에 누웠다
나는 아무것도 할 수 없었고 아무것도 할 게 없었다
입 밖으로 뱉으면 안 되는 말을 나는 뱉어버렸고
입 밖으로 뱉은 말은 그가 갖고 밖으로 나가버렸다
그는 돌아서버렸고 나는 뒤돌아설 곳도 없었다

주방에서 설거지를 하든 세탁기 돌리고 빨래를 널든
말없이 하라는 것이다 그가 평생 말없이 했듯이…
오늘은 그가 꽤 멀리 갈 것 같다 생각보다 좀 더 멀리
그가 멀리 가는 만큼 내 생각도 멀리 갈 것 같다
세상에 아무것도 아니고 아무것도 아닌 것은 없다

왜 그때 침묵하지 못하고 그때 묵언하지 않았던가
왜 나는 단어 하나하나에 모든 것을 걸고 살아야 하는가
왜 나는 말 한 마디에 언성을 높이고 후회하는가
그는 내가 뱉은 말을 또 얼마나 되뇌고 있을까
나는 그에게 뱉었던 말을 또 얼마나 되뇌고 있을까

오늘은 노트북과 소파와 근린공원에 가지 못할 것
노트북과 소파와 근린공원도 나를 기다리지 않을 것
노트북을 켰다가 노트북이 켜지기도 전에 꺼버렸다

나이 먹어도 좀 까다롭게 산다면 어딘가 잘못 사는 것
사소한 말이라 해도 그의 가슴에 상처가 될 것이고
나의 가슴에도 상처가 되어 깊이 남을 것이다

북아메리카 인디언들이 후배들에게 전해주던 말이 있다
"남의 가슴에 상처를 주지 말라! 그 상처는 자신에게 돌아오리라!"
내가 뱉은 많은 말도 내 가슴에 돌아올 것만 같다
내가 쓴 많은 시도 내 곁으로 돌아올 것만 같다
오라! 너는 내 것이었으니!

망각 속의 추억

가까운 곳에 추억 하나쯤 있으면 좋겠다고
추억도 동창들만큼 먼 곳에 있어
서로 마주칠 일도 없어
비가 하루 종일 내리는 장마철엔
추억을 꺼내 놓고
추억의 속을 들여다볼 수 있으면 좋으련만

아무리 추억의 속을 들여다보아도
추억 속에 남아 있는 게 있을까
추억이 겹치는 동창 있긴 할 텐가
추억이 겹치는 동창?
추억도 겹치지 않고 어떻게 혼자 추억을 살아냈을까

망각 속의 추억이라는 것도 어디 있을까
점심 도시락 꺼내놓고
마주앉아 밥 같이 먹은 동창 몇이나 있었나
그땐 혼자 먹었던가?
이미 문학의 길에 들어섰을 때가 아닌가
도둑고양이와 함께 높은 담을 넘었지

김지하를 생각하다

1970년대 초 김지하가 원주 어디 산다는 걸 알았고 어느 신부님과 가깝다는 말도 들었다 그 무렵부터 시인 김지하 생각하고 살았다 황토 시집 복사본 은밀히 입수한 후 더 심했을 거다 황토 한 움큼 입에 털어 넣은 적도 있었다 나도 한 입! 당신도 한 입!

시 1974년 1월을 읽었다 1974년 1월⋯ 나도 그때 처음으로 죽음이라고 부르고 싶은 날이 있었다 나는 사랑의 시를 읽기 전에 죽음의 시를 먼저 읽었다 나도 저 모든 사랑의 눈빛을 죽음이라 부르고 싶었다 대학입시든 연애든 알바든 되는 일이 없었다

1974년 1월⋯ 사랑보다 죽음이 더 가까워졌고 사랑이 죽음보다 더 두려웠다 그러나 1974년 1월⋯ 죽음이 이별보다 두렵지 않았고 죽음이 사랑보다 두렵지 않았다 1974년 1월⋯ 나는 처음으로 사랑이든 죽음이든 이별이든 그 어느 눈빛도 거절할 수 없었다

시밖에 모르는 것

1.

평생 맑고 깨끗하게 산 정갈한 삶도 있지만
뒤죽박죽 섞어놓은 우여곡절의 삶도 있다
남 앞에 목에 힘주고 사는 삶도 있지만
고작 중랑천만 물끄러미 쳐다보는 삶도 있다
엷은 미소로 세상만사 득도한 수행자도 있지만
도(道)를 통하지 못한 낯 찡그린 수행자도 있을 것이다
도 같은 것 훌쩍 뛰어넘은 수행자도 있을 것

서해바다를 바라보면서 동해바다를 생각하였고
동해바다를 바라보면서 서해바다를 생각하였다
썰물 확 빠져나간 서해 뻘밭을 걸으면서
동해는 동해고 서해는 서해라고 생각해야 한다

큰 것은 큰 것이고 작은 것은 또 작은 것
맑은 것은 맑고 탁한 것은 탁하다고 생각한다
어떤 친구는 주먹을 내밀면서 주먹 인사를 권하고
어떤 친구는 주먹을 풀어 손바닥을 급히 내민다
어떨 땐 내가 주먹을 내밀면서 주먹 인사하고
어떨 땐 내가 주먹을 풀어 손바닥 내밀기도 한다

2.

내가 시골 어머니께 전화를 넣을 때도 있지만
시골 어머니가 나한테 전화를 넣을 때도 있다
나는 안부 인사 정도 하고 전화를 툭 끊거나
강원도 햇감자나 김치를 받으면 감자나 김치 얘기를 꺼낸다
햇감자나 김치 얘기나 장마나 폭설 때가 아니면
집안 제삿날이나 몇 마디 나누고 툭 끊는다

너무 빨리 끊었다 싶으면 다시 한 번 전화를 넣는다
깜빡하고 뭔가 빠뜨린 말이라도 있었던 것처럼
시골 어머니도 이미 알고 있다는 듯 태연히 받으신다
좀 더 가벼워진 마음으로
나는 또 천연덕스럽게 자판기를 두드리고 있다
시밖에 모르는 것!

시인의 마음을 어디다 써먹어야 할지 모르겠다고?
어디다 써먹지도 못할 것!
써먹을 데도 없는 것!
인공지능한테 이 시집을 통독하게 하자!
이 시집은 네 것이다 다 먹어라!
옛다!

퇴직 후 한 두어 해 동안

퇴직 후 한 두어 해 동안 외출할 일이 없었다
정시에 출근해야 할 직장도 없고
사람을 만나는 일도
약속 시간이나 장소를 기억해야 할 일도 없다
휴대폰 하루 종일 조용하고
잘못 걸려온 전화는 친절하게 받아주었고
문자메시지는 보낼 곳도 받을 곳도 없었다

아침부터 꿈속에서 시 한 줄 쓰다 만
시 한 줄 더 이어서 쓸 수 있다면 다른 삶 아닌가
시 한 줄 없는 꿈속이었다면
늦잠이라도 더 잘 수 있다면 그거 다른 삶 아닌가
몇 해 더 지나보면
옛 직장 앞 지날 때마다 돌아보던 마음도 줄어들어 무덤덤해지면
어쩌나

가끔 잘못 들어오던 각종 공지사항도 다 끊겼고
이젠 더 돌아보지 말자고 다짐하다 보면
이런 삶을 피하지 말자고 다짐하다 보면
퇴직 이후 삶은 온몸으로 나를 향해 다가오고
나는 온몸으로 퇴직 이후 삶을 향해 나아간다

퇴직 두어 해 전부터 따로 준비해두었던 것
저 나무처럼 침묵하는 것

이런 삶을 피하지도 말고 이런 삶을 피할 수도 없다
이런 생각을 피할 수도 없고
이런 생각을 피하지 말자고 또 다짐한다
이틀 사흘 아니라
하루만 쉬어도 내가 아는 삶은 이런 것 아닐까
나를 지배하고 있던 옛 것을
익숙했던 것을 버리고
저 나무와 저 나무들처럼 침묵만 주고 받을 것!

무제 시편

그 사나이는 남의 나라 육 첩 방에서
얼마나 자신이 미웠으면
젊은 날의 자화상을 쓰면서 부끄러워했을까
그의 고종사촌은 그의 부끄러움을 알았을까
여자는 있었을까

그 사내는 모델에게 줄 돈이 없어
자화상만 수십 장 그리면서
자신을 또 얼마나 뚫어지게 노려보았을까
나중엔 해바라기도 모델이 되었고
별이 빛나는 밤도 모델이 되었지만

그는 그해 전쟁 통에 발이 묶인 공화국에서
부끄러워할 것도 없고
마음껏 자신을 뚫어지게 쳐다볼 수도 없어
어떻게 천천히 늙어갔을까
문우는 있었을까

아픔이 꽉 찬 남의 자화상을 들여다보면서
천천히 또 어떻게 늙어가야 하는지
나는 미워하고 부끄러워할 수도 없어

차마 나의 자화상이라고 쓰지도 못하고
조그맣게 무제 시편이라고 쓴다

그래도 가슴 한편이 허전하면 무제 시편 옆에다 1자 하나라도 덧붙
여놓으면
무제 시편 1. 2. 3…

초겨울의 뒤쪽

어떤 집착도 다 내려놓은 단풍나무
초겨울 찬바람이 제 몸을 훑어가도 내버려두고
저도 아예 무한 허공이 되었는가
허공 속의 공허도 견딜 만한가
더 이상 집착하지 않아도 될 것 같은
어떤 집착도 없는 허공에 기댄
어떤 집착은 공허함이 들어도
공 만나면 공하고, 허 만나면 허가 되는 것

저 뒤쪽 텅 빈 붉은 단풍나무처럼
초겨울이 시작되면 더러 습관처럼
삶의 뒤쪽이든 허공의 뒤쪽이든 엿보지 않았을까
미처 뒤쪽 엿보지 않아도
초겨울의 뒤쪽이 앞에서도 훤히 보이기도 하지
퇴직 두어 해 전부터 삶의 뒤쪽이 앞에서도 보였을까
지금 내 삶은 내 삶의 뒤쪽인가
뒤에서 나를 볼 사람이 있을라나
뒤를 돌아보지 않는 자도 있다

시 쓰는 자의 독백 1

옆에 같이 살던 고양이가 집을 나갔다 해도
밥 먹다 말고 노트북 앞에서 시를 쓰고
잠자다가 일어나 한밤중에 일어나 쓰고
볼펜 들고 산책하면서 시를 쓴 날도 있다
그녀와 다투고 나서도 시를 써야 하고
지하철에서 휴대폰 메모 창 열어놓고도 썼다
시를 쓴 날보다 시를 못 쓴 날이 더 많다
시를 쓰면서 시 옆의 여백에다 낙서처럼 쓰고
여백에 쓴 낙서를 급하게 지울 때도 있다
시를 쓰고 나서 A4 이면지에 또 시를 쓰고
여행 다녀와서 메모한 것 펼쳐놓고 썼다
여행 중엔 주머니에 접어 놓은 시도 있고
길에서도 꿈속에서도 시를 써야 길이 되고 꿈이 되었다
시를 쌓아놓고 시를 무너뜨리고 나서 썼다
술 먹고 이틀 누워 있을 때도 시를 써야 하고
술 먹고 이틀 후에 일어나서도 시를 썼다
오늘 아침 일곱 시에도 시를 썼고
자정 넘은 시각에도 새벽 두 시에도 시를 썼다
하하

돌아보던 꿈

서먹하게 헤어졌던 옛 직장 동료가 꿈에 나타나
말 섞지 못하고 또 어색하게 헤어졌다
사람을 미워하면 안 되는가
미운 사람이 꿈에 나타나면 꿈에서도 어색하다
애드리브는 곧 지워졌다
나도 나를 미워하던 사람의 꿈에 나타날까

혹여 그를 꿈속에서 또 만나면
꿈을 끊고 날 샐 때까지
아님 꿈 밖에서 꿈 깰 때까지 기다렸다가
커피라도 한 잔 권해야 하겠다
꿈 끊어지지 않으면
꿈속에서
퉁치고 오랜만이야! 와락 껴안아볼까
거기까지 하고
지워버릴까

꿈자리 특집

아침 잠자리에서 꿈자리를 복원하는 게
무슨 소용 있을까
꿈을 복원하고 복기하는 꿈자리
문단 친구들과 아직도 술 마시러 다니고
옛 직장 동료들 만나고
집안 피붙이들 명절 때 만났다 헤어지는
삶의 자리와 별반 차이 없는 꿈자리

잠자리서 돌아누워 또 꿈자리 복원하고
복기하는 게 일상이 되었나
혹시 점괘를 보듯 꿈자리도 보는가
간밤의 꿈을 기억놀이 하자는 것일까
나이 먹어가는 징후일까
꿈 밖에서 꿈속의 삶을
한 번 더 겪어본다 해도 꿈은 아니다
꿈 없음과 꿈 있음의 차이인가

봄이 왔다 가는 중

계절 바뀌었다고 약속 같은 것 하지 말자
턱을 괴고 앉아 앞날을 계획 하거나
걱정하지 않아도 될 일은 걱정하지 말자
덧없는 희망도 갖지 말자
온갖 고문이 지나간 시대의 나쁜 유물이듯
갖은 희망도 지나간 시대의 유물이 되었다
누가 누굴 고문할 수 없듯
누구에게 희망 따위 줄 수 없다

봄이 봄을 한 번도 돌아보지 않는 것처럼
봄이 왔다고
봄이 갔다고
봄이 왔다 간다 해도 호들갑 떨 것 아니다
꽃이 피었다
꽃이 졌다
그냥 덧없이 폈다 지는 것!
보라! 돌아보면 나보다 먼저 돌아서던 것
나무처럼 혼자 서 있던 것
나무처럼 서 있던 곳

봄밤이다

봄밤은 어떻게 살아도 하룻밤 보내기 어렵다
먼 데 놀러가기도 그렇고
3월 둘째 주
내 머리맡 쪽 목련은 무얼 터뜨리겠다는 듯
한 주 내내 큰마음 먹은 것 같다
봄밤만 어려운 게 아니다
봄밤 탓만 아니다
이 봄엔 봄 전체가 타는 것 같다
생전에 타지 않는 것도 봄을 타는 것만 같다
조금 더 태우면
봄 탄 마음을 시집의 갈피에 몰래 집어넣고
당신 곁에 앉아 속삭이듯 봄을 맞고 싶다
당신은 누구신가?
이 봄 타는 날에 패배하고 실패한 자를 사랑하리라
담배 끊고 술 확 줄인, 자를 사랑하리라
타는 봄밤을 어떻게 살아야 할까
내 손으로 내 삶을 한 행, 한 행 입력하는 것
휙 돌아앉은 여자 같은 봄밤이여

봄밤의 잡생각

강아지를 길러야 하나
고양이를 길러야 하나
고양이를 보면 고양이를 길러야 할 것 같고
강아지를 보면 강아지를 길러야 할 것 같다
그러나 아무것도 못하고 산다
물소리를 들어야 하나
빗소리를 들어야 하나
그래도 나는 또 고양이와 강아지를 생각하며
고양이를 길러야 하는지
강아지를 길러야 하는지 생각한다
당신의 말을 믿어야 하는지
당신의 말을 잊어야 하는지
칼을 들어야 하나
펜을 들어야 하나
이럴 땐 이렇게 분명하지 않는 내 생각이 좋다
이렇듯 단호하지 않는 내 생각이 좋다
이렇게 미온적일 때도 좋다
오죽하면 이런 잡생각에 빠질 때가 좋다

저녁노을과의 관계

한낮 전철에 앉아 꾸벅꾸벅 졸고 있는
말 없는 은퇴자처럼
간혹 열 살 위쯤 고참 선배 같은 원로들처럼
나도 힘 다 빼고 살고 싶다
한때 알았던 것도 모르는 일이 되었고
가까운 사람도 멀어지는 것!
젊은 날 불렀던 노래를 다시 부르다 보면
힘 다 빼고 불러야 할 것 같다
힘 다 빼고 나면 무엇이 남을까

온 천하를 붉게 물들인 저녁노을을 보면
우리가 모르는 일이 많은 것 같다
뭔가 사라질 듯 그러나 아직 사라지지 않고 붉게 타는 것
다 태웠다 해도 한 번 더 태워야 하는 것
어제의 시를 놔두고 오늘의 시를 써야 하는 것처럼
나이 먹어 늙었다고 그런 게 아니다
눈감아 주시게!
시가 타는 걸 또 시인의 가슴이 타는 걸!

꿈밖에서

1.
꿈속에서 생나무를 부러뜨렸다
꿈이든 꿈밖이든
나무 하나 부러뜨리는 것도 쉬운 일이 아니다
조그만 꿈을 무너뜨리는 것도
그거 결코 쉬운 일이 아니다
꿈이 약해질 때가 있다
꿈속이든 꿈밖이든 굳이 돌아볼 때가 있다
돌아보면 보이지 않을 때도 있다
돌아볼 일도 점점 줄어든다

꿈속에서도 꿈밖에서도 신념도 줄어든다
종로에서 광화문에서 서울역에서 헤매던 신념도
작가회의 사무실에서 농성하던 신념도
각종 성명서에 꼬박꼬박 서명 날인하던 신념도
눈에 띄게 약해지고 무력해지고 있다
이제 딱히 서명할 곳도 없어졌다
나는 나의 오래된 굳은 신념을 위해
꿈밖에서 꿈속에서 농담도 웃음도 없이 살았다
신념은 빛나지도 않고 아름답지도 않았다

2.

신념도 툭 치면 꺼질 듯한 허구가 되어 가는 것 아닌가
나는 나의 신념이 허구가 되지 않기 위해
오늘도 나의 신념과 함께 산책도 하고
옆에 붙어 앉아 같이 밥도 먹고
지하철도 같이 타고 간간이 문자도 주고받는다
오오 오래된 신념이여

나는 나의 신념과 함께 끝까지 갈 것이다
끝까지 가자
그 끝에는 아무것도 없고 아무것도 아닌 텅 빈 나무만 있다 해도
텅 빈 공백만 있다 해도
그 끝에서 아무것도 없이, 아무것도 아닌 것을 또 시작할지라도
그 끝에서
끝이 아닌 끝을, 끝이 없는 끝을 말할 수 있을까
어젯밤 무수천 물소리를 오늘 아침에 다시 생각하면
오늘의 신념은 어제의 신념과 다를 것만 같고
신념은 어디서 오는지 알 것도 같다
늙으면 신념도 뭇 바람에 흔들릴 때가 있는가?

봄 편지

그쪽에서 서로 엄지 척! 하면서 좋아요! 하면서
밥도 먹고 출판기념회도 하는 게 좋겠다
이쪽은 아무래도 지뢰밭이 많을 것 같다
밥 먹고 글만 써야 하고 글이 시원치 않으면
거친 욕도 심하게 얻어먹어야 할 것이다
욕먹은 날은 술도 좀 거칠게 마셔야 하고
사는 것도 쓰는 것도 갑절은 힘들 것 같다
낯익은 것과 익숙한 것을 갖다 쓰는 걸
여기선 수치다 치욕이다 졸렬하다 생각한다
때론 독자 없는 작자처럼 살아야 한다
어떤 작자는 독방에서 한 발짝도 나오지 않는다
그럭저럭 숨만 쉬는 이름만 작가도 있다
그게 또 엄청난 세월의 내공인 것을~
술은 무한 리필이지만 술값 내는 걸 본 적 없고
한 달에 한 번은 조기축구한다는데
참고로 지난 달 참석자 명단
김소월(가명), 김수영(가명), 신경림(가명)…
지난봄엔 '문학과 인생' 인문학 특강도 있었지만
참석한 작자는 한 명도 없었음
이만 총총

신록의 느낌

오월 신록의 능선은 뭔가 다르다
동굴 속이었다 동굴 밖이었다
오후 여섯시 신록 사이 간간이 범종소리 들리던
저녁 무렵 신록은 또 다른 느낌이다
나무도 바위도
방금 앉았던 나무벤치도 색깔이 다르고
신록에 들기 전 말수는 줄였지만
잡념의 양도 줄어든 느낌이다
미처 줄어들지 않던
생각이든 감정이든 잡생각이든 느낌이든
확 줄어든 느낌!
좋은 감정을 갖고 싶어 그러는 거 아니다
이 느낌 좋게 하려는 것도 아니다
엄청 큰 소나무 뿌리째 뽑힌 자리 옆에서
좀 더 앉아 있을까 하는 사이
범종소리도 아닌데 죽은 나무도 아닌데
환한 순간!

어떤 담소

한낮의 고요 속에서 짧은 담소를 나누었다
담소 나누던 중 나보다 몇 살 위 상대는 자리를 떴다
집에서 키우는 반려견 산책 시간이라고 하더군!
마음보다 몸을 따라야 할 때가 되었군

"한낮의 바다가 요르단 사막처럼 고요했다고요."
"네! 광활한 고요 그 자체였어요."
"손톱만한 몽돌이 우리 나이에 보입디까."
"돌은 마음이 내켜야 보인다 합디다."
"나이 먹었는지 부드러운 것이 눈에 띄기 시작합디다."
"적막한 것도 눈에 띌 때가 있을 겁니다."
"몽돌 몇 개 주워 왔습니까."
"검문이 심한 것 같아 주먹 쥔 채 왔습니다."

반려견 주인이 되돌아와 담소를 이어갔다
이번엔 요기라도 해야 할 것 같아 장소를 옮겼다
담소의 내용도 몽돌에서 먹방으로 옮겨갔다
해물 장칼국수를 하나씩 시켜서 먹었다
추가로 밥 한 공기는 볶아서 먹었다
"모래가 씹히는 것 같군요."
"모래를 삼키진 않았겠죠."

"한반도에 살았던 공룡은 어디서 왔을까요."

"그거야…"

"잠깐 방금 서빙 하던 사람 눈빛 보았나요."

"동남아분 같았어요."

"파키스탄 아니에요."

"어머니 댁 위층에 필리핀 부부가 산다고 들었어요."

"마주칠 때마다 인사를 잘 한다고 합디다."

"불법 체류는 아니겠죠."

"합법입니다."

식당에 매달린 텔레비전을 동시에 쳐다보았다

"텔레비전에 나오는 사람들이 싹 다 바뀌었네요."

"싹 다 바뀌어야 하지 않나요."

"이쪽도 저쪽도 바꿔야 해요!"

"식상하지 않나요."

"아직 권태기 아니겠죠."

"권태도 일상처럼 겪어야 하는 것 아닌가요."

"나무나 화초를 길러보면 나아질 겁니다."

"미운 놈이 있는데 어떻게 하면 좋을까요."

"미운 놈은 저절로 망해갑디다!"

늙은 떠돌이의 독백

어느 노승은 길 떠나는 수행자에게 한 마디 던졌다*
"배로 가려느냐? 육지로 가려느냐?"
"배를 만나면 배로 가고, 육지를 만나면 육지로!"
네 앞길이 어려워지는구나! 하고
다시 또 한 마디 툭 던졌다
"떠날 때 한 마디는 영원토록 잊지 못할 것이다"

그도 내 앞에 다시 한 마디 던지고 돌아섰다
"당신은 어디로 튈지 통 모르는 사람이야!"
그는 돌아섰고 나는 돌아서지 못했다
동으로 튀면 서쪽으로, 북으로 튀면 남쪽으로!
무얼 어떻게 믿고 같이 살 수 있을까
취중에 들었을 텐데⋯ 아직도 잊히지 않는다

나는 어디로 튀지도 못하고 여기서 살았다
수락산 아래서 살 땐 동쪽에서 살았고
오류동에 살 땐 서쪽에서 살았다
마지막엔 같은 단지 안에서 두 번 이사했을 뿐이고
직장도 평생 딱 한 번 옮겨 다녔을 뿐이다
나는 제대로 한 번 튀지도 못하고 살았다
여행도 그렇고 거처도 그렇고 어디로 튀지도 못했다

술 한 모금 입에 대지 못하던 그는
아마도 젊은 날 나의 술버릇을 탓한 것 아니었을까
술 마시고 중간에 도망 간 적도 없으니
어디로 제대로 튄 것도 아니다
술 마시다 친구의 집에서 하룻밤 묵은 적은 있었다
다음 날도 그 다음 날도 묵었던 친구네 집!

아마도 그날도 동료들과 술 마시다 그의 집에서 뻗었을 것이다
어디 제대로 튀지도 못하고 그냥 뻗었을 것이다
아침에 책꽂이의 몇몇 시집만 뒤적거리다
신동엽 평전, 전집인가 들고 빠져나왔을 거다
여기저기 조금 불다 만 바람처럼 제자리에서 떠돌다 조용히 되돌아
오는 길이었을 게다
이제 더 이상 떠돌 데도 없는 나무가 되었을 거다
많은 나무들 중 그냥 나무 하나 되었을 것이다

*실중어요 96, 『운문록』(장경각판)

제7부 페이스메이커

이 노래 끝나면

석계역 앞 시인 박정만이 드나들던
꼭 고만한 술집에서 저녁술을 마셨다
이 노래 끝나면 술 떨어질 것 같아
제1의 시인이 천천히 〈빗속을 둘이서〉를 불렀다
제2의 시인은 덜 취한 목소리로
좀 섹시하게 〈댄서의 순정〉을 불렀다
제3의 시인은 만주벌판에서 돌아온
독립군처럼 〈희망가〉를 불렀다

"아! 시인 동지들!" 하고
박정만이 지나가다 불쑥 들이닥칠 것 같아
서둘러 술집을 빠져나왔다
제4의 시인 박정만이 애타게 불러도
돌아보지도 않고 튀었을 것이다
살아서도 죽어서도
박정만을 피해 다닌 자는
죄다 이 바닥의 시인들이었을 것이다
싱겁고 이상한 술자리였다
아주 못돼먹은 시인들만 남았다

페이스메이커

단축 마라톤이라고 할 것도 아니고 간밤의 숙취를 다스리며 반환
점까지 걸어가도 최선을 다한 경주였다 그러나 반환점은 어느 초등학
교 정문이었고 아이들이 막 하교하던 참이었다 이건 아니다 싶었다 다
시 술에 취한 몸처럼 비틀거리며 반환점을 돌아오는데 길바닥에 샛노
란 페인트를 통째 뿌려놓은 것만 같았다 눈앞에 뵈는 게 하나도 없을
정도였다 십자가 하나 짊어지듯 나를 짊어지고 뛰었다 자기 자신과의
싸움이 아니라 처음부터 자기와의 사투였다 돌아보지 않았지만 누군
가 뒤에서 경적을 쾅 쾅 누르고 싶었을 것이다

사십 년 훌쩍 뛰어넘은 추억보다 더 깊은 곳에 처박아두었던 치부
같은 것을 돌아보았다 죽으란 법은 없다 마침내 결승점이 눈앞에 나타
났다 누군가 한번 썼다가 버린 듯한 압박 붕대를 양쪽에서 잡아주었
다 갑자기 눈앞에 나타난 결승 테이프였다 대운동장 한가운데서 축구
결승전을 중계하던 장내 아나운서는 마라톤 마지막 주자가 들어왔다
고 번외(番外)가 아니라 마치 전쟁터에서 돌아온 전쟁 영웅처럼 호명
해주었다 누군가 앞에서 사진기자처럼 카메라도 터뜨려주었다 경기장
에 느닷없이 난입한 훼방꾼 같았을 텐데… 그래도 술독 다 뺀 말간 얼
굴은 빙그레 웃고 있었다

이제 더 이상 술을 많이 마시지도 않고 간밤의 숙취를 다스리기 위
해 추리닝 갈아입고 뛰지도 않을 것 같은 남자가 있다 나는 겁 많은

남자가 되었다 휴대폰 셀카 앞에 서면 치기도 취기도 없는 이상한 남자만 남았다 퇴직할 때 직장에서 큼직한 기념패도 줬고 대통령 이름이 새겨진 훈장도 목에 걸어주었지만 나는 그날처럼 웃음도 없고 용기도 없다 부당한 것과 싸우지도 못했고 자기 자신과의 싸움조차 피할 때가 많았다 또 그보다 더 멀리 뛰었고 더 많이 뛰었고 끝까지 최선을 다해 결승점 테이프도 끊었지만 자세히 보면 서럽고 욕된 얼굴만 남은 것 같다

낮고 깊은 곳
−2022년 1월 19일 '당신의 밤과 음악'

라디오에서 흘러나오는 사연을 들었다
큰 수술 앞둔 친척 언니 걱정하는
사촌동생의 떨리는 목소리
또 큰 병을 안고 사는 어느 남자의 아픈 사연도 있었다
그 남자도 큰 수술을 앞두고 있었다
이 음악으로 위안이 되겠는가
그 무엇도 위안이 안 되는 걸 알면서도
천천히 제 사연을 내려놓고
제 무릎 아래를 뚫어지게 바라본다
슬픔이나 아픔은 본래 낮고 깊은 곳에 있으려나

이 사연을 천천히 읽는 사람도
이 사연을 천천히 듣는 사람도
저 무릎 아래 슬픔이 무엇인지 아픔이 또 얼마나 큰 것인지
두려움은 또 어떤 것인지
저 낮고 깊은 곳을 한 번 더 내려다본다

누군가 저 낮고 깊은 곳에 엎드려 있다
오랫동안 꼼짝 않고
낮고 깊은 곳을 끝까지 걸어가겠다는 듯이
낮고 깊은 곳에 다녀왔듯이

낮고 깊은 곳에는 낮고 깊은 것이 모여 사는지
그것을 또 슬픔이나 아픔이나 어떻게 불러야 하는지
눈물이더냐 침묵이더냐 그렇게 불러야 하나
그것을 또 어떻게 불러야 하는지
어떻게 안부를 묻는 것인지
네가 있는 곳이 궁금하다
또 궁금하다

세이브존 구둣가게에서

그의 구두를 사는데 따라갔다 그는 의자에 앉아 있고 직원은 그의 앞에 쪼그리고 앉아 구두를 가슴높이쯤에서 비스듬히 안고 있다 구 둣가게 직원은 구두를 가슴높이쯤 들고 사는 구나 아 가슴높이쯤에 서…

나는 안방 화장실 거울 앞에서 가슴에 손을 댈 때가 있다 심장 박 동 수를 알아보기 위한 게 아니고 내 심장이 설레고 있는지 또 얼마나 떨고 있는지 물어보는 것이다 그럴 때마다 누군가 내 가슴을 쿡 찌르 는 것 같다

구둣가게 직원처럼 구두를 파는 것도 아니지만 나는 내 가슴높이쯤 에 무엇을 두고 사는지 되묻는다 오늘처럼 어떨 땐 가슴에 댄 손을 떼 지 못하고 한 마디 할 때도 있다 내 가슴이 설레거나 떨지 않으면 누 구의 가슴을 설레거나 떨게 할 수 있겠느냐고… 입춘도 우수도 지났 다는데

어떨 땐 나도 모르게 가슴을 콱 움켜쥘 때가 있다 가슴이 아프거나 서러워서 아니다 가슴이 시리거나 부끄러워 그런 것도 아니다 나도 모 르게 여기쯤 시가 있을 것도 같고 여기쯤 시가 있어야 한다고 생각하 기 때문이다

구두 뒷굽이 닳아서

첫 번째 집에서 퇴짜 놓은 구두를 들고
네 블록 지나 두 번째 수선집을 찾았다
이러면 척추가 비틀어져!
삼십여 분 후
방수 처리에 광택까지 다 했다는
번쩍번쩍하게 변신한 구두가 눈앞에 있었다
열다섯 살부터 했으니까 오십 년 됐나?
자식들은 그만 두라고 하는데…
놀면 뭐해!

한쪽 어깨가 축 처져 있던 구두가
어깨 쭉 펴고 웃고 있었다
나도 어깨 쭉 펴고 잠깐 고개를 숙였다
명장이시네요!
애들 말 듣지 말고 그럼, 격일로 나오세요!
그가 비좁은 곳에 앉아
수선한 구두들은 천하를 주유할 것이다
몇 걸음 돌아서서 폰카에 담았다
노원역 근처 구두 수선집

금계국에게
—2022년 5월 25일 오후 가평 자라섬 산책길

제1 자라섬 중도 한바퀴 돌고
제2 자라섬 남도 되돌아오던
조용하고 외진 곳 찾아
나는 바람보다 더 떠도는 뭇 바람
갓길 옆에서 나를 무심히 지켜보던 다 큰 금계국들
'낯선데…'
갑자기 쏟아진 빗줄기 피할 데 없던
비 맞다 무슨 나무 아래 겨우 비 피하던
나는 불시착한 외계인?

비 뒤집어쓴 채 들어선 베이커리 카페
빵 한 입 베어 물다 그만 윗입술 깨물었다
'급해서…'
1, 2초 얼얼한 먹통, 일순 몸보다 마음이 아프다
나는 너를 바라보고 있는데
너는 그리고 아무도 나를 돌아보지 않는다
당신을 불러도 당신은 돌아보지 않는다
'헛짚은…'
오늘 나의 삶을 지켜본 강둑의 금계국에게
내내 함께 걸었던 당신에게

고등어구이

시처럼
거두절미(去頭截尾)하고 잘 구워 놓은 고등어가 있다
시처럼
앞도 없고 뒤도 없는
시처럼
앞뒤 다 잘라낸 몸통만 남은 고등어가 있다
시처럼
앞뒤 잘라냈을 때 빛나는 고등어가 있다
시처럼
앞뒤 싹뚝 잘라내고 생각한 것
시처럼
좌고우면(左顧右眄)하지 않는 것

섬의 끝
―2022년 5월 26일 오후 남이섬에서

섬의 끝에서 넋 놓고 있었다
느린 오후가 내게도 왔다
넋 놓고 있다 보니 집중할 것도 없어졌다
나도 한심할 때가 있다
딱히 뭘 궁리할 일도 없다

그때 딱정벌레 등짝의 쪼그만 점만한
딱 고만한 짙은 연두색 벌레가 내 손등을 횡단하고 있었다
미미하지만 의연한 걸음이었다
생각 없이
나는 주먹 쥔 손등을 흔들어 탁 털어버렸다

떨어뜨려 놓고 보니 모래보다 더 작은 벌레를 찾을 수 없었다
모래 틈에 끼어도
아주 예쁜 연둣빛이 빛을 잃을 것 같지는 않은데
아무리 내려다보아도 눈에 띄지 않았다

몸통이 3밀리미터나 될는지
고 쪼그만 녀석이 발톱과 손톱을 다 세워 덤벼도
내 손등 할퀼 것도 아닌데
나는 왜 그토록 거칠게 주먹을 마구 뒤흔들어댔을까

넋 놓고 있던 내가 더 놀랬을까
목숨 붙어 있는 것 앞에서
그렇게 크게 주먹을 휘두른 게 끝내 마음에 걸렸나
고개 떨구고 아무리 발밑을 뚫어지게 보아도
없다

바늘구멍만한 텅 빈 구멍을
내가 몇 번 뒤돌아본다고 녀석은 한번 뒤돌아볼까
돌아서면 끝이다
끝에서 돌아서면 끝은 없고 섬의 끝도 없다
고 쪼그만 녀석은 끝내 뵈지 않는다
꿈도 삶도
목숨 붙어 있는 것은 다 오체투지 한다는 것!

마차진 무송대(茂松臺)

−2022년 6월 25일

1.

24도짜리 낮술 한 병 더 시킨다 해도 취하지 않을 것 같고
더 취해도 34도 무더위에 더위 먹을 것만 같다

2.

마차진 무송대 섬
바닷바람 쐰 대나무 숲길 양손으로 헤쳐 가며
몇 번 미끄러지며 오른 길
눈앞에 하늘 향해 힘껏 치솟은 쌍 줄기 노송
소나무 밑동에 금줄처럼 묶어놓은
한지 뭉치 두어 개
다시 또 허공을 향해 거침없이 높이 찌른 육송 앞에
다 허물어졌지만 시멘트 제단도 만들어 논
이 신목(神木)
그 너머 또 슬몃 뵈던 바다
휴대폰 몇 컷 찍었지만 마음에 더 닿던 바다
저 혼자된 바다

일행들 곁에 앉아 있다 요 앞의 섬처럼
혼자 빠져 나와 섬 한 바퀴 돌고
쌍 줄기 노송 한 바퀴 돌고 또 한 바퀴 돌고 나니

홍이 도는 시가 도는
피가 도는
오른쪽으로는 좀 멀리 떨어진 대진 등대
왼편으로 좀 더 멀리 북녘 땅 뵈는 저기 해금강 끝자락 아닌감?

3.
대진항 어판장 옆 저녁 겸 한잔 하던 횟집
분주히 서빙 하던 고등학생 알바생
왜 자꾸 눈에 닿던지
나도 그해 여름 고2 때 단기 알바 한 적 있었지
휴대폰 번호 찍어줄 수 있나? 네!
번호 찍은 채 찍힌 번호 눌러야지 하다 번호 누르지 못하고
그만 날아가 버린 학생 휴대폰 번호
시집 한 권 보내준다 했는데
공연히 빈말이 된 약속
대진항 금강산 횟집 알바생 들으라 오버!
저장 못하고 네 연락처 날려버린 나를 그냥 싱겁다고 생각해라

이 시 한 편은 날 위한 것도 알바생 위한 것도 아니다
이 시는 여기다 떨어뜨려 놓는다

더 먼 곳에 간다 해도

앞지르지 마라
중랑천 산책로는 이 길 하나뿐이다
젊은 엄마가 밀고 가는 휠체어
그 앞에는 억새밭도 없고
아름답던 저녁노을도 꼬리를 싹 다 감추었다
5미터쯤
더 이상 좁혀지지 않는 간격
초등 4학년쯤
소년의 휠체어는 세월교 방향으로 가고 있다

앞지르지 마라
아무리 큰 비즈니스가 잡혀 있다 해도
비즈니스를 깨야 하고
전쟁이 났다 해도 당장 전쟁을 멈춰야만 한다
그보다 더 먼 곳에 간다 해도
바람아 너도 멈춰라
중랑천 물길도 멈춰라
어떤 종교의식보다 더 엄숙한 이 모자(母子)를
앞지르지 마라
웃음도 눈물도 뚝 그쳐라

시는 쉽게 써야

시인 김종삼 선생의 벼락같은 한 마디
"시는 쉽게 써야…"
그렇지요 시를 어렵게 쓰면 그것은 철학이다
복잡한 삶도 쉽게 살 줄 알아야 하고
심각하면 꼰대 되는 거!

사람도 쉽게 다가가야 닿게 되는 거
어렵게 다가가다 보면
끝내 다가가지 않는다
어렵게 다가가다
다가가다
끝내 닿지 못한 사람도 있었다

나는 쉽게 다가갈 수 있는 사람이었을까
나는 시를 쉽게 쓰고 있을까

폭우

―슬픈 것도 슬프지 않을 때가 있다

비가 아니라 숫제 물 폭탄이다
잡담이든 잡념이든 다 무장해제시키는 폭군 같다
옷을 적시는 게 아니라
옷을 숫제 다 벗기고 말겠다는 기세다
이곳저곳 얻어맞은 것도 같다
이 빗속에 갇혀 있다 보면
가진 것 못 가진 것 다 홀가분하게 던져버릴 것 같다
혹 던져버리지 못해
갖고 있다 해도 이미 내 손을 떠난 것 같다
지팡이 짚고 한 걸음 한 걸음
우산 받쳐 든 노인도 떠났다
어디 붙들 것도 없어 주먹만 한 번 더 쥐었다 풀던
마음 졸이던
더 조일 마음 남아 있었던가

마치 다 때려눕히겠다고 작정한 것 같다
빗속 뚫고 나가지도 못하고
비를 피할 생각도 없는
이 빗소리 들을 것도 아니고
저 놈의 빗줄기가 마치 굵은 밧줄로 나를 칭칭 감고 있다는 생각마
저 들었다

매 맞는 느낌마저 들었다
갈팡질팡하던 마음이 한 곳으로 모아지는 것 같다
마음도 떨고 있는 걸 몸으로 느꼈다
이게 사는 느낌
힘주는 게 아니라 힘 쭉 빠지는 느낌!
절정의 느낌!

의정부 호장교 밑에서

다리 밑을 지나는 중이었다
맨바닥에 주저앉은 원피스 입은 여자를 지나쳤다
술에 취했나?
저렇게 앉아 있을 만한 곳이 아닌데…
그 여자 앞에 다가갔다
무릎을 꺾은 채 아무렇게 앉아 있었고
손에 닿을 듯 말 듯 한 곳에 핸드백도 두고 있다
그녀는 취해 있었고
손에 든 핸드폰도 곧 떨어뜨릴 것만 같았다

어디서 헷갈렸을까
혹시 철새들의 무리에 끼지 못한 외기러기 아니었을까
바람에 흔들리는 생각 많은 갈대였을까
회사에서 잘린 걸까
오늘 저녁 누군가와 헤어질 결심을 했다는 걸까
여기서 밤을 꼬박 새우겠다는 걸까
어떤 슬픔이 그녀를 급히 엄습한 걸까
그녀는 어디서부터 주저앉은 걸까

앞서 가던 산책길 아주머니들을 불러 세웠다
여기 부축 좀 해주시고

정 안 되면 경찰에 신고해야 할 것 같아요
네
네
고맙습니다

다리 밑을 지나쳤다가 다시 뒷걸음질했던 날이다
나이 먹으면
생각보다 가까운 곳부터 살펴야 할 때가 있다

돌아서는 것도 시인의 일

누군가 돌아서서 갔다
누군가 아직도 천천히 돌아서서 가고 있다
돌아서는 것은 돌아오지 않는다
유월 초순의 뻐꾸기도 돌아서 갔고
밤꽃 냄새 옆에 끼고 돌던
낯선 길 끝에는 더 낯선 집이 있었다
방문 앞에 굳게 걸어놓은 자물쇠보다
더 굳게 입을 봉한
그 적막마저 입을 굳게 다물고 있었다

문 열면 빈집 벽면엔 적막이라고 크게 써놓았을 것만 같다
적어도 몇 해 쌓아둔 적막 같다
빈집 마당 가로질러 돌아서지 않아도
돌아서야 하는 길이 끝에 있었다
빈집 마당 끝 바위 한가운데
누군가 정자(正字)로 감천(甘泉)이라 새겨 놓았다
바위 끝에 샘물이 흘렀다는 기록이다

그러나 집을 비워두면 물도 끊기고 적막도 쌓이는 법 아닌가
무엇을 끊고 무엇을 쌓아야 적막도 쌓을 수 있겠는가
무엇을 끊어야 돌아설 수 있다는 것인가

바람은 불고 뭇 새도 돌아서던 곳
빈집 앞에서 돌아서는 것도
시인의 일인 것 같다
누군가 툇마루 끝에 앉았다 일어선 자국이 선명하다
낯선 풍경이다
적막은 또 먼 곳의 적막도 불러들일 것이다

모자 쓴 시인과 함께 걷던

십일월 초 지하철도 끊겼고 버스도 끊겼고
할 수 없이
창동역에서 노원역까지 걸었다
늙은 남자 시인 둘이서 밤길을 걸었다
비오는 밤보다
더 쓸쓸하게 걸었던 것 같다

걷다 보니 공초 오상순과
시인 김관식이 함께 걷던 밤길도 생각났다
밤길을 걷다 보니
교토의 도시샤 대학 밤길을 걷던
시인 정지용과 시인 윤동주도 생각났다
그들도 비 오는 밤보다
더 쓸쓸하게 걸었을 것이다
그보다 더 오래 전
그들도 비 오는 밤길을 걸었을 것이다

스코틀랜드 풍 모자를 쓴 시인은 망명객처럼 걸었고
또 다른 시인은 아나키스트처럼 걸었다
저녁 내내 후배시인과 출판사 대표와 마셨던
많은 술도 술기운도

이 밤길의 쓸쓸함을 감당하지 못할 것이다
생각보다 춥고 쓸쓸한 밤길이었지만
좀 더 걸으면 강릉역에 닿을 것만 같고

하루만 더 걸으면
두만강 건너
북간도 어디쯤 닿을 것 같다
왜 밤길을 걸어야 하는지 알 것 같다

왕초보의 하루

화장실 양변기와 세면대를 사다놓고
산책길에 보아두었던 조그만 인테리어 가게를 찾아갔다
젊은 사장은 자기보다 더 젊은 청년을 보냈다
청년은 유튜브를 켜놓고 양변기 앞에 앉았다
요새 청년들은 유튜브 켜놓고 일을 한다고 생각했다

이번엔 세면대 앞에서
사용설명서를 펴놓고 일을 하고 있었다
어느덧 점심시간을 지나고 어둑어둑한 저녁이 다가왔다
점심때쯤 깔끔하게 끝날 줄 알았는데
남의 일을 과소평가한 나는 또 공연히 미안하기도 했다
수건걸이만 해도 한 시간째 매달렸고
양변기 뚜껑을 들었다 놓았다 하던 청년의 뒷모습은 바라보다 말았다

사장도 같이 거들어서 일을 마치고 나갈 때
그날 공임비에 커피값이라면서 얼마쯤 더 얹어 놓았다
양변기에 앉아보고 세면대 물도 틀어보았다
하아! 세면대는 왼쪽 벽면에 너무 치우친 것 같고
양변기 뚜껑도 수건걸이도 덜거덕거렸다

비로소 청년이 하루 종일 무슨 일을 했다는 것도

양변기 앞에서 유튜브 켜놓은 것도
일하던 도중 갑자기 인테리어 사장을 급하게 부른 것도
공임비 받으면서 왜 그렇게 쑥스러워 했는지 알 것 같다
나는
또 나한테도 청년한테도 짜증 한번 내지 못하고
왜 자꾸만 거울이나 닦고 있는지 알 것도 같다
청년도 왕초보였고 나는 더 왕초보였던 것 같다
내 생각이 자꾸 어긋날 때가 많다
요새 내가 왜 이러지?

대충 눈인사 정도 하고 지나가면 될 것

대충 눈인사 정도 하고 지나가면 될 것을
굳이 신자들과 식사 모임이 있다면서
절을 비워두고 바쁘게 하산하는 스님
법당 문이 닫히지 않았으면 좀 닫아달라는
당부를 나는 꼭꼭 지켰다
그는 하산 중이었고 나는 산을 오르는 중
법당 문을 밖에서 닫으며
법당 안에 들어가 안에서 문을 잠그고 싶었다

대충 합장 정도 하고 지나가면 될 것을
약사전(藥師殿) 불 끄지 않았으면
불 좀 꼭 꺼달라고 부탁한 적도 있다
그런 날은 그냥 이 집의 불을 있는 대로 다 켜놓고 법당에 앉아 철
야하고 싶었다

오늘밤은 내가 이 절집의 가짜 주인이 되어
저 바위와 이 어둠과 이 산하와 이 침묵과
이 요사채와 이 텅 빈 적적함과 함께
저 바위처럼 고요히 외로이 앉아 깊은 밤을 다 불살라버리고 싶을
때도 있었다
나는 고작 십분 정도 앉았다 일어났다

곧 주인도 없고 객도 없는 적적함마저 없는 무주공산이 될 것을
주장자 탁! 내려놓는 소리가 들렸다
탁!
탁!

여기서 내가 무엇을 더 할 수 있겠는가
문 밖엔 작은 나무처럼 돌탑 하나 어둡게 서 있고
뒷산은 바위보다 먼저 어두워지고
하늘을 나는 새들도 어둡고
저 어둠도 어둠 속에서 어두워질 것 같다
어둠보다 더 어두운 것도 있는가
어둡기 전에 어두운 것!

일인칭의 시

네가 아니라 일인칭 나의 시를 쓰자
네가 아니라 내가 시적 주체가 되는 순간의
시를 쓰자 그러나

병든 아내를 간호하기 위해
마트를 닫아야 한다는 마트 사장의 소식을 듣고
동네 맘 카페 회원들이 마트를 싹쓸이했다는
네가 아니라 내가 되어 보자
차라리 원외 소수정당을 지지하겠다는
네가 아니라
내가 되자

신작 시집 동시에 두 권 내놓고 우울증에 빠져 있는 내가 아니라
오다가다 시를 만나면 시를 읽는
네가 되자
길을 걷다가 잠시 멈춰 서서 길을 돌아보는
네가 아니라
그렇게 한참 서 있는 내가 되고 싶다
이 세상의 독거노인들을 위해 작은 도움이라도
오늘은 네가 아니라 내가 되자

나이만 먹는 게 부끄러운 네가 아니라
나이만 먹는 게 부끄러운 내가 되자
어디선가 웃고 있는 네가 아니라
어디선가 웃고 있는 내가 되어 보자
네가 아니라
내가 되자
남의 시선이 아니라 나의 시선이 되어 보자

앞의 시에 대한 변명

내가
아무래도 네가 될 수 없다
네가
한 번도 내가 아니듯이

내가 맘 카페 회원이 될 수도 없고
내가 소수정당을 지지하지 않고
내가 오다가다 시를 만나면 시를 읽는
네가 될 수 없다

독거노인들을 위해 할 것도 없는
내가
네가 될 수 없다

부끄러운 네가 될 수 없고
어디선가 웃고 있는 네가 될 수 없다
내가 네가 될 수 없다
네가 될 수가 없다

배곧 문학회에서

내 옆에 있던 시인 지망생은 이십오 년 동안 매달렸다는 전통 쌀 막걸리를 꺼내놓았다 쿠팡에 납품했고 어제는 사십만 원 어치 팔았고 내년엔 사천만 원 그 다음엔 사억 원 어치 팔겠다고 한다 그의 호언장담이 마치 시 한 편과 같았다 과연 저 사장님 앞에서 내 문학 강연이 먹힐까

종이 커피 잔 내려놓고 그의 술을 마셨다 이십오 년짜리 그의 생을 마셨다 그는 유산균 오십 병에, 와인 맛 운운 했지만 무엇보다 깨끗하고 나쁜 냄새가 없었다 냄새 잡는 데 이십오 년 걸렸다고 한다 검정고시 봤고 서른두 살에 법대를 졸업했다고 한다 내 문학 얘기가 무슨 소용 있을까

그는 오늘 아침 낙엽 쓸던 늙은 여자를 보고 시 한 줄 썼다고 한다 그는 내 나이쯤 된 남자고 시를 쓰고 싶다고 했다 문학 강연이 끝나자 그는 또 술을 들고 왔다 그가 들고 온 것은 전통주 〈성해주〉가 아니라 그의 시였다 취흥인지 시흥인지 알쏭달쏭했다 그가 잘 익은 시, 한 대여섯 편 들고 오면 좋겠더라

오늘밤 못 다한 말을 이렇게라도

—k에게

패키지여행조차 꿈꿀 수 없었던 시절
미국 대륙을 단독 횡단하겠다고 나섰을 때
그 패기와 배짱을
나 같은 겁쟁이는
지금도 그때도 꿈조차 꿀 수 없네

우리는 어느덧 나이 먹은 노인이 되었고
슬픔은 슬픔으로
아픔은 아픔으로
추억은 추억으로
기쁨은 기쁨으로
아 그러나 이 나이에 할 수 있는 게 많지 않네

한 잠 자고 일어나도 아직 밤은 깊고
잠은 오지 않고
추억도 과거도 어느새 이 밤보다 더 깊어만 가네

미 대륙 횡단의 장도에 오르던 그날처럼
창문 넘어 도망친 100세 노인*처럼
아 그 노인은 마침내 창문을 넘었다는 거지!
너는 그 나이에 미국 대륙 횡단했다는 거지!

허름한 꿈이라도 한 번 더 꾸면 어떨까
우리 지금이라도 횡단할 대륙 어디 남아 있지 않을까
타클라마칸 사막은 남았다는 걸까

꿈이여 사랑이여 다시 한 번!
오오 미 대륙을 횡단했던 젊음이여 다시 한 번!
창문 넘어 멀리 도망친 우리들의 젊음이여
다시 한 번!
우리들이 끝까지 가서 꼭 한 번 넘어야 할 창문이여!
더 늦기 전에 우리들의 평범한 늙음이여!
우리 늙었다 해도 좀 덜 늙은 데 어디지?

*요나스 요나손 장편소설

사람의 일이라는 것

―동해에서

몇 해 전 문병 갔을 때
친구는 머리맡에 내 시집을 놓아두었다
(약해빠진 시가 뭔 힘을 쓰겠냐?)

시 한 줄이
친구의 우환을 잠시 잊게 할 수도 없었을 텐데
유독 병고(病苦) 앞에선
아무짝에도 쓸 데가 없었을 텐데…
생각보다 시가 할 수 있는 게 없다

머리맡에 등 하나 켜 두고 싶지만
첫잠든 친구를 위해 불 끄고 어둠에 든다
어둠 속의 하얀 전등 같은 탁자 위 메모지가 눈에 띄었다
오늘은 밝은 것보다 어두운 게 땡긴다
밝은 것보다 어두운 것도 있어야…

늙어간다는 것도
깊어간다는 것도
살아간다는 것도
어두워지는 것도
쓸데없는 것도

다 사람의 일이라는 것을 이 어둠 속에서 생각하고 있었다

그 어떤 어둠도 마음속에선 다 다를 수밖에 없다

박수근을 생각하다

1.
그의 그림처럼 땅바닥에 앉아 있는 아주머니의 뒷모습이나
막내 동생을 업고 돌아보는 어린 누나의 시라도 써 볼 거나
그러나 그의 그림 속 인물들은 그곳이 편한지
아무리 불러내도 밖으로 나오지 않는다
그와 그의 인물들이 다 한통속이다
옹기종기 모여 앉은 냇가 빨래터 동네 여인들의 등허리도
그의 그림 속에선
하나같이 누추하거나 고달프지 않다
그도 그녀들도 가난 따위 다 물리치긴 힘들었어도
가난 따위를 툭툭 털어낼 줄 알았던 것 같다
아무리 남루한 것이라 해도
양잿물에 삶아서
흐르는 물에 헹구어 햇볕에 말리면 의젓한 풍경이 되었다
비록 맨발에 검정고무신을 신고 있어도
이웃집 숟가락이나 달포쯤 지난 쌀독의 식량을 짐작하고 살았다
아이의 울음소리만 들어도
몇 째가 우는지
젖 먹일 때가 됐는지 잘 때가 지났는지 속으로 짐작하고 있었다

2.

나목 아래 노인도 등은 좀 굽었지만 당당함이 배어 있다

옷깃 하나 흐트러지지 않는다

어느 한 구석이라도 주눅 든 인물이 없다

그림 속에서 무명옷을 입은 인물들은 하나같이 공평하고

그의 그림 앞에선 심지어 우는 아이도 없다

마치 그의 그림을

그네들도 손에 꼭 쥐어주고 살았던 것 같다

그들이 그림 속에서 한 발짝도 빠져나오지 않은 까닭인 셈이다

다만, 손바닥으로 그의 그림을 쓱쓱 문지르다 보면

아기를 업은 소녀는 아이를 내려놓고

광주리 이고 가던 아낙은 광주리를 내려놓고

숨이라도 돌릴 것 같다

내 마음속에 그어놓은 무수한 금들을 어떻게 할 것인가

화면을 꽉 채운 멧돼지가 내 앞을 지나갔다
남의 길인 것 같아 돌아선다
그도 제 길이 아닌 것 같아 바쁘게 돌아선 걸까
마음먹고 다녔던 길일 텐데…
시를 썼다 털지 못하고 지운 적도 있었다
차라리 비우고 나면 편할 때가 있다
비우고 또 버리다보면 내 것이 다가왔다
그러나 살면서 내 것과 네 것의 경계를 그어놓고
어떤 것은 끌어당겼을 것이고
어떤 것은 또 밀어냈을 것이다
세상이 그어놓은 흑백보다 더 흑백이 뚜렷했다

어느새 내 길만 걷다 보니 흑백도 없는 길이 되었다
방금 돌아섰던 길처럼 돌아설 수도 없었다
이 세상의 모든 길을 다 무너뜨려도
내 마음에 없는 금조차 무너뜨려도
내 마음속의 길을 무너뜨리기엔 어려운 일이었다
내 것과 네 것이 없어진 길은 어떤 것일까
산중에서 멧돼지 만나던 날?

사람은 누구나 시작은 같아도 끝이 다르다는 걸 알았다

(반대로 말해야 하나)
내 것과 네 것을 뚜렷하게 긋던 날
내 마음속에 그어놓은 무수한 금들을 어떻게 할 것인가
안개 걷히면 눈금이나 보일라나
그 금들이 내 길이 되었다면
나는 그 많은 길들을 언제 다 돌아섰을 것인가?

그러나 오늘도 나는 내 것을 많이 버렸다
내 것을 버리면 네 것도 버리게 된다
나는 네 것도 버리게 되고 내 것도 갖다버리게 되었다
내 안의 많은 금을 긋다 보니 알게 되었다
많은 금을 지우다 보니 알게 되었다
끝을 지우다 보니 또 끝을 알게 되었다
누군가 돌아앉아
꿈을 지우다 보면 네 것도 내 것도 지우게 될 것이다
아주 크고 강한 것도 또 진하고 굵은 것도 흐릿해졌다
네 것은 없고 내 것만 남는다
이 세상에 없는 것도 또 내 것이 아닌 것도 알게 되리라